NEW YORK Wedding

Emma Vaughn

Wichtig: Dieser Roman enthält explizit erotische Szenen.
In diesen wird auf Verhütungsmittel verzichtet. Das soll jedoch nicht heißen, dass Verhütung im realen Leben nicht wichtig ist!

1. Auflage, 2020

Emma Vaughn
c/o AutorenServices.de
Birkenallee 24 36037 Fulda

emma-vaughn@outlook.com
www.emma-vaughn.com

Korrektorat/Lektorat:
Sarah Nierwitzki, wortkosmos Lektorat & Korrektorat
(http://www.wortkosmos.jimdofree.com)

Coverdesign:
Sandra Maier, Einzigartig Buchdesign
(http://www.einzigartig-buchdesign.de)

Buchsatz/Kapitelzierden:
Sabrina Milazzo
(https://www.design.sabrinamilazzo.net)

Playlist

Max Jury – Numb
Freya Ridings – Blackout
Unions – Sex and Candy
Billie Eilish – when the party's over
Billie Eilish – oceans eyes
Andy Grammer – Don´t Give Up On Me
Oasis – Wonderwall
Caesars – Jerk It Out
Pachelbel – Canon in D Major
Jaymes Young – I´ll Be Good
Sleeping At Last – Touch
JP Saxe feat. Julia Michaels – If the World Was Ending
Natalie Taylor – Surrender
Noah Cyrus feat. Leon Bridges – July
Ruelle – I Get to Love You

Kapitel 1

556 Tote. So viele Menschen starben allein im Jahr 2018 bei Flugzeugabstürzen. Ich hasste das Fliegen nicht nur, ich hatte panische Angst davor. Warum ich dennoch in einem Flugzeug saß und drauf und dran war, zu hyperventilieren? Weil ich etwas Mutigeres vorhatte, als mich meiner Aviophobie zu stellen. Ich würde meine Jugendliebe aufsuchen und den Pakt einlösen, den wir im Sommer vor elf Jahren geschlossen hatten.

Drei Tage zuvor

»Miriam, zieh doch nicht so ein Gesicht.« Meine Mutter warf mir einen mahnenden Blick zu und sah sich dann rasch im Festsaal um, ob irgendjemandem von der Hochzeitsgesellschaft meine miese Laune aufgefallen war.

Sofort setzte ich wieder das Lächeln auf, das ich in den letzten Wochen perfektioniert hatte, und straffte meine

Schultern. Sie hatte recht, ich musste mich zusammenreißen, für Ally. Es war der wichtigste Tag in ihrem Leben und ich wollte nicht, dass meinetwegen ein Schatten darüberlag.

»Entschuldige, Mom. Ich war mit den Gedanken –«

»Bei jemandem, der deine Gedanken nicht verdient hat«, unterbrach sie mich und blickte abwertend auf den leeren Stuhl neben mir, der für Paul gedacht gewesen war. Paul, der bis vor zwei Wochen mein Freund gewesen war und dann beschlossen hatte, unsere Beziehung nach acht Jahren zu beenden. Mein Bauch zog sich zu einem festen Knoten zusammen. Nicht nur, weil ich ihn vermisste, sondern weil ich Angst vor der Zukunft hatte. Jetzt, da für Allys Hochzeit alles getan war, konnte ich mich nicht mehr in Arbeit vergraben, ich musste mich der Tatsache stellen, dass mein Leben nicht länger nach Plan verlief. Während sich meine Gedanken vor wenigen Wochen noch um Hochzeit und Kinder gedreht hatten, musste ich mich nun mit Wohnungsanzeigen befassen. Alles auf Anfang.

»Er hätte wenigstens den Anstand haben können, heute hier zu sein.«

Innerlich verdrehte ich die Augen, äußerlich ließ ich mir nichts anmerken, da Mom mir sonst einen Vortrag halten würde. Ich verstand nicht, warum es ihr so wichtig war. Ja, sie mochte Paul, und er wäre der perfekte Schwiegersohn gewesen, aber wir waren nicht mehr zusammen, also gab es keinen Grund für ihn, hier zu sein, obwohl er es mir angeboten hatte. Ich hatte ihm abgesagt, denn warum sollte ich auf heile Welt machen, wenn mein Leben in Scherben lag? Das würde ich Mom allerdings niemals erzählen.

»Ich würde gar nicht wollen, dass er hier ist«, antwortete ich nur knapp. Meine Mutter schüttelte schwermütig den Kopf. »Er hat sich so wunderbar mit Ally verstanden. Er hätte wenigstens ihr zuliebe kommen können.«

Ich seufzte und nahm einen großen Schluck vom Wein, um nicht das zu sagen, was mir auf der Zunge lag. Ich liebte meine Mutter, aber es verletzte mich, dass sie offensichtlich keinen Gedanken daran verschwendete, wie es mir mit der Trennung ging.

»Midge!«, hörte ich Allys Stimme leise aus einiger Entfernung. Ich warf einen Blick über meine Schulter, sah mich suchend um und entdeckte sie, wie sie hinter einer Säule hervorspähte. Mit einer schnellen Handbewegung bedeutete sie mir, dass ich zu ihr kommen sollte. Ich nickte und drehte mich dann zu meiner Mutter, um zu sehen, ob sie es mitbekommen hatte, doch sie tippte nur auf ihrem Telefon herum.

»Ich werde mir mal die Füße vertreten«, sagte ich und stand auf.

Ich griff nach meiner Tasche, strich mein Kleid glatt und ging auf Ally zu, die mich hinter die Säule zog, sobald sie mich zu fassen bekam.

Obwohl es nach zehn Uhr abends war, sah sie noch immer perfekt gestylt aus. Ihre langen dunkelbraunen Haare lagen in leichten Wellen um ihre Schultern und das dezente Make-up hielt ebenso gut.

Sie war die schönste Braut, die ich jemals gesehen hatte, und als Hochzeitsplanerin hatte ich schon verdammt viele gesehen. Gut möglich allerdings, dass ich sie besonders umwerfend fand, weil sie eben meine Schwester war.

»Quält sie dich?«, fragte sie mit einem mitleidigen Blick.

»Nicht mehr als sonst. Mach dir keine Gedanken.« Heute war ihr Tag und da sollte sie sich keine Sorgen um ihre große Schwester machen müssen, sondern die Feier genießen. Später würden sie und Pete in die Flitterwochen fahren und ich konnte mich, so viel ich mochte, in Selbstmitleid suhlen. Das war in Allys Gegenwart nämlich nicht möglich, denn sie sah in allem immer das Gute. Ich kannte niemanden, der eine positivere Einstellung zum Leben hatte als sie. Mir graute es vor dem Gedanken, sie jetzt drei Wochen nicht zu sehen. So lange waren wir noch nie voneinander getrennt gewesen. Ally war nicht nur meine kleine Schwester, sondern gleichzeitig meine beste Freundin. Wehmütig schnappte ich ihr das Glas aus der Hand, trank einen Schluck davon und verzog sofort das Gesicht, als der bittere Geschmack des italienischen Likörs sich auf meiner Zunge ausbreitete.

»Paul ist ein Vollidiot. Wäre er heute gekommen, hätte ich ihn ordentlich vermöbelt«, zischte Ally mit zusammengezogenen Augenbrauen und schlug ihre Faust in die Handfläche.

In Anbetracht der Tatsache, dass sie klein und zierlich war, wirkte diese Geste eher süß als furchteinflößend, und ich musste lachen.

»Genau deshalb habe ich ihm gesagt, dass er fernbleiben soll. Immerhin will ich nicht, dass du dich auf deiner Hochzeit prügelst.«

»Ich hätte es für dich gemacht«, stellte Ally klar und hob den Zeigefinger.

»Daran zweifle ich nicht.«

»Schatz, kannst du kurz kommen?«, unterbrach uns Pete, ihr frischgebackener Ehemann, und deutete zum Tisch seiner Eltern, die freundlich in unsere Richtung sahen.

Petes Eltern waren nette Leute und ich freute mich, dass sie Ally von Anfang an in ihr Herz geschlossen hatten und sie in ihrer Familie willkommen hießen. Wobei ich niemanden kannte, der sie nicht mochte. Ally schaffte es, jeden mit ihrer positiven Ausstrahlung in ihren Bann zu ziehen.

»Natürlich«, erwiderte sie und wandte sich dann wieder an mich. »Durchhalten.« Sie streichelte mir aufmunternd über den Arm, bevor sie Hand in Hand mit Pete zu seiner Familie ging.

Den ganzen Abend über wurde ich mit Fragen bombardiert, wo Paul steckte, und mit der Zeit entwickelte ich ein Spiel daraus: Nach jeder Frage, die etwas mit ihm zu tun hatte, nahm ich einen Schluck aus meinem Glas Prosecco.

»Weil er ein verdammter Versager ist«, beantwortete ich lallend die Frage, die mir Granny May gestellt hatte.

»Miriam!«, rief meine Mutter entsetzt, die plötzlich hinter mir stand und mich zusammenzucken ließ. Mom entschuldigte sich bei Granny für mein Verhalten, packte mich fester als nötig am Oberarm und zerrte mich in eine unbeobachtete Ecke. »Was ist los mit dir?«, fauchte sie und stemmte ihre Hände in die Hüften.

Was los mit mir war? Anscheinend gab es für jeden auf dieser Hochzeit nur dieses eine verfluchte Thema, über das sie mit mir sprechen wollten. Sonst zerrissen sie sich das Maul doch auch immer alle hinter meinem Rücken, wieso mussten sie mich ausgerechnet auf dieses Thema ansprechen?

»Mich kotzen alle an mit ihren Fragen über Paul«, beschwerte ich mich und warf meine Hände frustriert in die Luft.

»Das ist die Hochzeit deiner Schwester, reiß dich gefälligst zusammen.«

Ich verschränkte meine Arme vor der Brust und meine Mutter ging mit einem mahnenden Blick davon.

Ich hasste Paul. Er verdarb mir den zweitschönsten Tag in meinem Leben. Zwei Jahre hatte ich alles in meiner Macht Stehende getan, damit Ally die Traumhochzeit bekommen konnte, die sie sich immer gewünscht hatte. Alles war perfekt durchdacht, bis ins kleinste Detail geplant – nur Paul musste all das ruinieren.

Frustriert ging ich zur Candybar und schnappte mir einen Minidonut. Gerade als ich mir ein großes Stück davon in den Mund schob, entdeckte ich auf der anderen Seite des Raumes ein bekanntes Gesicht, das ich seit Jahren nicht mehr gesehen hatte. Mein Herz raste wie wild.

Das konnte nicht sein. War er es? Ich legte meinen Kopf schief und verengte die Augen, als könnte ich dadurch besser sehen.

»Jackson?«, flüsterte ich. Er war es bestimmt nicht, aber ich musste mich versichern. Hoffnung keimte in mir auf, dass er es doch war. Möglicherweise hatte er in der *New York News* von der Hochzeit gelesen. Pete war ein angesehener Geschäftsmann, deshalb hatten sie einen kleinen Artikel darüber gebracht. Vielleicht hatte er Ally wiedererkannt und war gekommen.

Meine Beine setzten sich in Bewegung und ich drängelte mich auf der Tanzfläche durch die Menge an das andere Ende des Raumes. Ich versuchte, ihn im Auge zu behalten, doch in Anbetracht der vielen Gäste, riss mein Blickkontakt zu ihm kurzzeitig ab. Und als ich mich schließlich durch die Menschen gekämpft hatte, war er verschwunden. Spielten mir meine Sinne einen Streich? Ich hatte zweifelsohne zu viel getrunken.

Ich ließ den Blick durch den Raum schweifen. An der Bar, einige Schritte entfernt, entdeckte ich ihn. Doch kein Streich meiner Sinne. Mit wild pochendem Herzen näherte ich mich und blieb direkt neben ihm am Tresen stehen. Nervös griff ich nach der Getränkekarte und tat so, als würde ich sie lesen, obwohl ich genau wusste, welche Drinks angeboten wurden, immerhin hatte ich sie zusammen mit Ally ausgesucht. Mein Herz schlug mir bis zum Hals und meine Hände schwitzten vor Aufregung. Unauffällig musterte ich ihn von der Seite. Fast elf Jahre waren vergangen, seit wir uns das letzte Mal gesehen hatten. Elf Jahre, in denen ich ständig an ihn gedacht und mich gefragt hatte, was wäre gewesen, wenn es damals geklappt hätte.

Der Typ nahm dankend sein Getränk vom Kellner entgegen und die Sekunden, in denen er sich in meine Richtung drehte, vergingen wie in Zeitlupe. Mein Atem stockte. Ein charmantes Lächeln bildete sich auf seinen Lippen, als er mich ansah und ich erkannte, dass es nicht Jackson war. Enttäuschung machte sich in mir breit. Natürlich war er es nicht, er konnte gar nicht hier sein, denn er war über viertausend Kilometer entfernt. Ich war so verdammt naiv.

»Hey«, sagte der Unbekannte gut gelaunt.

»Hey«, antwortete ich zwar, schenkte ihm aber keine weitere Beachtung. Stattdessen bestellte ich mir ein Glas Wasser, das ich bitter benötigte, wenn ich morgen keinen Kater haben wollte, und lief durch den Raum zurück zu meiner Schwester. Ich musste ihr erzählen, was eben vorgefallen war. Sie wusste als Einzige, was Jackson mir bedeutete. Ich hatte nie aufgehört, etwas für ihn zu empfinden, obwohl wir Teenager gewesen waren, als wir uns verliebt hatten. Irgendwie hatte er immer einen Teil meines Herzens behalten, als Einsatz für unseren Pakt.

»Entschuldigt, ich muss mir mal kurz die Braut ausleihen«, sagte ich und zog Ally an ihrer Hand ein Stück weg von der Gruppe ehemaliger Studienkollegen. Ich sammelte mich und atmete tief durch.

»Ich habe gerade jemanden gesehen, der aussah wie Jackson.« Meine Schwester riss die Augen auf und starrte mich erwartungsvoll an.

»Und war er es?«

Ich nahm ihr Gesicht in meine Hände und seufzte.

»Ich dachte, ich wäre die Betrunkenere von uns beiden.«

»Ich bin nicht betrunken«, antwortete Ally und zog eine Grimasse.

Argwöhnisch zog ich eine Augenbraue in die Höhe, worauf sie mit den Schultern zuckte.

»Natürlich war er es nicht. Was würde er hier machen?«, fragte ich, als hätte ich es vor wenigen Sekunden nicht selbst in Betracht gezogen.

»Du hast recht«, antwortete sie nickend. Dann begannen ihre Augen plötzlich zu leuchten, als hätte sie eine Eingebung. »Du musst zu ihm!«

»Was?«, fragte ich, obwohl ich richtig gehört hatte, aber bezweifelte, dass meine Schwester bei klarem Verstand war. Wie viel hatte sie getrunken? Ich sollte Pete warnen, dass Ally keinen Schluck Alkohol mehr trinken sollte.

»Du hast niemanden, der dich aufhält. Paul und du, ihr seid getrennt.«

Sprachlos starrte ich sie an. Ally versuchte, mich seit Jahren davon zu überzeugen, mich in den Flieger zu setzen und Jackson zu treffen. Sie hatte von Anfang an gewusst, dass Paul nicht der Richtige für mich war. Ich hatte die Tatsache verdrängt, dass wir weder dieselben Interessen teilten, noch dieselben Ansichten. Ich hatte mir eingeredet, dass es okay wäre. Unsere Beziehung hatte vermutlich nur deshalb so lange gehalten, da jeder sein eigenes Leben gelebt hatte, ohne den anderen in seinem zu beeinträchtigen. Paul hatte das erkannt und insgeheim hatte ich es auch gewusst. Ich liebte ihn, das tat ich wirklich, aber es war nicht die Liebe, die ich mir für mein restliches Leben wünschte. Wir hatten zwar immer von Hochzeit und Kindern gesprochen, doch niemand von uns hatte den nächsten Schritt gemacht, wahrscheinlich weil wir gewusst hatten, dass es so oder so nicht gereicht hätte. Ich vermisste Paul, aber ich vermisste ihn als Freund und nicht als Partner.

»Auf gar keinen Fall«, sagte ich kopfschüttelnd. Die Idee war einfach zu verrückt.

»Midge, was spricht dagegen? Er geht dir seit Jahren nicht aus dem Kopf. Du vergleichst jeden Typen mit ihm. Du schreibst in deinem Tagebuch über ihn.«

Ich verschränkte meine Arme vor meiner Brust. »Du liest mein Tagebuch?«, fragte ich entsetzt.

»Ich habe geblufft, aber wow, du schreibst tatsächlich über ihn?«, fragte Ally verblüfft.

»Tue ich nicht!«, antwortete ich schnell und meine Schwester blickte mich ungläubig an. Okay, gut, vielleicht hatte ich ihn ein- bis zweimal erwähnt. Oder dreimal. Oder so.

»Jacksons und mein Pakt setzt voraus, dass wir dreißig sind«, versuchte ich meine Schwester vom Tagebuch abzulenken.

»Vergiss euren Pakt. Du wirst jetzt deine Sachen packen und den erstbesten Flug nach New York nehmen.« Sie legte ihre Hände auf meine Schultern und schob mich langsam rückwärts aus dem Saal.

»Nein!«, protestierte ich, blickte über meine Schulter, um nicht über ein Hindernis auf dem Weg zu stolpern. Auf gar keinen Fall würde ich kopflos nach New York reisen.

»Doch!«

»Nein! Ally, das hier ist deine Hochzeit. Hör auf, mich aus der Tür zu schieben!« Ich klammerte mich mit beiden Händen an den Türrahmen. Ich wollte mir gar nicht vorstellen, wie Mom reagieren würde, wenn ich tatsächlich abhauen würde. Was ich natürlich nicht tat, denn das war nicht meine Art, weil ich nicht spontan war, so überhaupt gar nicht.

»Ich wünsche mir, dass du gehst«, sagte Ally. »Pete und ich werden ohnehin in einer Stunde auf dem Weg in die Flitterwochen sein.«

»Das ist verrückt«, sagte ich hysterisch.

»Ja, genau das ist es«, antwortete meine Schwester lächelnd und nahm mein Gesicht in ihre Hände.

»Mach einmal in deinem Leben etwas Verrücktes. Ohne nachzudenken, hör auf dein Bauchgefühl. Vergiss deine To-do-Listen und deinen Organizer. Geh und schnapp ihn dir endlich.«

Ich musste wieder an den Kerl von vorhin denken. Daran, wie sehr ich gehofft hatte, dass er Jackson sein würde, und wie enttäuscht ich gewesen war, dass er es nicht war. Sie hatte recht, wozu noch zwei Jahre warten? Jackson hatte mir vor elf Jahren mein Herz gestohlen und ich wollte nicht mehr länger, dass er nur Plan B war. Jackson war mein Plan A, das war er immer gewesen.

»Okay«, antwortete ich.

Meine Schwester quietschte und klatschte dabei erfreut in ihre Hände.

»Ich werde auf mein Bauchgefühl hören und so verrückt sein, wegen Jackson nach New York zu reisen, aber nicht heute«, ergänzte ich und bemerkte, wie Ally innehielt. »Du weißt, dass ich nicht spontan bin. Ich möchte diese Reise planen, zumindest einige Tage im Voraus.«

Ally zuckte mit den Schultern und grinste. »Hauptsache du tust es.«

Man hätte glauben können, sie wünschte sich mehr als ich, dass es mit Jackson funktionieren würde. Vermutlich wollte sie einfach, dass ich endlich genauso glücklich werde, wie sie es mit Pete war.

Ich hatte nicht nur Jackson aus den Augen verloren, sondern mit ihm den Glauben an die wahre Liebe. Ich hatte mich mit weniger zufriedengegeben, doch damit war jetzt Schluss. Es war an der Zeit, mein Glück selbst in die Hand zu nehmen, denn man konnte nie wissen, ob es das Schicksal gut mit einem meinte.

Fast zwei Tage verbrachte ich mit der Planung der New York Reise. Eigentlich hätte ich dafür nur wenige Stunden gebraucht, hätte ich nicht immer wieder den Webbrowser geschlossen, weil mein Vorhaben einfach verrückt war.

Und da ich nicht einmal wusste, ob Jackson überhaupt noch in New York lebte, musste ich ihn zuerst im Internet finden.

Vor acht Jahren, als ich mit Paul zusammengekommen war, hatte ich Jackson gänzlich aus den Augen verloren. Obwohl ich öfter versucht gewesen war, ihn in den sozialen Netzwerken zu suchen, hatte ich es nicht getan. Ich hatte mir eingeredet, dass es wegen Paul gewesen war, weil ich nicht unfair hatte sein wollen, aber das stimmte nicht. Ich hatte es nicht getan, da ich Angst vor dem gehabt hatte, was ich hätte finden können. Hatte er eine Frau und eine Familie? Wäre ich auf Kinderfotos gestoßen? Nun blieb mir keine andere Wahl und ich musste in den sauren Apfel beißen.

Nachdem ich mehreren Links gefolgt war, fand ich endlich, was ich suchte. Butler & Partner, eine Rechtsanwaltskanzlei in New York. Er hatte sich also seinen Traum erfüllt. Schon damals hatte er davon gesprochen, irgendwann in die Fußstapfen seines Vaters treten zu wollen.

Ich notierte mir die Adresse der Kanzlei und suchte weiter nach Informationen, doch stieß auf keine zu seinem Privatleben.

Ich buchte ein schickes Hotel mitten in Manhattan sowie einen Direktflug von Seattle. Außerdem erstellte ich eine Liste mit Sehenswürdigkeiten, die ich sehen wollte, wenn ich schon mal in New York sein würde.

Ich wollte Jackson unbedingt treffen, auch wenn ich Angst davor hatte. Angst, wie er reagieren würde. Bereits morgen würde ich es herausfinden, denn heute Nacht ging mein Flug.

Ich kramte eine Reisetasche aus einem Umzugskarton. Nachdem ich bei Paul ausgezogen war, hatte ich alle meine Sachen bei meinen Eltern zwischengelagert, bis ich eine eigene Wohnung hätte. Bis dahin wohnte ich in meinem alten Zimmer.

Ich begann ordentlich gefaltete Kleidung und Hygieneartikel einzupacken. Um nichts zu vergessen, strich ich Punkt für Punkt auf meiner Packliste durch. Als ich soweit fertig war, ließ ich mich auf mein Bett fallen. Erneut überkamen mich Zweifel. *Midge, was machst du hier überhaupt? Das bist nicht du.* Der Gedanke, in ein Flugzeug zu steigen und Jackson aufzusuchen, war verlockend, doch wie würde die Realität aussehen? Wer reiste schon quer durch das ganze Land, um seine Jugendliebe wieder zu treffen? Nein, ich konnte nicht fliegen. In dem Moment verkündete mein Telefon eine eingehende Nachricht. Ich schnappte danach und sah, dass sie von Ally war.

Wage es ja nicht, einen Rückzieher zu machen! Das werde ich nämlich sowas von herausfinden!

Ich rollte lächelnd mit den Augen. Meine Schwester kannte mich zu gut. Ich setzte mich wieder auf und legte das Telefon beiseite. Mein Blick wanderte durch mein altes Kinderzimmer. Früher hatte ich es geliebt, doch jetzt hier zu sein, fühlte sich verkehrt an. Wie ein Loch, in das ich mich in den letzten zwei Wochen verkrochen hatte. Vielleicht war es gar nicht so eine schlechte Idee zu verreisen. Ich würde zumindest dem Alltag für ein paar Tage entfliehen und sobald ich zurück war, würde ich mich auf die Suche nach einer Wohnung machen. Ein Neubeginn. Das klang doch nach einem Plan.

Ich raffte mich auf, packte die letzten Sachen zusammen und duschte. Danach schlüpfte ich in meine gemütlichste Paperbag-Hose und zog mir ein weißes T-Shirt über den Kopf, das ich in den Bund stopfte.

Bevor ich das Haus verließ, hinterließ ich meinen Eltern noch eine Nachricht auf dem Küchentisch. *Fliege nach New York, bin in einer Woche zurück. Hab euch lieb, Midge.*

Ich hatte ihnen nicht erzählt, dass ich verreisen würde, denn dann hätten sie den Grund dafür wissen wollen, und meine Mutter hätte bestimmt versucht, mich davon abzuhalten.

Keine halbe Stunde später befand ich mich am Flughafen. Da ich nur Handgepäck dabeihatte, war ich so schnell am Gate, dass ich kaum Zeit hatte, nachzudenken. Doch als ich die Flugzeuge durch die Glasfassade sah, konnte ich die Tatsache nicht länger verdrängen. Um nach New York zu gelangen, musste ich in eine dieser Maschinen steigen – und mich meiner Flugangst stellen.

Kapitel 2

Mit einem mulmigen Gefühl betrat ich als Letzte das Flugzeug. Die Griffe meiner Tasche hielt ich dabei so fest umklammert, dass sich meine Finger längst verkrampft hatten und die Knöchel weiß schimmerten. Ich nahm die Tasche in die andere Hand und schüttelte die freie aus, um den Krampf zu lösen.

Die Luft im Inneren der Maschine war stickig und unzählige Parfüme vereinten sich zu einer riesigen Duftwolke, von der ich bestimmt über kurz oder lang Kopfschmerzen bekommen würde.

Während einige der Passagiere damit beschäftigt waren, ihr Gepäck über den Sitzplätzen zu verstauen, waren andere in ein Gespräch vertieft oder hatten Stöpsel in die Ohren.

In Gegensatz zu mir wirkten sie regelrecht entspannt.

Ich zog das Ticket aus dem Seitenfach meiner Tasche und warf noch mal einen Blick darauf: Sitzplatz 22B.

Entschuldigend drängte ich mich an einer älteren Dame vorbei und ging den schmalen Gang entlang, während ich die Nummern und Buchstaben über den Sitzen las. Ich hoffte, dass sich mein Platz im hinteren Drittel des Flugzeugs befand, denn die waren bei einem Absturz am sichersten, hatte ich mal gelesen. Am vorderen Ende war die Business Class und obwohl sich viele Menschen alle zehn Finger dafür ablecken würden, um dort einmal zu sitzen, verzichtete ich freiwillig darauf, denn in den vordersten Reihen hatte man die geringste Überlebenschance bei Flugzeugabstürzen.

Je weiter ich ging, desto klarer wurde mir, dass sich mein Platz ziemlich mittig befinden musste, und schneller als mir lieb war, stand ich vor der Reihe, die sich direkt hinter den Notausgängen befand. Für Notlandungen optimal, doch bei Abstürzen genauso unsicher wie die Business Class.

Sofort hatte ich ein Bild im Kopf, wie das Flugzeug bei einer Bruchlandung in zwei Teile brach. Ich schloss meine Augen, hörte die Menschen kreischen, spürte ihre Angst. Meine Angst. Meine Finger krampften erneut um die Griffe der Tasche. War es bereits zu spät, das Flugzeug wieder zu verlassen? Ich öffnete die Augen und sah gerade noch, wie die Türen geschlossen wurden. Ich schluckte hart. Es gab keinen Ausweg mehr. Eine Flugbegleiterin lächelte mich freundlich an. Vermutlich sollte das eine beruhigende Wirkung haben, dem war aber nicht so. Stattdessen machte es mich noch nervöser, denn es war mir peinlich, dass ich meine Angst nicht besser verbergen konnte.

Ich atmete tief durch und versuchte, nicht hysterisch zu werden. Die Wahrscheinlichkeit, dass dieses Flugzeug abstürzte, war verschwindend gering. Es würde schon nichts passieren.

»Entschuldigen Sie«, sagte ich mit belegter Stimme zu dem älteren Herrn, der am äußersten Gangplatz saß, nachdem ich mein Gepäck über ihm verstaut hatte. Er verstand sofort und erhob sich, damit ich mich auf den Platz in der Mitte setzen konnte.

Ich durchforstete meine Erinnerungen, ob ich irgendwann auch etwas darüber gelesen hatte, welcher Platz in der Reihe am sichersten war. Augenblicklich kam mir eine Serie ins Gedächtnis, bei der jemand aus dem Flugzeug gesogen wurde, nachdem es an der Seite beschädigt worden war. Die Serie basierte nicht auf einer wahren Begebenheit, trotzdem jagte mir allein diese Vorstellung eine furchtbare Angst ein. Sofort legte ich den Gurt an und überprüfte, ob er auch festsaß.

Das Flugzeug setzte sich in Bewegung und rollte langsam zur Startbahn. Mein gesamter Körper stand mittlerweile unter Strom. Mein Mund wurde ganz trocken und ich räusperte mich. Die Flugbegleiterinnen erklärten unterdessen die Sicherheitsvorkehrungen, die ich mir genauestens einprägte. Fünf Stunden dauerte ein Flug von Seattle nach New York City. So lange würde ich auf diesem Platz auf zehntausend Metern Höhe verbringen müssen. Vorausgesetzt natürlich wir stürzten nicht ab.

Kalter Schweiß bildete sich auf meiner Stirn. Ich schloss meine Augen und begann zu beten. Ich war zwar kein gläubiger Mensch, aber vielleicht würden meine Gebete trotzdem erhört werden. Die Triebwerke wurden lauter. Mein Herz raste. Das Flugzeug beschleunigte und ich wurde leicht in den Sitz gedrückt. Mein Atem stockte, sodass ich kaum Luft bekam. Ich krallte mich in die Armlehnen und mein ganzer Körper war angespannt.

»Wir werden sterben. Wir werden alle sterben«, krächzte ich vor mich hin und presste meine Augen fester zusammen.

Schlagartig riss ich sie wieder auf, als sich eine warme Hand auf meine legte und sie sanft umschloss. Ich drehte den Kopf nach links und sah in ein männliches, verdammt gutaussehendes Gesicht. Ein schiefes Lächeln lag auf seinen vollen geschwungenen Lippen und reichte bis zu seinen ozeanblauen Augen, die mich freundlich musterten. Er hatte eine gerade Nase und hohe Wangenknochen. Sein Bart war glattrasiert und seine dichten Augenbrauen hatten dasselbe dunkle Braun wie seine Haare, die lang genug waren, um die Finger darin vergraben zu können. Ich schätzte ihn in meinem Alter ein, vielleicht Anfang dreißig.

Der Kerl lehnte sich etwas zu mir herüber, ohne die Hand von meiner zu nehmen. Unsere Unterarme berührten sich auf der Armlehne.

»Ich fürchte, Sie machen den anderen Passagieren Angst«, flüsterte er, damit nur ich es hören konnte. Er nickte nach vorne und ich bemerkte, wie ein kleines Mädchen durch den Spalt zwischen den Sitzen nach hinten lugte und mich mit angsterfüllten Augen anstarrte. Schnell setzte ich ein falsches Lächeln auf, das sofort verschwand, als sie sich wieder nach vorne drehte. Ich zog meine Hand unter der des Unbekannten weg und tippte mir mit dem Zeigefinger fragend an die Brust.

»Ich mache denen Angst? Das verdammte Flugzeug sollte ihnen Angst machen«, flüsterte ich zurück.

In diesem Moment hob das Flugzeug ab und ein unangenehmes Gefühl von Schwerelosigkeit breitete sich in meinem Kopf und meinem Magen aus. Ich presste meine Augen wieder zusammen und verschränkte meine Hände so fest ineinander, dass meine Finger wehtaten.

»Hey, sehen Sie mich an«, sagte der Typ neben mir mit sanfter Stimme.

Ich schüttelte energisch den Kopf, der kurz davor war zu explodieren, und hoffte, dass mein Magen nicht rebellieren würde. Ich würde im Erdboden versinken, müsste ich den Spuckbeutel vor seinen Augen verwenden.

Ich spürte, wie der Typ seine Hand zwischen meine beiden schob und sie auseinanderzog, indem er seine Finger mit meinen verschränkte. Sie war warm und groß und fühlte sich besser an als meine verschwitzte Hand. O verdammt, er berührte meine verschwitzte Hand, wurde mir mit einem Mal bewusst. Ich wollte sie wegziehen, doch er hielt sie fest umklammert.

»Atmen Sie durch die Nase ein und durch den Mund kräftig wieder aus.«

Ich tat, was er sagte, stockte nur kurz, als er mit seinem Daumen über meinen Handrücken streichelte. *Weiteratmen, Midge.*

»Gut so. Einundzwanzig, zweiundzwanzig. Wieder einatmen und kräftig ausatmen. Wiederholen Sie das einige Male, bis Sie das Gefühl haben, dass es Ihnen besser geht.«

Ich atmete immer kontinuierlich ein und aus, konzentrierte mich auf das beruhigende Gefühl, das die kreisenden Bewegungen seines Daumens auf meiner Haut hinterließ. Langsam ebbte die Panik ab und mein Herzschlag normalisierte sich einigermaßen.

»Wovor haben Sie Angst?«, fragte er, als ich meine Augen wieder öffnete und in seinem Blick lag ehrliches Interesse. Er machte sich nicht über mich lustig, sondern versuchte, meine Angst zu ergründen.

War das denn nicht offensichtlich? Ich zog meine Hand aus seiner und diesmal ließ er es zu.

»Vorm Abstürzen?«, antwortete ich, doch es klang eher nach einer Frage.

Als er sich etwas schräg hinsetzte, fiel mir auf, dass er sich abgeschnallt hatte. Ich versuchte, es zu ignorieren, doch der Gedanke daran, störte mich so sehr, dass ich erneut unruhig wurde.

»Sollten Sie sich nicht besser wieder den Gurt anlegen?« Ich deutete auf die leuchtenden Anschnallzeichen über uns.

Er betrachtete mich mit einem Ausdruck in den Augen, den ich nicht deuten konnte, schmunzelte dann und tat mir den Gefallen.

»Zufrieden?«, fragte er lächelnd und mit gehobenen Augenbrauen.

Ich nickte. Vielleicht hielt er mich jetzt für spießig, aber das war mir egal. Seine Überlebenschancen hatten sich soeben um einige Prozent erhöht.

»Lassen Sie mich raten. Sie haben nicht nur Angst vor dem Abstürzen, Sie haben ein Problem damit, die Kontrolle abzugeben. Sie halten sich an Regeln, das gibt Ihnen Sicherheit. Die Anschnallzeichen leuchten, also bleiben Sie angeschnallt. Aber hier drin sind Sie machtlos. Sie müssen darauf vertrauen, dass die Piloten sich, wie Sie, an Regeln halten und die Technik funktioniert. Voller Kontrollverlust.«

Ich starrte ihn überrascht an, denn er hatte recht. Mit seinen blauen Iriden blickte er mir direkt in den Kopf. Ich bat ihn lediglich darum, den Sicherheitsgurt wieder anzulegen, und er wusste sofort, wie ich tickte. Dieser Mann war entweder der aufmerksamste Mensch, der mir je über den Weg gelaufen war, oder er war Psychologe und analysierte jedes meiner Worte.

Er lachte amüsiert. »Also habe ich recht. Um Ihnen die Angst ein wenig zu nehmen: Alle wichtigen Systeme in diesem Flugzeug sind mehrmals vorhanden. Es ist unwahrscheinlich, dass alle auf einmal ausfallen. Und selbst wenn, ein Flugzeug fällt nicht wie ein Stein vom Himmel.«

Genau in dem Moment sackte das Flugzeug ab und mein Herz setzte für einen Moment aus. Ein Ruckeln war zu spüren, und während er die Panik in meinen Augen sehen musste, waren seine Gesichtszüge vollkommen entspannt.

»Was ist mit Turbulenzen?«, brachte ich mit nervöser Stimme hervor.

»Turbulenzen sind bloß vertikale Verwirbelungen der Luft«, antwortete er schulterzuckend. »Sie werden, wenn möglich, umflogen, um den Passagieren ein angenehmeres Flugerlebnis zu ermöglichen. Ganz lassen sie sich leider nicht vermeiden. Sie sind unangenehm, aber nicht gefährlich. Sie müssen sich nicht fürchten.«

»Studieren Sie Menschen und Flugzeuge gleichermaßen?«, fragte ich herausfordernd.

»Könnte man so sagen. Ich bin Pilot«, antwortete er zwinkernd und nachdem ich ihn überrascht ansah, musste ich lachen. Nicht, weil ich es so lustig fand, sondern weil es mir plötzlich unangenehm war, dass er meine Hand gehalten hatte. Während ich das Gefühl für einen kurzen Moment genossen hatte, hatte er vermutlich nur irgendeinen Kursinhalt namens ›Wie beruhigt man panische Fluggäste?‹ umgesetzt. Ich kam mir so blöd vor, vor allem, weil ich mir Gedanken über meine verschwitzten Hände gemacht hatte.

»Es ist schön, Sie lachen zu sehen.«

Ich drehte meinen Kopf und Hitze schoss mir in die Wangen. Es war nicht das, was er sagte, sondern wie er mich dabei musterte. Sein Blick heftete sich auf meine Lippen und mein Lächeln versiegte. Schnell schaute er weg.

»Es sind im Moment drei Piloten im Cockpit«, sagte er, den Blick nach draußen gerichtet. »Der Pilot, der das Flugzeug fliegt, heißt Alex. Er ist verheiratet und hat zwei Töchter. Die Co-Piloten heißen Landon und Ethan. Landon hat eine tolle Freundin und Ethan eine großartige Familie. Sie würden es niemals riskieren, das zu verlieren. Es geht nicht nur um das Leben der Passagiere, sondern auch um ihr eigenes. Sollte einem Piloten doch ein Fehler passieren, gibt es immer einen anderen, der das korrigiert.«

Die Piloten im Cockpit waren vermutlich seine Arbeitskollegen, denen er vertraute. Warum sollte ich das dann nicht auch tun? Oder es zumindest versuchen.

»Danke jedenfalls …«, sagte ich und mir fiel auf, dass ich gar nicht wusste, wie er hieß.

»Blake«, stellte er sich vor und streckte mir seine Hand entgegen.

Ich schüttelte sie. »Danke, Blake.«

»Gern.« Er sah mich mit hochgezogenen Augenbrauen an, als ich realisierte, worauf er hinauswollte.

»Midge«, ergänzte ich.

»Kurzform für Margaret?«

»Miriam«, korrigierte ich.

»Schöner Name. Also, jetzt wo wir Ihre Flugangst so gut wie überwunden haben, Midge, was haben Sie in New York vor?«

Ich würde meine Jugendliebe aufsuchen, hoffen, dass er weder verheiratet noch vergeben war, und um eine zweite Chance bitten, dachte ich still und heimlich und setzte in Gedanken auch sofort hinzu: Ach du meine Güte, das klang jämmerlich. Nein, ich würde nicht um eine zweite Chance bitten, ich würde Jackson an unseren Pakt erinnern.

»Ich fürchte, das kann ich Ihnen nicht sagen.«

Mit der Hand fuhr sich Blake über die glatte Haut an seinem Kinn und ich war mir sicher, ein Dreitagebart würde ihm ausgezeichnet stehen. Ob er als Pilot überhaupt einen tragen durfte? Konnte ein Bart die Wirkung einer Sauerstoffmaske beeinträchtigen?

»Sie können es mir nicht sagen? Sind Sie eine Geheimagentin? Eine Spionin? Oder sind Sie in einem Zeugenschutzprogramm?« Er verengte die Augen und ich musste lachen. Perfekt aneinandergereihte weiße Zähne kamen zum Vorschein, als Blake einstimmte. Schnell schaute ich weg und fixierte meine Hände, da ich ihn bereits zu lange angestarrt hatte.

»Sagen Sie es mir, Midge. Was ist der Grund dafür, dass Sie trotz Flugangst in ein Flugzeug steigen?«, fragte er nun mit ruhiger Stimme und musterte mich von der Seite. Ich drehte mich ihm zu, blickte in seine ozeanblauen Augen und versank darin wie eine Ertrinkende. Ich ließ das Knistern, das zwischen uns war, für einige Sekunden zu. Ich könnte ihn jetzt anlügen, sagen, dass ich beruflich unterwegs war, doch das wäre nicht fair. Ich brachte es nicht übers Herz, ihn anzulügen, wo er mich gerade so beruhigt hatte, also zerstörte ich den Moment, indem ich ihm die Wahrheit sagte: »Wegen meiner Jugendliebe.«

Der Hauch eines Lächelns umspielte Blakes Mundwinkel, erreichte jedoch nicht seine Augen und ich wusste, er hatte das Knistern auch gespürt.

»Romantisch.«

»Überhaupt nicht«, antwortete ich und zog dabei eine Grimasse. »Wir haben vor langer Zeit einen Pakt geschlossen.«

Blake setzte sich nun aufrecht hin und beäugte mich. »Jetzt machen Sie mich aber neugierig.«

Ich atmete tief durch und obwohl ich Angst vor seiner Reaktion hatte, sagte ich es einfach geradeheraus: »Wir vereinbarten, dass wir einander heiraten, sollten wir mit dreißig Jahren beide alleinstehend sein.«

Blake blinzelte und sah mich verwirrt an. »Sie sind doch bestimmt noch keine dreißig.«

Okay, das war nicht die Reaktion, die ich erwartet hatte. Ich hatte damit gerechnet, dass er mich auslachen und als naiv bezeichnen würde.

»Ich bin achtundzwanzig.«

Blake schüttelte den Kopf. »Dann sind Sie aber zwei Jahre zu früh dran. Er wird nicht mit Ihnen rechnen.«

Daran hatte ich tatsächlich auch bereits gedacht, doch ich konnte mir nicht vorstellen, dass die Umstände in zwei Jahren andere wären. Stattdessen machte ich mir Gedanken darüber, ob er sich überhaupt an den Pakt erinnern konnte. Was, wenn er mich längst vergessen hatte und ich dem Ganzen zu viel Bedeutung beimaß? Nur weil ich ihn die vielen Jahre über nicht vergessen konnte, hieß das noch lange nicht, dass es ihm genauso ergangen war. Was war, wenn das alles ein großer Fehler war? Unsicherheit machte sich in mir breit.

»Was ist Ihr Plan?«, riss Blake mich aus meinen Gedanken.

»Ich habe keinen Plan.«

Er lachte laut auf und ich ignorierte, wie schön ich dieses Lachen fand. Es war ehrlich und echt.

»Wirklich nicht?«

»Nein«, antwortete ich und sah ihn dabei verzweifelt an.

»Was sagen Sie, wenn Sie vor ihm stehen?«

»Sie halten mich für verrückt«, stellte ich fest und umging damit seine Frage, denn ich hatte keine Antwort darauf.

Blake nickte. »Ja, ich halte Sie für verrückt«, stimmte er mir lachend zu.

Ich seufzte tief und schlug mir die Hände vors Gesicht. »Ich wusste, ich hätte nicht fliegen sollen. Er wird genau dasselbe denken.« Wieso hatte ich überhaupt auf Ally gehört?

»Ach was, er wird froh sein, Ihr hübsches Lächeln wiederzusehen«, sagte Blake und zog mir die Hände vom Gesicht. »Und falls nicht, verbringen Sie einige schöne Tage in New York. Die Stadt ist großartig.«

Seufzend ließ ich den Kopf auf die Rücklehne zurückfallen. Ich war zuvor noch nie in New York gewesen, aber es war immer ein Traum von mir. Schon als kleines Mädchen hatte ich mir vorgestellt, wie Kevin McCallister vor dem Weihnachtsbaum am Rockefeller Center zu stehen. Paul war nie ein Freund vom Reisen gewesen und mit meiner Flugangst war mir das nur gelegen gekommen. So hatte ich mich nicht aus meiner Komfortzone bewegen und mich meiner Angst stellen müssen.

»Warum fliegen Sie nach New York?«, fragte ich, um von mir abzulenken.

Blake fuhr sich mit der Hand durchs Haar. »Ich habe einige Tage frei und verbringe sie zu Hause.«

»Ein waschechter New Yorker also.«

Er nickte und spielte mit Daumen und Zeigefinger an seiner Unterlippe herum. Fast wirkte es, als wäre er nervös.

»Dann können Sie mir bestimmt Insidertipps geben, was ich in den Tagen allein in New York machen kann, sollte meine Jugendliebe sich nicht über mein hübsches Lächeln freuen.«

»Warum genau jetzt? Warum warten Sie nicht einfach, bis sie dreißig sind?«, fragte er und hielt in seiner Bewegung inne. Meine Frage ignorierte er dabei. Irgendwie hatte ich das Gefühl, als wollte Blake nicht über sich selbst sprechen. Die Anschnallzeichen wurden abgeschaltet und er nutzte die Gelegenheit und setzte sich mit dem Rücken an die Wand, sah mich nun geradeheraus an. Seine langen Beine hatte er schräggestellt und sie berührten meine, was ich zu ignorieren versuchte.

Ich seufzte und begann zu erzählen. »Mein Freund hat sich vor wenigen Wochen nach acht Jahren von mir getrennt und ich habe ihm keine einzige Träne hinterher geweint. Inzwischen frage ich mich, wie ich so lange in dieser Beziehung leben konnte. Ich will nicht behaupten, dass meine Zeit verschwendet war, aber zum Schluss war da nichts mehr zwischen uns. Keine Leidenschaft. Keine Liebe. Ich will keine Kompromisse mehr. Ich will, dass Liebe mehr bedeutet als Vertrauen, Treue, Verbundenheit und Beständigkeit. Ich will verrückt sein vor Liebe, ich will übergehen vor Glücksgefühlen. Ich will, dass sie mir den Verstand raubt. Nicht nur in den ersten Monaten des Verliebtseins, sondern mein ganzes Leben lang.«

Plötzlich war es mir peinlich, dass ich mich ihm so ungeniert offenbart hatte, doch als ich meinen Blick hob, lag eine Faszination in Blakes Augen.

»Naiv, nicht?«, fragte ich verunsichert.

Er schüttelte leicht den Kopf. »Ganz und gar nicht«, sagte er und seine Augen fixierten meine.

Die Luft zwischen uns vibrierte. Ich blendete alles aus, nahm nur ihn wahr.

»Süßen oder herzhaften Snack?«, fragte eine freundliche Stimme und Blake hob den Blick. Der aufgeladene Moment war vorbei und ich räusperte mich verlegen.

»Herzhaft, bitte«, antwortete ich. Die Flugbegleiterin reichte mir Cracker und einen Tomatensaft, den ich bestellte, und gab Blake, ohne zu fragen, dasselbe.

»Danke, Kate«, sagte er zwinkernd. Die Stewardess schob den Wagen mit einem schüchternen Lächeln weiter und fragte die nächsten Passagiere, was sie wünschten. Ich warf einen Blick zurück und bemerkte, wie sie Blake musterte, während sie Kaffee ausschenkte. Ob die beiden etwas miteinander am Laufen hatten? War es nicht so, dass Piloten und Flugbegleiterinnen sich nicht nur den Arbeitsplatz teilten? Vielleicht war das aber auch nur eines dieser hartnäckigen Vorurteile.

»Denken Sie, dass der Kerl, mit dem Sie den Pakt geschlossen haben, der Richtige ist? Ihre wahre Liebe?«, fragte Blake und schob sich einen Cracker in den Mund. Ich lächelte, denn über diese Frage musste ich nicht lange nachdenken, es gab keine Zweifel.

»Ja, das denke ich. Ich habe sie gefühlt, diese Liebe.

Wir waren siebzehn und haben uns in einem Camp kennengelernt. Es war der beste Sommer meines Lebens. Wir wussten beide, dass es ein Ablaufdatum hatte, denn ich musste zurück nach Seattle und er nach New York, deshalb haben wir diese Abmachung getroffen. Wir hatten danach noch einige Zeit Kontakt, aber natürlich funktionierte es nicht. Bis jetzt denke ich an ihn und muss wissen, ob es funktionieren könnte. Es klingt so albern, wir waren Teenager, doch ich habe nie wieder bei jemandem so empfunden.« Jackson und ich hatten eine Leidenschaft entdeckt, von der wir nicht einmal gewusst hatten, dass es sie gab. Tag und Nacht hatten wir miteinander verbracht, uns besser kennen und lieben gelernt. Er hatte mir das Gefühl gegeben, der schönste und begehrenswerteste Mensch auf diesem Planeten gewesen zu sein. Er hatte mir zu einem Selbstbewusstsein verholfen, das mir mein Leben in den darauffolgenden Jahren erleichtert hatte.

»Ich wünsche es mir für Sie, Midge«, sagte Blake, griff nach meiner Hand und drückte sie leicht.

»Was ist mit Ihnen? Glauben Sie an die wahre Liebe?«, fragte ich und versuchte dabei, das kribbelnde Gefühl auf meiner Haut zu ignorieren, das seine Hand hinterließ.

»Meine Antwort würde Sie enttäuschen.«

»Die wahre Liebe existiert, man muss sie nur finden, ohne sie zu suchen. Vielleicht haben Sie irgendwann das Glück«, sagte ich und steckte mir einen Cracker in den Mund.

»Sie geben sich nicht mit weniger zufrieden.« Blake bedachte mich mit einem prüfenden Blick.

»Nein, diesen Fehler mache ich nicht noch einmal«, antwortete ich, fest davon überzeugt.

Ab heute würde sich mein Leben ändern. Egal, ob es mit Jackson funktionieren würde oder nicht, ich würde nicht noch mal aus Gewohnheit mit jemandem zusammen sein. Aus Angst, allein zu sein. Wenn Jackson nicht meine wahre Liebe war, würde sie irgendwo da draußen auf mich warten, ich musste nur lernen, geduldig zu sein.

Ich wusste nicht, wie lange ich tief in meine Gedanken versunken war, doch als ich das nächste Mal zu Blake blickte, war er eingeschlafen. Sein Kopf war nach hinten geneigt, seine Lippen leicht geöffnet. Sein Atem ging ruhig und seine Gesichtszüge waren entspannt.

Plötzlich hatte ich das Bedürfnis, seine Wange zu berühren, um herauszufinden, ob seine Haut so weich war, wie sie aussah. Schnell versuchte ich, den Gedanken abzuschütteln, indem ich wegsah. Ich konnte nicht leugnen, dass ich mich zu ihm hingezogen fühlte, doch das spielte keine Rolle, denn in wenigen Stunden würden sich unsere Wege trennen und wir würden einander nie wieder sehen.

Langsam blinzelnd öffnete ich meine Augen. Von draußen drang warmes Licht durch das Fenster. Mein Nacken schmerzte und war steif, mein Kopf lag schwer auf etwas Hartem. Ich sah Blakes Hände verschränkt in seinem Schoß liegen und plötzlich realisierte ich, dass mein Kopf auf seiner Schulter lag.

Hastig richtete ich mich auf, ignorierte den stechenden Schmerz im Nacken und straffte meine Schultern.

»Entschuldige«, sagte ich verlegen, als ich bemerkte, dass er bereits munter war.

Mit einer schnellen Bewegung schob ich mir die Haare hinter die Ohren und wischte mir die Reste der Wimperntusche weg, die vielleicht oder vielleicht auch nicht dunkel unter meinen Augen lagen. Sicher war sicher.

»Es gibt Schlimmeres«, antwortete er und ich hörte Belustigung in seiner Stimme. »Sie sind genau zur richtigen Zeit aufgewacht. Sehen Sie mal nach draußen.«

Ich drehte meinen Kopf in seine Richtung und sah an ihm vorbei in ein dichtes Wolkenmeer.

»Wow«, flüsterte ich, denn mehr brachte ich nicht heraus. Die Wolken von hier oben zu sehen, war atemberaubend. Sie wirkten wie eine unendliche Schneelandschaft, die mit dem Horizont verschmolz.

»Es ist wunderschön, nicht wahr?«

»Es ist der Wahnsinn«, staunte ich und lehnte mich etwas zu ihm hinüber, um besser sehen zu können. Dabei kroch mir der frische holzige Duft seines Rasierwassers in die Nase und als ich seinen Atem auf meinem Gesicht fühlte, wurde mir bewusst, wie nahe wir einander waren. Schnell wich ich zurück.

»Entschuldigen Sie«, sagte ich mit belegter Stimme. »Es ist nur ... das habe ich seit Jahren nicht mehr gesehen.«

Blake lächelte sanft. »Kommen Sie, wir tauschen Plätze.«

»Nein, nein das ist nicht nötig«, wandte ich ein, da ich ihm auf keinen Fall Umstände bereiten wollte.

»Ich kann diesen Anblick mehrmals die Woche genießen. Wer weiß, wann Sie wieder die Gelegenheit dazu bekommen.«

»Okay gut«, gab ich mich lächelnd geschlagen.

Blake und ich tauschten die Plätze und ich betrachtete die Wolken, die ebenso gut Zuckerwatte sein könnten.

»Wir werden gleich hindurch fliegen, also machen Sie sich keine Gedanken, wenn es ruckelt. Das ist völlig normal.«

»Okay«, antwortete ich angespannt, setzte mich gerade auf und konzentrierte mich darauf, nicht in Panik zu verfallen.

Tatsächlich ruckelte es, aber dank Blake war es nicht so schlimm. Er erklärte mir jeden einzelnen Schritt und jedes Geräusch, das man hörte. Dass die Vorflügel und Landeklappen schrittweise ausgefahren wurden. Warum die Triebwerke zuerst leiser und dann phasenweise wieder lauter wurden und wann das Fahrwerk für die Landung ausgefahren würde.

Die Landung war rumpelig, doch Blake meinte, das wäre ebenfalls normal. Die Anspannung fiel von mir ab, als wir in Parkposition rollten. Das Flugzeug kam zum Stillstand und ich war endlich in New York.

Kapitel 3

»Willkommen in New York«, sagte Blake und seine Lippen formten sich zu einem Lächeln. Als ich aufstand, hatte er bereits unser Gepäck aus der Kofferablage gehoben. Ich wollte ihm meine Tasche aus der Hand nehmen, doch er bestand darauf, sie zu tragen. Während er seine sportliche Ledertasche in einer Hand trug, warf er sich meine lässig über die Schulter. Schleppend verließen die Passagiere das Flugzeug und ich konnte es kaum erwarten, endlich auszusteigen. Wir verabschiedeten uns bei den Flugbegleiterinnen und nachdem wir die Maschine über die Passagierbrücke verlassen hatten, atmete ich erleichtert aus. Es war schön, wieder festen Boden unter den Füßen zu haben.

»Herrlich«, sagte ich erleichtert. Blake schmunzelte. Erst jetzt fiel mir auf, wie groß er war. Er überragte mich um fast zwei Köpfe. Da ich mit meinen einen Meter sechzig ziemlich klein war, war das allerdings auch keine Kunst.

Unter seiner schwarzen schmalgeschnittenen Jeans und dem dunkelgrauen Sweatshirt, das er sich eben mit der freien Hand an den Armen hochschob, vermutete ich eine athletische Figur. Sofort fielen mir seine ausgeprägten Venen auf seinen Unterarmen auf und am liebsten hätte ich jede einzelne davon mit meinem Finger nachgezeichnet. Ich wusste nicht, warum Venen auf Männerarmen so eine magische Wirkung hatten, aber sie waren sexy, und das war eine Tatsache.

»Müssen Sie zur Gepäckausgabe?«, riss Blake mich aus meinen Gedanken, während ich neben ihm herging.

»Nein, das ist alles, was ich habe«, antwortete ich und deutete auf meine Tasche.

Wir liefen an Restaurants und kleinen Shops vorbei. Ohne auf irgendwelche Schilder zu achten, wusste er genau, wohin wir mussten. Der Flughafen schien sein zweites Zuhause zu sein. Wäre er nicht an meiner Seite gewesen, hätte ich mich bestimmt verlaufen. Mein Orientierungssinn war leider katastrophal. Ich schaffte es sogar, mich trotz Navigationssystem zu verfahren, und das war keine Seltenheit.

Mit der Rolltreppe fuhren wir ein Geschoss tiefer und da Blake ebenfalls nur Handgepäck hatte, machten wir uns direkt auf den Weg zu den Taxis.

Die fünf Stunden Flug waren schneller vergangen, als ich gedacht hatte und dank Blake waren sie erträglich gewesen. Obwohl ich immer noch Angst vor dem Abstürzen hatte, wusste ich jetzt zumindest, dass ich mich vor eigenartigen

Geräuschen nicht fürchten musste und dass Turbulenzen im Normalfall nicht gefährlich waren.

»Danke«, sagte ich an Blake gerichtet, der neben mir herging.

»Für was?«, fragte er stirnrunzelnd.

»Dass Sie mir alles erklärt und mich abgelenkt haben.«

Blake zog die Brauen zusammen und schüttelte leicht den Kopf. »Dafür müssen Sie sich doch nicht bedanken.«

Durch Schiebetüren verließen wir das Terminal und draußen standen dutzende Menschen in einer langen Schlange, die allesamt auf ein Taxi warteten. Während andere hektisch an uns vorbeiliefen, schlenderten wir gemütlich bis ans Ende der Schlange und reihten uns dann ein.

»Was haben Sie jetzt vor?«, fragte Blake, der unsere Taschen vor uns am Boden abstellte und die Hände in den Hosentaschen vergrub.

»Ich denke, ich werde erstmal ins Hotel fahren. Ich hoffe, das Zimmer hat eine Minibar, denn ich benötige etwas Mut«, sagte ich und verzog das Gesicht zu einer Grimasse.

»Sie sind trotz Flugangst in ein Flugzeug gestiegen, Sie sind mutig genug«, sagte Blake und schenkte mir ein anerkennendes Lächeln.

Die Schlange bewegte sich und wir gingen einige Schritte weiter.

Tatsächlich war ich selbst ein kleines bisschen stolz auf mich. Zum ersten Mal seit über acht Jahren war ich geflogen. Gleichzeitig war ich froh darüber, Blake getroffen zu haben, denn ohne ihn wäre dieser Flug eine Qual gewesen.

»In welchem Hotel übernachten Sie?«, wollte er wissen.

Taxis kamen und fuhren im Sekundentakt und die Warteschlange verkleinerte sich schneller, als ich dachte.

»Ich weiß nicht, ob ich Ihnen das verraten kann«, sagte ich mit zusammengekniffenen Augen.

»Weil ich Sie sonst für verrückt halte?«

»Dafür ist es bereits zu spät«, antwortete ich und machte dabei eine wegwerfende Handbewegung. »Nein, weil ich nicht weiß, ob *Sie* nicht ein Verrückter sind.«

Blake stieß leicht mit seinem Ellbogen gegen meinen Arm und leckte sich über die Lippen, bevor er nach unseren Taschen griff. »Kommen Sie schon Midge, vertrauen Sie mir.«

»Sagen das nicht alle Verrückten?«

Grinsend hob Blake seine Schultern und bewegte sich rückwärtsgehend zum nächsten freien Taxi. »Kommen Sie, wir fahren zusammen.«

Dieses Angebot nahm ich nur zu gern an. Zum einen, weil ich nicht wollte, dass sich Blakes und mein Weg nun trennen würde, und zum anderen war ich noch bald genug auf mich allein gestellt.

Er reichte dem Fahrer unsere Taschen und öffnete die Wagentür, als ich auf ihn zuging. Dabei machte er eine einladende Handbewegung. Dankend stieg ich ein und rutschte auf die linke Seite hinüber.

»Also, wohin müssen wir?«, fragte Blake, der sich neben mich setzte. Ich starrte ihn kurz an und stellte fest, dass ich mir die Adresse nicht gemerkt hatte.

»Einen Moment«. Ich schaltete mein Telefon wieder an und wie befürchtet, hatte meine Mom versucht, mich einige Male zu erreichen. Schnell drückte ich die unbeantworteten Anrufe und Textnachrichten weg und suchte die Adresse raus.

»Midtown. Kreuzung 42nd Street und Broadway«, las ich von der Buchungsbestätigung ab.

Der Fahrer startete den Wagen und fuhr los. Blake behielt für sich, wo er hinmusste. Ich wusste nicht, ob er einen Umweg in Kauf nahm, aber hatte deswegen auch kein schlechtes Gewissen. Ich genoss seine Gesellschaft. Zu sehr, denn der Gedanke, dass sich unsere Wege bald trennen würden, verursachte ein eigenartiges Ziehen in meiner Brust.

»Was ist nun mit den Tipps, die Sie mir geben wollten?«

»Ich bin mir sicher, Sie werden sie nicht benötigen«, antwortete er und blickte dabei aus dem Fenster.

»Okay.« Ich versuchte, mir die Enttäuschung nicht anmerken zu lassen. Ein Teil von mir wünschte sich, dass wir Nummern austauschen würden, für den Fall, dass ich Jackson nicht finden würde oder er verheiratet oder schlicht nicht interessiert war. Doch das war albern. Ich war hier in New York wegen Jackson und hoffte auf die Telefonnummer von einem anderen Kerl. Nein, Blake hatte recht, ich würde seine Tipps nicht benötigen. Es gab bestimmt dutzende Touristeninformationen und es gab das verdammte Internet.

Die restliche Taxifahrt verging ruhig, und während ich aus dem Fenster starrte und die immer näher kommenden Wolkenkratzer betrachtete, fragte ich mich, was in Blakes Kopf vorging. Er war so still geworden und blickte in den Himmel, so als hätte die Tatsache, sich nicht mehr in der Luft zu befinden, ihm ein Stück seiner Leichtigkeit genommen.

Kurz darauf hielten wir vor meinem Hotel. Ich streckte dem Taxifahrer meine Kreditkarte nach vorne, doch Blake schnappte sie sich und reichte sie mir.

»Ich mache das«, sagte er.

»Ich kann selbst bezahlen«, antwortete ich schnippischer als gewollt. Ich war wütend, nein, enttäuscht, und genau darüber ärgerte ich mich. Blake war ein Fremder und es sollte mich nicht stören, dass jeder von uns nun seines Weges gehen würde. Wieso musste ich mich gleich zu ihm hingezogen fühlen, nur weil er nett war? Meine Ansprüche waren seit Paul offensichtlich im Keller angelangt. Und nun erwischte ich mich auch noch dabei, wie ich mich selbst belog. Blake war nicht nur nett, er war mehr als das. Es hatte bloß wenige Stunden gebraucht, um einen Einblick zu bekommen, was er für ein Mensch war, und das reichte, um zu wissen, dass er meinem Herz gefährlich nahegekommen war. Doch darüber musste ich mir keine Sorgen machen, denn in wenigen Sekunden würde ich aus dem Taxi steigen und Blake nie wieder sehen.

»Ich würde Sie aber gern auf diese Taxifahrt einladen.« Erneut hatte er dieses Lächeln auf den Lippen, das mir, mehr als es sollte, den Verstand raubte. *Nur noch wenige Sekunden.*

Seufzend steckte ich die Karte zurück in mein Portemonnaie. »Vielen Dank.«

Blake zahlte, öffnete die Tür und stieg zuerst aus, damit ich nicht auf der stark befahrenen Seite aussteigen musste. Der Taxifahrer stellte meine Tasche auf den Gehsteig ab und ich steckte ihm Trinkgeld zu.

Während der Fahrer wieder einstieg, blieb Blake vor offener Wagentür stehen.

»Es hat mich gefreut«, sagte ich und schluckte hart, als ich ihm meine Hand entgegenstreckte, um mich bei ihm zu verabschieden. Er leckte sich über die Lippen und sein Blick bohrte sich in meine Augen.

»Auf Wiedersehen, Midge«, antwortete er mit sanfter Stimme und ich musste lächeln. Die Ironie dieser Worte. Ob er sich dessen bewusst war? Ich griff nach meiner Tasche und ging zum Hoteleingang. Obwohl ich den Drang verspürte, ihn ein letztes Mal anzusehen, tat ich es nicht. Nach wenigen Schritten hörte ich, wie die Autotür zugeschmissen wurde.

»Midge!«, rief Blake plötzlich und Hoffnung keimte in mir auf, dass er mich doch nach meiner Nummer fragen würde.

Ich drehte mich herum. Er saß im Auto, das Fenster war heruntergelassen und ein warmer Ausdruck lag in seinen Augen, während er den Kopf herausstreckte.

»Ich wünsche Ihnen viel Glück auf der Suche nach der Liebe.«

»Der *wahren* Liebe«, antwortete ich und versuchte, nicht enttäuscht zu klingen. »Ich wünsche Ihnen tausend sichere Flüge und tausend sichere Landungen.«

Er presste die Lippen nickend aufeinander und sagte etwas zum Fahrer, der das Taxi augenblicklich in Bewegung setzte. Blake hob die Hand zum Abschied und ich winkte zurück, bevor ich mich zum Gehen abwandte.

»Vergessen Sie nicht, Ihre Uhr umzustellen!«, hörte ich ihn aus einiger Entfernung rufen und meine Mundwinkel hoben sich.

Vielleicht hatte es etwas Gutes, seine Nummer nicht bekommen zu haben, denn wer wusste schon, welche schlechten Angewohnheiten oder Macken ans Licht gekommen wären, hätte ich ihn besser kennengelernt. So war ich einfach dankbar, ihn getroffen zu haben, weil mir endlich jemand geholfen hatte, mit meiner Flugangst umzugehen.

Entschlossen betrat ich das Hotel und befand mich in einem edlen, mit Marmor ausgelegten Eingangsbereich. Sogar die Tresen, hinter denen die Angestellten standen, waren aus weißem und grauem Marmor. Es war schick, aber das musste es für den Preis auch sein.

Mein Zimmer befand sich in der dreizehnten Etage und als ich es betrat, stellte ich fest, dass es überraschend geräumig war. Auf der linken Seite stand ein extragroßes Doppelbett.

Auf der gegenüberliegenden Wand war ein Schreibtisch mit einem Stuhl. Darüber hing ein Flachbildschirmfernseher.

Ich stellte meine Tasche auf dem Bett ab und ging an das breite bodentiefe Fenster. Meine Augen weiteten sich bei dem Ausblick, denn man konnte direkt auf den Time Square sehen. Es wimmelte von Leuten und Autos.

Ich ging zurück zum Bett und zog mein Telefon aus der Tasche. Ich schrieb meiner Schwester eine kurze Nachricht, dass ich gut angekommen war und meine Entscheidung bereits bereute. Denn genau das tat ich. Was machte ich hier bloß? Ich hatte mir keine Gedanken darüber gemacht, was ich tun würde, wenn ich wirklich hier war.

Ich warf einen Blick auf die Uhr. Inzwischen war es acht. Ob Jackson schon in der Kanzlei war? Konnte ich ihn überhaupt so überfallen? Oder sollte ich es wie einen Zufall aussehen lassen? Gähnend legte ich mich auf das Bett, um mich kurz auszuruhen. Ich wollte nicht schlafen, nur meine Augen für einige Minuten schließen, da ich inzwischen über vierundzwanzig Stunden wach war. Vom Nickerchen im Flugzeug mal abgesehen. Doch es dauerte nicht lange und ich sank in einen tiefen Schlaf.

Das war weder mein Bett, in dem ich lag, noch mein Zimmer, stellte ich fest, als ich das nächste Mal meine Augen öffnete. Ich brauchte ein paar Sekunden, bevor ich begriff, dass ich in New York war. Aus dem Powernap war ein sechsstündiger Dornröschenschlaf geworden. Seit Wochen hatte ich nicht mehr so gut geschlafen. Ich setzte mich auf, streckte mich und genoss für einen kurzen Moment den Ausblick. Dann sprang ich unter die Dusche und mit einem Badetuch um den Körper gewickelt, kramte ich in meiner Tasche nach frischer Kleidung. Geräuschvoll begann mein Telefon auf dem Nachtkästchen zu vibrieren und vermeldete einen Anruf von Ally. Ich nahm ab und steckte mir das Telefon zwischen Schulter und Ohr.

»Ich kann nicht fassen, dass du es wirklich gemacht hast!«, rief meine Schwester euphorisch ins Telefon, ohne mich zu begrüßen.

»Du hast mich quasi dazu genötigt«, zischte ich, während ich mir Unterwäsche anzog.

»Was wirst du jetzt machen?«

Ich stellte mein Telefon auf Lautsprecher und warf es aufs Bett. Dann griff ich nach meiner Jeans und schlüpfte hinein. »Ich habe mehrere hundert Dollar für das verfluchte Flugticket und das Hotel bezahlt, also werde ich jetzt zu seiner Kanzlei fahren«, sagte ich und bemerkte, wie nervös mich diese Worte machten. »Denke ich zumindest ... ich weiß es nicht«, ergänzte ich verunsichert.

»O mein Gott, ich bin so aufgeregt.«

»*Du* bist aufgeregt? Was denkst du, was ich bin?«

Ich fischte ein graues T-Shirt aus meiner Tasche und zog es mir über den Kopf.

»Ruf mich an, wenn du wieder im Hotel bist«, drängte meine Schwester.

»Ally, du hast Flitterwochen. Die solltest du nicht am Telefon verbringen, sonst bist du vermutlich schneller wieder geschieden, als du Amen sagen kannst.«

Davon war ich zwar nicht überzeugt, da Pete der verständnisvollste und gutmütigste Kerl auf diesem Planeten war, aber ich wollte es auch nicht herausfordern.

Ich nahm das Telefon, ging ins Badezimmer und legte es auf die Ablage über dem Waschbecken.

»Dann schreib mir wenigstens«, protestierte sie.

»Mache ich. Schöne Flitterwochen.«

»Ich habe dich lieb, Midge.«

»Ich dich auch«, antwortete ich und legte auf.

Schnaubend betrachtete ich mich im Spiegel und machte mich daran, das karamellfarbene Chaos auf meinem Kopf zu beseitigen, indem ich mir einen ordentlichen Zopf band.

War ich so mutig, wie Blake behauptet hatte? Konnte ich einfach so in Jacksons Kanzlei spazieren und ihm nach elf Jahren gegenüberstehen? Ich konnte zumindest so tun, als wäre ich es. Immerhin hatte ich den Weg nach New York auf mich genommen, das Schlimmste war gewissermaßen schon überstanden. Ich hatte nichts zu verlieren, außer meiner Würde vielleicht. Mein Spiegelbild nickte entschlossen – ich würde es versuchen.

Ich lief aus dem Badezimmer, steckte mein Telefon und den Zettel mit der Adresse von Jacksons Kanzlei in meine Umhängetasche und verließ das Hotel, bevor ich es mir noch mal anders überlegen konnte.

Bis zur Kanzlei waren es etwa sechs Kilometer. Obwohl ich gern zu Fuß gegangen wäre, um mir die Gegend anzusehen, beschloss ich, mit dem Taxi zu fahren. Das Hotelzimmer war für eine Woche gebucht, also hatte ich noch genug Zeit, um die Stadt zu erkunden.

Nach zwanzig Minuten, die mehr aus im Stau stehen als Autofahren bestand, kam ich an und stand vor dutzenden Wolkenkratzern, die bis hoch in den Himmel ragten. Überall liefen geschäftige Leute in Businesskleidung herum, die telefonierten oder anderweitig mit dem Telefon beschäftigt waren. Niemand beachtete die Umgebung, jeder war in seiner eigenen kleinen Welt.

Ich legte mir die Hand als Sichtschutz an die Stirn und blickte hoch auf das Gebäude, in dem sich Jacksons Kanzlei befand. Jetzt oder nie.

Langsam ging ich auf den Eingang zu. Mein Herz schlug mit jedem Schritt schneller. Tausend Gedanken schossen mir durch den Kopf und Zweifel machten sich in mir breit. Er war bestimmt verheiratet und wenn nicht würde er sich über mich lustig machen. Er würde denken, ich wäre verzweifelt und er mein letzter Ausweg. Ich war kurz davor, einen Rückzieher zu machen, als ein älterer Herr im Anzug mich freundlich anlächelte und mir die Tür aufhielt. Ich wog ab. War ich mutig genug? Meine Beine setzten sich in Bewegung. Ja, ich war es. Ich musste es sein, denn wenn ich jetzt nicht reingehen würde, würde ich mir für immer Vorwürfe machen. Und Ally würde mir die Hölle heiß machen.

Ich hätte den Weg umsonst auf mich genommen, den Flug und die Angst. Dankend schob ich mich an dem älteren Herrn vorbei.

Im Eingangsbereich standen die Namen unzähliger Firmen und Kanzleien auf Tafeln. Butler & Partner befand sich auf der zweiundfünfzigsten Etage.

Ich stieg in den nächstbesten Aufzug, schloss meine Augen und atmete tief durch.

Aufzüge standen auf der Liste von Dingen, die ich nicht mochte, auf Platz zwei, direkt hinter dem Fliegen. In einer Stadt wie New York war das Aufzugfahren allerdings unumgänglich, denn weder meine Kondition noch meine Zeit ließen es zu, dass ich die Treppen nahm.

Als sich die Fahrstuhltüren öffneten, prangte direkt auf der gegenüberliegenden Wand ein großes goldenes Schild mit der Aufschrift *Butler & Partner.* Davor saß eine Empfangsdame. Mit wild pochendem Herzen ging ich auf sie zu und hoffte, dass sie mir meine Unsicherheit nicht ansehen würde. Aus der Nähe erkannte ich, dass sie jung war, vielleicht Anfang zwanzig. Ihr honigblondes Haar hatte sie zu einem hohen Knoten gebunden und ihre grünen Augen musterten mich nun freundlich.

»Guten Tag. Was kann ich für Sie tun?«

»Ich würde gern mit Mr Jackson Butler sprechen.«

»Etwa jetzt?«, fragte sie verdutzt.

»Es muss nicht sofort sein, ich kann später wiederkommen«, antwortete ich verunsichert.

»Mr Butler ist ein vielbeschäftigter Mann. So spontan bekommen Sie leider keinen Termin. Ich kann aber gern nachsehen, wann er Zeit hat.«

»Das wäre sehr freundlich, danke.«

Sie richtete ihren Blick auf den Monitor und machte einige Klicks auf der Maus. Währenddessen sah ich mich um. Hier am Empfang war es ruhig. Außer uns beiden war niemand zu sehen. Wenn noch andere Personen hier waren, und davon ging ich aus, befanden sie sich hinter geschlossenen Türen. Falls Jackson hier war, war er nur wenige Meter entfernt. Er war fast zum Greifen nahe. Plötzlich hatte ich keine Angst mehr, ich wollte ihn einfach nur sehen und mit ihm sprechen.

Miss Grayson, wie ich vom Namensschild der Empfangsdame ablas, blickte von ihrem Bildschirm auf.

»Der nächste freie Termin wäre erst übernächste Woche Donnerstag.«

»Oh«, kam es mir über die Lippen, da ich meine Enttäuschung nicht verbergen konnte. »Da werde ich nicht mehr in der Stadt sein.«

»Das tut mir leid.« In ihren Augen erkannte ich Bedauern. Kurz zog ich es in Erwägung, sie nach Jacksons privater Telefonnummer zu fragen, verwarf den Gedanken aber gleich wieder. Ich war mir sicher, dass sie sie nicht hergeben durfte, falls sie die Nummer überhaupt hatte. Doch ich war nicht den ganzen Weg gereist, um jetzt aufzugeben.

»Ist es möglich, ihm eine Nachricht zu hinterlassen?«

»Natürlich.«

Miss Grayson gab mir Zettel und Stift und ich notierte meinen Namen, meine Nummer und erwähnte kurz, dass ich in der Stadt war.

»Vielen Dank«, sagte ich und reichte ihr das Geschriebene.

Dann verabschiedete ich mich und ging zurück zu den Aufzügen. Jackson hatte nun meine Nummer. Wenn er sich nicht melden würde, wüsste ich, dass er kein Interesse daran hatte, mich zu treffen.

Schneller als erwartet öffneten sich die Fahrstuhltüren und ein Schwarm Menschen lief mir entgegen. Ich drückte meine Tasche fest an meine Brust und versuchte, nicht niedergerannt zu werden. Als der Aufzug endlich leer war, betrat ich ihn. In diesem Moment hörte ich ihn meinen Namen sagen. Ein Schaudern lief mir über den Rücken. Seine Stimme war tiefer und rauer und trotzdem hätte ich sie unter tausenden wiedererkannt. Mit wild pochendem Herzen drehte ich mich herum und da stand er. Groß, gutaussehend und in einem perfekt geschnittenen Anzug. Die Türen des Fahrstuhls gingen zu, doch Jackson war schneller und stellte seinen Fuß dazwischen, damit sie sich nicht schließen konnten.

»Hey«, brachte ich nervös hervor, als sich die Türen wieder öffneten.

»Tatsächlich. Miriam Heywood, hier in New York, in meiner Kanzlei.« Ein unwiderstehliches Lächeln lag auf seinen

Lippen und ein warmes Gefühl breitete sich in meiner Brust aus. Er trat einen Schritt zurück und ich stieg aus dem Aufzug.

In Gegensatz zu damals trug er nun einen perfekt getrimmten Dreitagebart, der ihn noch attraktiver machte. Ohne Zögern drückte er mir einen Kuss auf die Wange und eine Mischung aus Tonkabohnen und Zedernholz vernebelte meine Sinne.

»Was machst du hier?« Seine tief dunkelbraunen, fast schwarzen Augen musterten mich. »Brauchst du einen Anwalt?«

»Was? Nein! Ich bin in der Stadt und dachte, ich schaue mal vorbei«, antwortete ich und versuchte, meine Nervosität herunterzuspielen. Das war zwar nicht ganz korrekt, aber ich konnte ihm schlecht die Wahrheit sagen. Schnell warf ich einen Blick auf seine Hand. Kein Ehering. Entweder er war nicht verheiratet oder er trug keinen Ring.

»Du schaust mal vorbei?«, fragte er amüsiert und vergrub seine Hände in seinen Hosentaschen. »Nach all den Jahren schaust du also einfach mal so vorbei.«

An seinem wissenden Lächeln konnte ich erkennen, dass er mir nicht glaubte.

»Mr Butler, Ihr Termin!«, rief Miss Grayson von ihrem Platz. »Sie sind bereits fünf Minuten zu spät.«

Jackson warf einen Blick auf seine Armbanduhr und wandte sich dann wieder an mich. »Ich muss leider los. Hast du Lust, heute Abend mit mir essen zu gehen?«

»Sehr gern.«

»Ich hole dich um sieben ab, wenn das in Ordnung ist«, sagte er und deutete mit dem Zeigefinger auf mich, während er rückwärts davonging.

»Du musst mich nicht extra abholen«.

»Ich bestehe darauf, Miriam.«

»Okay, dann sehen wir uns um sieben«, antwortete ich und hob die Hand zum Abschied. Jackson zwinkerte mir zu und drehte sich im Gehen um.

»Olivia, verschieben Sie bitte meinen Sechs-Uhr-Termin auf nächste Woche und notieren Sie sich Miriams Nummer sowie die Adresse, von wo ich sie abholen darf.«

»Aber …«, wandte Miss Grayson ein, als er an ihr vorbeilief. »Tun Sie es bitte einfach«, antwortete er streng und sein Ton ließ keine Widerrede zu. Er konnte nach wie vor einschüchternd sein, wenn er es wollte.

Ich sah ihm so lange hinterher, bis mich Olivias Stimme aus der Starre löste. »Miss Heywood, ich benötige noch die Adresse.«

»Natürlich.«

Rasch ging ich auf sie zu und schrieb den Namen des Hotels sowie die Adresse auf das Blatt Papier, auf das ich vorher schon meinen Namen und meine Telefonnummer notiert hatte. Dann reichte ich es zurück an Olivia, die mich forschend musterte.

»Ich weiß nicht, wer Sie sind oder woher Sie Mr Butler kennen, aber in den letzten zwei Jahren, seit ich hier arbeite, hat er noch nie einen Termin verschoben. Keinen Einzigen.«

Überrascht sah ich sie an und fragte mich, was das zu bedeuten hatte.

»Er sieht so gut aus«, schwärmte ich und ließ mich rückwärts aufs Bett fallen. Natürlich hatte ich Ally doch sofort angerufen, als ich zurück ins Hotel gekommen war.

Meine Schwester quietschte vor Freude an der anderen Leitung. »Wie hat er reagiert?«

Ich drehte mich zur Seite und stützte den Kopf auf der Hand ab. »Er war überrascht, aber ich denke, er hat sich gefreut, denn ... wir gehen heute Abend essen.« Ich biss mir auf die Unterlippe und wünschte, ich könnte ihre Reaktion sehen.

»O Midge, ich würde dich gerade so gern umarmen.«

»Und ich würde dir gern die Blumen zeigen, die er mir ins Hotelzimmer hat schicken lassen«, sagte ich und presste meine Lippen aufeinander.

»O mein Gott, ich drehe durch!«, rief sie ins Telefon.

Nachdem ich den ganzen Weg zu Fuß zurück ins Hotel gelaufen war, hatte ich einen Strauß mit zweidutzend weißen Rosen in meinem Zimmer vorgefunden. *Ich hoffe, sie gefallen dir noch so sehr wie damals, Jackson,* stand in geschwungener Schrift auf einer kleinen weißen Karte.

»Ich bin so aufgeregt«, sagte ich, erhob mich vom Bett und ging zu den Rosen. Ich zog eine heraus und vergrub meine Nase darin.

»Ich hoffe, du hast schöne Unterwäsche mit«, sagte meine Schwester mit anzüglicher Stimme und in dem Moment stach ich mich an einem Dorn.

»Ally!«

»Was?«, fragte sie unschuldig.

Ich steckte die Blume zurück und saugte das Blut von meinem Finger. »Soweit wird es nicht kommen. Jackson ist anständig.«

»Du meinst, der alte Jackson war anständig. Inzwischen ist er ein heißer Anwalt.« Sie musste nicht vor mir stehen, damit ich wusste, dass sie mit den Augenbrauen wackelte.

»Hat Mom sich nach mir erkundigt? Ich habe sie nicht zurückgerufen«, versuchte ich vom Thema abzulenken.

Jackson und ich würden lediglich Essen gehen. Ich wusste nicht, ob er überhaupt alleinstehend war und Ally dachte bereits an Sex. Nein, nein, so weit würde es nicht kommen, selbst wenn Jackson keine Freundin hatte. Wir hatten uns elf Jahre lang nicht gesehen, er war praktisch ein Fremder. Ein Fremder, der jeden Zentimeter meines Körpers kannte – oder zumindest gekannt hatte.

»Kauf. Dir. Heiße. Unterwäsche.«

»Ich mache jetzt Schluss«, sagte ich augenrollend.

»Ruf mich morgen an! Ich will alles wissen.«

»Das überlege ich mir noch«, antwortete ich und legte auf.

Ich nahm meine Reisetasche aus dem Schrank und leerte den gesamten Inhalt auf dem Bett aus. Verzweifelt starrte ich auf meine Kleidungsstücke. Nichts davon war schick genug, um es heute Abend tragen zu können. Prüfend schnappte ich mir einen meiner Slips, doch auch der war nicht annähernd ausgehtauglich – oder aus*zieh*tauglich. Schnaubend warf ich ihn zurück aufs Bett und sah auf die Uhr. Ich hatte noch genau zwei Stunden Zeit, um das perfekte Outfit zu finden. Und heiße Unterwäsche.

Kapitel 4

Um kurz vor sieben Uhr abends verließ ich das Hotel. Jackson wartete bereits auf mich, mit dem Rücken an einen schwarzen Wagen gelehnt, den Blick auf die Schuhe gerichtet. Den blauen Anzug von heute Nachmittag hatte er gegen einen schwarzen getauscht. Die Krawatte hatte er abgenommen und der oberste Knopf seines weißen Hemds stand offen. Er sah unverschämt gut aus, wie er so dastand, mit den Händen in den Hosentaschen und den Füßen an den Fesseln überkreuzt. Er hatte sich von einem gutaussehenden Jugendlichen zu einem attraktiven Mann entwickelt.

Als er meine Absätze auf dem Asphalt hörte, sah er auf und seine dunklen Augen musterten mich von unten bis oben. Ich hoffte, mit dem khakifarbenen Bleistiftkleid seinen Geschmack getroffen zu haben.

Seine Mundwinkel hoben sich leicht, als er sich vom Wagen abstieß und mir auf halbem Weg entgegenkam. Wie vorhin in der Kanzlei, gab er mir einen Kuss auf die Wange, nahm mich an der Hand, machte einen Schritt zurück und betrachtete mich aus der Nähe.

»Du siehst bezaubernd aus.«

»Danke«, antwortete ich etwas verlegen. »Das kann ich nur zurückgeben.«

Jackson öffnete mir die Wagentür und ich stieg dankend ein.

»Guten Abend«, begrüßte ich den Fahrer, der vorne am Steuer saß.

»Guten Abend, Miss Heywood«, antwortete er freundlich und unsere Blicke trafen sich im Rückspiegel.

»Ich hoffe, du magst die italienische Küche noch immer so gern wie früher«, sagte Jackson, der neben mir Platz nahm.

»Das hast du dir gemerkt?«, fragte ich verblüfft.

»Ich habe mir alles gemerkt«, antwortete er mit rauer Stimme und sah mir dabei so tief in die Augen, dass ich glaubte, den Verstand zu verlieren. Erst als er den Blick abwandte, bemerkte ich, dass ich den Atem angehalten hatte.

Jackson sah verdammt gut aus, doch es waren vor allem seine Augen, die mich faszinierten. Sie waren geheimnisvoll, fesselnd und sagten so viel, ohne dass er den Mund hätte aufmachen müssen. Jegliche Emotionen konnte man ihm in den Augen ablesen.

»Laut Vicky soll es dort das beste Tiramisu geben.«

Victoria, von den meisten nur Vicky genannt, war seine jüngere Schwester. Sie war damals auch im Camp gewesen, wir sind allerdings nie Freundinnen geworden, denn ihr

Gefolge und sie waren mehr daran interessiert gewesen, mir die Sommermonate so schwer wie möglich zu machen. Sie hatten mich aufgrund meiner Zahnspange gehänselt, meine Kleidung in den See geworfen und in mein Essen gespuckt. Und das ist nur die Spitze des Eisbergs gewesen. Nur so ist Jackson allerdings überhaupt erst auf mich aufmerksam geworden und ab diesem Zeitpunkt hatte ich unter seinem Schutz gestanden. Ich hatte meine Ruhe gehabt und Victorias Gang hatte sich ein anderes Mädchen gesucht, das sie hatten mobben können, und im Gegensatz zu mir, nicht von einem Prinzen auf seinem weißen Pferd gerettet wurde.

Es dauerte nicht lange, bis wir an einem schicken Restaurant in Soho hielten. Bereits von draußen sah ich durch die großen Fenster wunderschöne Kronleuchter von den Decken hängen. Auf den weiß gedeckten Tischen standen dazu passende Kerzenständer.

»Guten Abend, Mr Butler. Madam«, begrüßte uns ein junger Kellner, als wir eintraten. »Folgen Sie mir bitte.«

Jackson ließ mir den Vortritt und ich ließ mich von dem Kellner in den hinteren Teil des Restaurants führen, in dem es ruhiger war und das Licht gedimmt. Am Tisch angekommen, zog er den Stuhl zurück, damit ich mich setzen konnte.

»Es ließ sich einrichten, dass Sie Ihren bevorzugten Tisch bekommen«, bemerkte der Junge mit einem stolzen Gesichtsausdruck an Jackson gerichtet.

»Das weiß ich sehr zu schätzen, Stefano.«

Ich beobachtete, wie Jackson ihm diskret mehrere Geldscheine zusteckte und ihm lobend auf die Schulter klopfte, bevor er sich mir gegenübersetzte. Der Kellner nickte dankend, schob das Geld in seine Hosentasche und reichte zuerst mir und dann Jackson die geöffnete Speisekarte.

»Du hast den Kellner bestochen?«, fragte ich und verengte meine Augen, als wir wieder unter uns waren. Ein Lächeln huschte kurz über seine Lippen. Ich konnte mich noch genau daran erinnern, wie er mir mit diesen Lippen bei Sonnenuntergang am Ufer des Sees meinen ersten Kuss gestohlen hatte. Er war zart und unschuldig gewesen.

»Erwischt. Das hier ist mein Lieblingsplatz. Es ist angenehm ruhig, trotzdem hört man noch die Liveband spielen. Das Licht ist nicht so grell und es läuft nicht ständig wer an dem Tisch vorbei.«

»Es ist wirklich schön hier.«

Stefano kam mit einer Flasche an unseren Tisch und schenkte uns beiden Wein ein.

»Auf einen schönen Abend.« Jackson hob das Glas und ich stieß mit ihm an, ehe ich einen Schluck nahm.

Der Wein roch nach Kirschen und Blaubeeren und schmeckte lecker fruchtig-würzig, nicht zu trocken, aber auch nicht zu süß.

»Zufrieden?«, fragte Jackson belustigt, weil ich den Wein mit all meinen Geschmacksknospen auskostete und dabei meine Augen geschlossen hielt. Selten hatte ich einen besseren Rotwein getrunken. Ich verzog das Gesicht, öffnete die Augen.

»Er ist ganz okay.«

»Mhm, also nur okay«, sagte er mit rauer Stimme und hob eine Augenbraue, während er selbst einen Schluck davon nahm.

Ich presste meine Lippen aufeinander und schaute in die Speisekarte, da ich seinem Blick nicht länger standhalten konnte.

Es dauerte nicht lange, bis der Kellner zurück an unseren Tisch kam und unsere Bestellung aufnahm. Ich entschied mich für Gnocchi und Jackson bestellte Trüffel-Tagliatelle.

»Also Miriam, was hast du in den letzten elf Jahren getrieben?«

Jackson verschränkte seine Unterarme auf dem Tisch und lehnte sich etwas nach vorne. Verzweifelt suchte ich nach spannenden Anekdoten aus meinem Leben, doch da war nichts. Keine aufregenden Reisen, keine halsbrecherischen Hobbys, keine steile Karriere, nichts.

»Ich wohne immer noch in Seattle. Nach der Highschool habe ich am South Seattle College studiert. Nebenbei habe ich eine Ausbildung zur Visagistin gemacht und mich nach dem Studium dann als Hochzeitsplanerin selbstständig gemacht.«

»Hochzeitsplanerin, das passt zu dir. Du warst schon immer gut organisiert.«

Ich lachte, denn Jackson hatte vollkommen recht. Im

Camp war ich für einige organisatorische Dinge zuständig gewesen. In Grunde war ich unwichtig gewesen, doch ich hatte meine Aufgaben ziemlich ernstgenommen. Alles hatte perfekt sein und genauso ablaufen müssen, wie ich es geplant hatte. Was das anging, hatte ich mich kein bisschen geändert. Mein Leben bestand praktisch aus To-do-Listen.

»Und du hast deinen Traum verwirklicht und bist Rechtsanwalt geworden? Dein Vater muss stolz auf dich sein.«

»Ich wusste eben schon immer, was ich will.«

Seine Augen waren so intensiv in meine gerichtet, als könnte er in meine Seele sehen und in mir lesen wie in einem offenen Buch. Mir wurde bewusst, wie sehr ich mich zu ihm hingezogen fühlte und wie nervös er mich machte, wenn er mich so ansah.

»Was führt dich nach New York? Bist du beruflich hier?«, wollte er wissen.

Ich räusperte mich und nahm einen Schluck vom Wasser, um etwas Zeit zu gewinnen. Würde ich ihm jetzt verraten, dass ich seinetwegen hier war, würde er vermutlich gleich das Weite suchen.

»Ich brauche eine Auszeit von meinem Leben«, antwortete ich stattdessen knapp. Das war zwar nicht die ganze Wahrheit, aber es war auch keine Lüge.

»Darf ich fragen, was los ist? Du musst mir die Frage nicht beantworten, wenn du nicht möchtest. Das würde ich verstehen, wir haben uns lange nicht gesehen.«

Ich schüttelte leicht den Kopf. »Nein, schon okay. Mein Freund hat sich nach acht Jahren von mir getrennt.«

»Das tut mir leid«, sagte Jackson und fasste nach meiner Hand. Es war eine kleine Geste, dennoch brachte sie mein Herz zum Stolpern.

»Das muss es nicht. Es war längst überfällig. Es ist okay, wirklich«, sagte ich und meinte es so. Wer wusste, wie lange ich noch in dieser Beziehung geblieben wäre, hätte Paul nicht die Reißleine gezogen.

Stefano kam mit unseren Tellern an den Tisch und stellte die herrlich duftenden Speisen vor uns ab, wünschte einen guten Appetit und ließ uns erneut allein.

»Wenn es mir nicht leidtun muss, dann bin ich ihm dankbar. Du wärst nicht hier, hätte er dich nicht verlassen«, bemerkte Jackson, während er Tagliatelle auf seine Gabel drehte. Er hob den Blick und sah mir fest in die Augen. Für einen Moment blieb die Zeit stehen und ich blendete alles um uns herum aus. Ich hatte so viele Bedenken, und Jackson schaffte es mit nur einer Bemerkung, sie alle aus dem Weg zu räumen.

Wir aßen und tranken dazu jede Menge Wein. Nach dem zweiten Glas spürte ich bereits die Wirkung des Alkohols. Meine Sinne nahmen alles intensiver wahr. Jacksons tiefes raues Lachen, das Gefühl von seiner Hand auf meiner, die eindringlichen Blicke, während wir miteinander sprachen. Lange hatte mich niemand mehr angesehen wie Jackson. Er ließ mich keine Sekunde aus den Augen, musterte mich aufmerksam.

Die Zeit verging im Nu und nachdem wir uns ein Tiramisu geteilt hatten, brachte sein Fahrer uns zurück zu meinem Hotel. Zumindest dachte ich, dass er zum Hotel fährt.

»Jonathan, fahren Sie bitte rechts ran«, sagte Jackson und ich sah ihn fragend an. Der Fahrer blieb stehen und Jackson öffnete die Wagentüre. »Komm, lass uns durch den Park gehen. Das Hotel ist nur wenige Blocks entfernt.«

Ich verabschiedete mich rasch bei Jonathan und stieg aus. Als wäre es selbstverständlich und als hätten wir uns erst gestern zum letzten Mal gesehen, griff Jackson nach meiner Hand und verschränkte unsere Finger ineinander. Ich sah zu ihm auf und musste lächeln.

»Ist dir kalt?«, fragte er, als wir durch eine Baumallee spazierten. Er wollte seine Hand aus meiner ziehen, vermutlich, um mir sein Sakko zu geben, doch ich hielt sie fest.

»Mir ist nicht kalt.«

Er musterte mich prüfend.

»Mir ist wirklich nicht kalt«, versicherte ich ihm. »Das Klima hier ist sogar vergleichsweise mild zu Seattle.«

Jackson grinste belustigt und legte mir den Arm um die Schultern. »Warte erst mal den Winter ab.«

So schlenderten wir weiter durch den Park und schneller als mir lieb war, erreichten wir das Ende. An einer Laterne machte Jackson plötzlich halt und zog mich an meiner Hand zu sich, sodass ich zurück torkelte und direkt vor ihm zum Stehen kam.

»Warum ausgerechnet New York?«, fragte er. Seine dunkelbraunen Augen musterten mich forschend und wirkten im Lichtkegel der Laterne wie Karamell.

»Deinetwegen«, antwortete ich, ohne nachzudenken, und war überrascht über meine Ehrlichkeit. Verdammter Alkohol.

»Miriam«, begann er, doch ich ließ ihn nicht ausreden.

»Es ist mein Ernst. Ich bin deinetwegen hier. Wegen unserer Abmachung.« Ich schluckte, griff nach seiner Hand und berührte die Stelle an seinem Finger, an der normalerweise ein Ehering steckte. »Du bist nicht verheiratet, oder?«

»Nein, bin ich nicht«, sagte er und sein Gesicht war nur noch wenige Zentimeter von meinem entfernt.

Vor Aufregung ging mein Atem schneller.

»Gibt es denn eine Frau in deinem Leben?«, fragte ich heiser. Ich blickte zu ihm hoch und hatte Angst vor der Antwort. Wenn er jetzt bejahte, war ich den ganzen Weg umsonst gereist. Er schob mir sanft eine Strähne hinter mein Ohr und streichelte mir mit dem Daumen über die Wange.

»Es gibt niemanden, nein.«

Mein Herz machte einen Luftsprung und ich war mir sicher, dass er mir die Erleichterung von den Augen ablesen konnte. Ein zufriedenes Lächeln huschte über sein Gesicht und mein Blick blieb an seinen perfekt geschwungenen Lippen hängen. Langsam kam er mir noch näher.

»Ich habe gehofft, dass du wegen mir hier bist«, sagte er unverhofft.

Im nächsten Moment küsste er mich. Seine Lippen drängten sich auf meine, während ich meine Hand in seinen Nacken legte und ihn näher an mich zog. Hitze durchfuhr meinen Körper, als sich unsere Zungen berührten und ich Wein schmeckte. Es war wie früher und gleichzeitig anders. Fremd und vertraut zugleich.

Schwer atmend lösten wir uns voneinander und ich legte meine Stirn auf seiner Brust ab. Sanft hob er mein Kinn an, damit ich ihn ansah, und sein schiefes Lächeln raubte mir auch noch den letzten Funken klaren Verstand.

»Lass uns weitergehen.«

Hand in Hand gingen wir die restlichen Meter zum Hotel.

»Der Abend war wunderschön. Vielen Dank«, sagte ich, als wir davor zu stehen kamen.

»Das war er. Es war schön, dich wiederzusehen.«

Jackson ließ meine Hand los und die Wärme war verschwunden.

»Darf ich kurz dein Telefon benutzen?«

»Natürlich.« Den ganzen Abend über hatte er seines kein einziges Mal in der Hand gehabt, weshalb ich vermutete, dass er es zu Hause vergessen hatte. Bestimmt wollte er seinen Fahrer anrufen, damit er ihn abholte.

Ich begann in meiner Tasche zu kramen und zog es heraus. Nachdem ich es entsperrt hatte, fiel mir eine Nachricht von Ally auf, die sich über den Abend erkundigte. Schnell wischte ich sie weg und blickte zu Jackson hoch, der sich ein Grinsen verkniff. Natürlich hatte er sie gelesen. Ich zog meine Brauen zusammen und presste meine Lippen aufeinander.

»Peinlich.«

Schmunzelnd griff Jackson nach dem Telefon. »Überhaupt nicht. Wie geht es ihr?«

Anstatt zu telefonieren, speicherte er seine Nummer ein.

»Jetzt wieder gut. Die letzten Wochen vor der Hochzeit war sie ein reines Nervenbündel. Zeitweise war das richtig anstrengend, aber die Hochzeit war perfekt und nun kann ich mich erstmal davon erholen, denn es war die letzte diese Saison.«

Jackson gab mir das Telefon zurück.

»Sag ihr Grüße und Glückwünsche von mir.«

»Darüber wird sie sich bestimmt freuen.«

Das Lachen eines älteren Pärchens am Hoteleingang weckte unsere Aufmerksamkeit. Der Mann flüsterte seiner Frau etwas ins Ohr, worauf sie noch mehr kicherte und ihm einen leichten Klaps auf den Arm gab. Sofort musste ich grinsen. Ich stellte mir vor, wie die beiden bereits einige Jahrzehnte zusammen verbracht hatten und nach wie vor wie junge verliebte Teenager wirkten.

Jackson legte seinen Arm um meine Schulter. »Komm, ich begleite dich zum Fahrstuhl.«

Wir betraten das Hotel und als wir die Aufzüge erreichten, drückte ich die Taste, um den Lift zu holen.

»Ich habe morgen einige wichtige Termine, aber es würde mich freuen, wenn du mit mir zu Mittag isst«, sagte Jackson.

»Sehr gern«, antwortete ich und freute mich, dass er trotz seines vollen Terminkalenders Zeit für mich fand.

Jacksons Mundwinkel hoben sich, dann richtete er seinen Blick auf die Anzeige über uns. Erwartete er, dass ich ihn fragen würde, ob er mit hochkommen wollte? Wollte ich das denn? Jackson drehte seinen Kopf in meine Richtung und sah mich fragend an, als er bemerkte, dass ich ihn anstarrte.

»Möchtest du mit hochkommen?«, fragte ich unsicher.

»Ich denke, es ist besser, wenn ich jetzt gehe.«

Er vergrub die Hände in seinen Hosentaschen und ich nickte hastig, um meine Selbstzweifel zu überspielen.

»Okay.« Entweder war Jackson tatsächlich anständig, oder er hatte schlicht und einfach kein Interesse. Sein Schweigen machte die Situation nicht angenehmer.

»Der Abend war wirklich schön«, sagte ich, da mich die plötzliche Stille erdrückte.

»Das sagtest du bereits«, bemerkte Jackson schmunzelnd.

»Mhm.«

Ich sah zur Anzeige und wusste nicht, wie ich mich von ihm verabschieden sollte. Ich hatte noch ein Stockwerk lang Zeit, um mich zu entscheiden. Nach dieser Abfuhr würde ich ihn bestimmt nicht küssen. Vielleicht wollte er das auch gar nicht mehr.

»Mache ich dich etwa nervös?«, fragte Jackson mit einem anzüglichen Gesichtsausdruck.

Erst jetzt bemerkte ich, dass ich auf meinen Lippen kaute.

»Was? Nein!«, antwortete ich räuspernd. Und wie nervös er mich machte.

Die Türen des Fahrstuhls öffneten sich.

»Danke für die Einladung«, gab ich knapp von mir und entschied mich für einen raschen Kuss auf die Wange. Ich drehte mich um zum Gehen, doch mit einem schnellen Griff zog er mich an der Taille zurück und legte seine Lippen auf meine. Mein Herz setzte einen Moment aus, machte dann einen Salto und hämmerte wild gegen meine Brust.

»Gute Nacht, Miriam«, hauchte er, als er sich löste.

»Gute Nacht«, wisperte ich benommen und konnte mich nur schwer von ihm losreißen.

Ich drückte den Knopf und die Aufzugtüren öffneten sich erneut. Widerwillig ließ Jackson meine Hand los. Ich stieg ein und drehte mich herum, sodass ich seinen Anblick noch für einige Sekunden genießen konnte. Mit dem Daumen fuhr er sich über die Unterlippe und musterte mich dabei mit dunklen Augen. Sein Mund verzog sich zu einem lasziven Lächeln und mir wurde heiß bei dem Gedanken, was er mit diesen Lippen noch alles anstellen konnte. Die Türen gingen zu und im letzten Moment stellte ich meinen Fuß dazwischen. Ich konnte ihn nicht gehen lassen.

Entschlossen lief ich auf ihn zu, packte ihn am Hemdkragen und presste meine Lippen auf seine. Wir küssten uns stürmisch, hungrig. Er schlang seine Arme um mich, schob mich rückwärts in den Aufzug und drückte mich mit dem Rücken an die Wand. Während ich verzweifelt den Knopf für das richtige Stockwerk suchte, bedeckte er meinen Hals mit Küssen, seine kratzigen Bartstoppeln kitzelten. Unsere Lippen fanden wieder zueinander.

In der dreizehnten Etage angekommen, stolperten wir küssend über den Gang zu meinem Hotelzimmer. Ungeschickt kramte ich in meiner Tasche nach der Zimmerkarte. Jacksons Küsse in meinem Nacken raubten mir den Verstand und anstatt weiter zu suchen, genoss ich den Moment und das Gefühl seiner warmen weichen Lippen auf meiner Haut.

Ohne hinzusehen, griff Jackson nach vorne in meine Tasche und nach wenigen Sekunden hielt er mir die Karte zwischen zwei Fingern vor die Nase. Ich drückte sie gegen den Sensor und schwang die Tür auf, die Jackson mit seinem Fuß zustieß, nachdem wir im Inneren waren. In seinen Armen drehte ich mich, schob ihm das Sakko von den Schultern und knöpfte ungeduldig sein Hemd auf. Kurz stockte mir der Atem. Definierte Muskeln zeichneten sich auf seiner Haut ab, die ich mit dem Finger nachzeichnete. Unglaublich, wie sehr sich ein Mensch in elf Jahren verändern konnte. Mit zwei Fingern hob er mein Kinn und ich versank in seinen braunen Augen, bevor er mich herumdrehte. Eine Gänsehaut breitete sich auf meinem Körper aus, als er sanft meinen Nacken von meinen Haaren befreite und mir einen Kuss in die Halsbeuge drückte, während er den Knopf meines Kleides öffnete.

Quälend langsam zog er den Reißverschluss auf, der bis zur Mitte meines Gesäßes ging. Als er diesen Punkt erreichte, raste mein Herz endgültig unkontrollierbar. Mit den Fingerspitzen schob er mir das Kleid von den Schultern und es glitt geschmeidig zu Boden.

Er ging in die Knie und nachdem ich aus dem Kleid gestiegen war, spürte ich zuerst seine Hände und dann seine Zähne an meinem Po. Hitze durchfuhr meinen Körper, als er leise knurrte. Nein, dieser Jackson war eindeutig nicht mehr anständig. Mit geschickten Fingern öffnete er meinen BH, strich die Träger von meinen Schultern und warf ihn ans andere Ende des Zimmers. Zärtlich zeichnete er die Konturen meiner Brust nach. In der Spiegelung des Fensters konnte ich sehen, wie er uns beobachtete. Ohne den Blick abzuwenden, stimulierte er meine Brustwarzen und ein tiefer Seufzer kam über meine Lippen. Ich drehte mich ihm zu. In seinen Augen erkannte ich dieselbe Lust, die ich empfand.

Ich öffnete seine Gürtelschnalle und dann den Knopf seiner Anzughose. Plötzlich packte er mich an den Handgelenken und als ich zu ihm aufsah, nickte er mit verschleierten Augen auf das Bett. Ich fuhr mir mit der Zunge über die Lippen und legte mich rücklings aufs Bett, während er sich seiner restlichen Kleidung entledigte. Mit einer schnellen Bewegung fasste er nach meinen Beinen und zog mich an die Bettkante. Wie ein Raubtier, das seine Beute erlegt hatte, schwebte er über mir. Mit heißen Küssen bahnte er sich einen Weg von meinem Schlüsselbein bis zu meiner Brust. Mit seinen vollen Lippen umschloss er meinen Nippel, leckte und knabberte daran, während er meine andere Brust knetete. Ich stöhnte und spürte ein heftiges Ziehen in meinem Unterleib. Jackson schob seine Finger unter den Bund meines Spitzenstrings und zog ihn quälend langsam von meinen Beinen. Ohne mich aus den Augen zu lassen, verteilte er Küsse von meinem Knöchel bis zur Innenseite meines Oberschenkels. Dann senkte er den Kopf zwischen meine Beine und tauchte seine Zunge in meine feuchte Mitte. Ich schloss meine Augen, bäumte mich ihm entgegen, krallte mich ins Bettlaken und biss mir fest auf die Unterlippe. Als ich kurz vor der Erlösung stand, hörte er auf und ich verfluchte ihn dafür. Plötzlich schwebte er wieder über mir. Benommen legte ich meine Hand in seinen Nacken und zog ihn an mich. Der Kuss war leidenschaftlich und gierig. Er erstickte mein Stöhnen, als seine Finger in mich tauchten und meine Mitte massierten. Ich ließ meinen Kopf ins Kissen fallen. Jacksons Zunge glitt über meinen Hals und hinterließ eine heiße Spur. Seine Erektion drückte gegen mein Bein und ich fasste danach. Mit meinem Daumen umkreiste ich seine feuchte Spitze. Sein Stöhnen an meinem Ohr gab mir den Rest und ein unaufhaltsamer Orgasmus überrollte mich.

Als dieser abgeebbt war, presste Jackson seine Lippen auf meine. Er ließ seine Spitze über meine empfindliche Stelle gleiten, die noch immer pochte und als er Sekunden darauf in mir versank, zog ich scharf die Luft ein. Er packte mich an den Hüften, presste seinen Unterleib gegen meinen, wog sich in mir, damit ich mich an ihn gewöhnen konnte. Unsere Küsse wurden stürmischer, gieriger und ich krallte mich in seinen Rücken und Po, drückte mich ihm entgegen, um ihn intensiver zu spüren. Das sanfte Wiegen wurde von harten schnellen Stößen abgelöst. Jackson zog sich aus mir zurück. Er packte mich und drehte mich, sodass ich mit dem Rücken zu ihm auf dem Bett lag und meine Beine gespreizt vor ihm standen. Er drang in mich ein, fasste mich an den Haaren und zog mich zurück. Eine Hand legte er auf meine Kehle, die andere fand meine Mitte. Sein Stöhnen an meinem Ohr und seine geschickten Finger trieben mich in den Wahnsinn und nach einigen harten Stößen brach die Welle über mir herein und riss mich mit sich. Meine Knie gaben nach, doch Jackson hielt mich, stieß weiter zu und kurz darauf spürte ich, dass sich seine Muskeln an- und wieder entspannten. Erschöpft ließ er sich auf mir nieder und für einige Sekunden war nichts außer unserem schweren Atem zu hören.

Nachdem sich mein Herzschlag wieder normalisiert hatte, drückte mir Jackson einen Kuss auf die Schulter und rollte sich dann von mir runter. Sein Brustkorb hob und senkte sich schnell und für einige Sekunden genoss ich einfach nur den Anblick seines stählernen Körpers, der von einem leichten Schweißfilm überzogen war. Ein Lächeln huschte über seine Lippen, als er seine Augen öffnete und mich dabei ertappte.

»Ich brauche mal eine Abkühlung«, sagte ich und zog eine Grimasse.

»Bleib«, bat Jackson und versuchte, mich am Arm zurückzuziehen, als ich vom Bett aufstehen wollte. Doch ich war schneller, wich geschickt seiner Hand aus und huschte ins Badezimmer. Ich stellte die Dusche an und es dauerte nicht lange, bis ich ihn hinter mir spürte.

Nachdem wir geduscht hatten, setzte ich mich aufs Bett und bemerkte, wie müde ich war. Obwohl ich am Vormittag geschlafen hatte, war der Tag inzwischen schon viel zu lange. Während ich mich gähnend in die Bettdecke kuschelte, griff Jackson nach seiner Kleidung. Irritiert beobachtete ich ihn dabei, wie er sich anzog. »Was machst du da?«

»Ich ziehe mich an«, antwortete er ruhig und schlüpfte in seine Anzughose.

»Ja, das sehe ich. Aber ich frage mich warum? Du musst nicht gehen.« Ich wünschte mir, dass er blieb, denn ich wollte in seinen Armen, dicht an seine Brust geschmiegt, einschlafen und morgen neben ihm aufwachen.

»Ich fahre noch mal in die Kanzlei.«

»Jetzt?« Ich setzte mich auf und zog mir die Bettdecke über die Brust. »Es ist nach zehn.«

Jackson knöpfte sich das Hemd zu und steckte es sich ordentlich in die Hose. »Ich muss noch etwas erledigen.«

»Kann das nicht bis morgen warten?« Ich zog meine Mundwinkel nach unten und sah ihn mit einem Dackelblick an.

»Leider nicht«, antwortete er und drückte mir einen Kuss auf die Wange, nachdem er sein Sakko angezogen hatte.

Er strich mir übers Haar und wickelte eine Strähne um seinen Finger. »Und du solltest jetzt schlafen.«

Ich rollte mit den Augen, obwohl ich wusste, dass er recht hatte.

»Verdreh deine schönen Augen nicht so. Wir sehen uns dann morgen Mittag beim Lunch.«

»Mhm«, antwortete ich und beobachtete ihn dabei, wie er sich die Schnürsenkel band.

»Auf was hast du Lust?«

»Auf dich.«

»Du bist unersättlich.«

Ich zuckte mit den Schultern. »Das liegt wohl an dir.«

Jackson lachte. »Ich fühle mich geschmeichelt.« Zum Abschied drückte er mir einen letzten Kuss auf die Lippen. »Gute Nacht, Miriam.«

Lächelnd ließ ich mich zurückfallen und starrte an die Decke über mir, nachdem er das Zimmer verlassen hatte. Träumte ich oder passierte das gerade wirklich? Es war, als hätte er auf mich gewartet, es war wie im Märchen. Vielleicht waren wir doch mit dem Flugzeug abgestürzt und das war mein Himmel, dieser Abend mit Jackson.

Kapitel 5

Das Lokal, zu dem mich Jackson am nächsten Tag für unseren Lunch bestellte, befand sich in Greenwich Village, keine drei Kilometer von meinem Hotel entfernt. Da ich genug Zeit hatte, beschloss ich, zu Fuß zu gehen und mir auf dem Weg ein Teil der Stadt anzusehen.

Nachdem Jackson gestern gegangen war, hatte ich Ally trotz meiner Müdigkeit angerufen und ihr alles über unser Date erzählt. Wir hatten über eine Stunde telefoniert und als ich um kurz vor Mitternacht endlich zur Ruhe gekommen war, hatte ich wie ein Stein geschlafen und den gesamten Vormittag verschlafen. Gut gelaunt und ausgeruht verließ ich deswegen das Hotel.

Die Sonne strahlte mir entgegen und ich genoss die warme Temperatur. Obwohl wir bereits September hatten, waren es in New York noch immer um die fünfundzwanzig Grad.

Die Straße hinunter entdeckte ich einen Kaffeeladen in dem ich mir einen Karamell-Macchiato bestellte und dann den Broadway entlangspazierte. Unzählige Läden reihten sich aneinander und ich betrachtete staunend die übergroßen Werbetafeln an den Fassaden der Hochhäuser. Am Herald Square entdeckte ich das Kaufhaus Macy´s. Kurz erwog ich, hineinzugehen, um mich umzusehen, doch als ich einen Schritt nähertrat, hörte ich ein fürchterliches Weinen. Zuerst dachte ich, es käme von meiner Kreditkarte, als ich mich umdrehte, stellte ich aber fest, dass es nur ein Kleinkind war. Ich wertete es als Zeichen und ging weiter. Auf der gegenüberliegenden Seite ragte das Empire State Building hoch hervor. Ich ging beiseite, damit die Menschen mich nicht umrannten, und machte einige Fotos. Ich wünschte, Ally wäre jetzt hier und könnte das sehen. Ich sendete ihr ein Bild und eine Nachricht.

Was wohl aus Annie und Sam geworden ist?

Schlaflos in Seattle war einer von Moms Lieblingsfilmen und wir hatten ihn dutzende Male gesehen.

Nachdem ich vom Broadway abbog, wurden die Reklametafeln immer weniger und die Häuser niedriger. Aus Geschäftstürme wurden Wohnhäuser. Mein Telefon vibrierte. Ich zog es aus meiner Hosentasche und las eine Nachricht von Jackson. Er war bereits im Restaurant und hatte eine Überraschung. Ein ungutes Gefühl beschlich mich. Fieberhaft überlegte ich, was es sein könnte, doch mir fiel beim besten Willen nichts ein. Es war nicht so, dass ich Überraschungen hasste, aber ich mochte sie einfach nicht. Ich war ein Mensch, der sich eben gern auf etwas einstellte und wissen wollte, was auf einen zukam. Ich beschleunigte meine Schritte, da ich Jackson nicht lange warten lassen wollte.

Zehn Minuten später erreichte ich mein Ziel. Ein Kellner führte mich an Jacksons Tisch und bereits aus einigen Metern Entfernung erkannte ich ein bekanntes Gesicht an seiner Seite. Victoria Hope Butler, seine Schwester. Ich hatte Mühe, mir nicht anmerken zu lassen, was ich davon hielt, sie hier zu sehen. Nämlich gar nichts.

»Victoria«, begrüßte ich sie mit einem falschen Lächeln, als ich den Tisch erreichte. »Ich wusste nicht, dass du hier sein würdest.«

Sofort erhob sie sich mit einem Strahlen und begrüßte mich mit einer sanften Umarmung, als wären wir alte Freundinnen.

Sie hatte sich kaum verändert, ich hätte sie überall wiedererkannt. Ihre langen blonden Haare fielen glatt über ihre Schultern. Statt wie früher durchsichtigen Lipgloss, trug sie jedoch einen knallroten Lippenstift, der ihr ausgezeichnet stand.

»Jackson hat mir erzählt, dass du in der Stadt bist und ich wollte dich unbedingt sehen.« Sie musterte mich von oben bis unten. »Du siehst fantastisch aus.«

Es hörte sich fast so an, als würde sie das überraschen und ich verkniff mir ein Schnauben.

»Danke, du auch«, antwortete ich knapp und fragte mich, warum sie mich unbedingt sehen wollte. Hatte Jackson ihr von gestern erzählt? Wollte sie sich davon überzeugen, dass ich tatsächlich keine Zahnspange mehr trug, oder suchte sie das nächste Opfer?

»Setz dich, bitte.« Sie deutete auf den Stuhl neben Jackson. Ich nahm Platz und er begrüßte mich mit einem flüchtigen sanften Kuss, der ein Kribbeln auf meinen Lippen hinterließ. »Jackson hat mir erzählt, dass du Hochzeitsplanerin bist«, begann Victoria und legte ihre Hände verschränkt auf den Tisch, ohne ihre gerade Haltung zu verlieren.

»Ja, das ist richtig.«

»Ich habe mich über dich informiert. Über deine Arbeit«, sagte sie mit ernster Miene und ich hatte keine Ahnung, was das zu bedeuten hatte. Außer meiner Homepage und einiger Blogartikel konnte sie nicht viel gefunden haben.

»Okay.« Jackson legte seine Hand auf mein Knie und ein warmes Lächeln lag auf seinen Lippen, was mich noch mehr irritierte.

»Ich möchte, dass du meine Hochzeit planst«, platze Victoria heraus und strahlte über das ganze Gesicht.

Ich saß starr da, unfähig ein Wort zu sagen. Ich fühlte mich vor den Kopf gestoßen. War das etwa die Überraschung, von der Jackson mir am Telefon berichtet hatte? Ich sollte Victorias Hochzeit planen? Nach allem, was damals im Camp vorgefallen war? Vielleicht hatte sie sich geändert, doch sie hatte sich nie bei mir entschuldigt. Sie hatte es nicht für notwendig empfunden oder womöglich ist es ihr nie in den Sinn gekommen, dass es was zu entschuldigen gegeben hätte. Und nun bat sie *mich* um einen Gefallen? Wie stellte sie sich das überhaupt vor? Ich lebte in Seattle. Und wieso sollte ausgerechnet ich ihre Hochzeit planen? In New York gab es bestimmt tausende Hochzeitsplanerinnen.

»Miriam?«, hörte ich Jackson fragen. »Was sagst du dazu?« Erwartungsvoll hob er die Augenbrauen.

»Victoria, es tut mir leid, aber ich kann deine Hochzeit nicht planen. Ich ... ich bin nur diese Woche in New York.«

Sofort erlosch das Strahlen in ihren Augen und sie blickte enttäuscht zu ihrem Bruder und dann wieder zu mir. »Jackson hat gesagt, dass die Hochzeit deiner Schwester die letzte in dieser Saison war.« Verständnislos blickte sie mich an.

»Das ist richtig. Es war die letzte Hochzeit, aber planen und organisieren geht über die Saison hinaus. Ich arbeite das ganze Jahr über.«

Victoria straffte ihre Schultern, kramte ihr Scheckheft und einen Stift aus ihrer Handtasche und sah mich durchdringend an. »Ich zahle, was auch immer es kostet, damit du meine Hochzeit planst. Sag mir eine Summe und ich trage sie ein.« Wow, wieso überraschte mich Victorias Verhalten nicht? Sie hatte sich kein bisschen geändert. Wenn sie sich etwas in den Kopf setzte, war ihr kein Preis zu hoch.

»Es geht mir nicht ums Geld«, stellte ich klar.

»Um was dann?«

»Ich bin nächste Woche wieder in Seattle.«

Jackson zog seine Hand zurück, als hätte er sich an mir verbrannt, und begann, auf seinem Telefon herumzutippen. Victorias Gesichtsausdruck war niedergeschlagen. Obwohl ich sie nicht leiden konnte, fühlte ich mich schlecht, aber nur, weil sie Jacksons Schwester war.

Die Stimmung war während des gesamten restlichen Lunchs gedrückt, auch wenn Victoria versuchte, sie zu lockern. Die ganze Taxifahrt zurück ins Hotel sprach Jackson nur wenige Worte mit mir und ich fragte mich, ob ich ihn verärgert hatte, indem ich mich nicht dazu bereit erklärte, die Hochzeit seiner Schwester zu planen. Doch wie sollte ich das anstellen?

Im Hotelzimmer angekommen schlüpfte ich aus meinen Schuhen und lief ins Badezimmer, wo ich meinen hohen Zopf öffnete, von dem ich bereits leichte Kopfschmerzen hatte. Meine Haare fielen mir über die Schultern. Mit meinen Fingern kämmte ich sie durch und massierte meine Kopfhaut.

»Was soll das?«, fragte Jackson gereizt und blickte mich mit zusammengezogenen Augenbrauen durch den Spiegel hindurch an. Mit verschränkten Armen stand er im Türrahmen gelehnt und das Hemd spannte um seine definierten Oberarme.

»Was soll was?«

»Du bist wegen mir nach New York gekommen und planst dir nur eine Woche ein?« Er lachte abfällig und schüttelte den Kopf. Dass ich mich weigerte Victorias Hochzeit zu planen, war also gar nicht der Grund, weshalb Jackson sauer war.

Ich ging auf ihn zu und legte meine Hände auf seine Hüften. »Jackson, ich bin hergeflogen, ohne mir wirklich vorher

Gedanken darüber zu machen. Ich wusste nicht, ob ich dich überhaupt finden würde, wie du reagieren würdest. Du hättest vergeben oder sogar verheiratet sein können.«

Er sah auf mich herab und umschloss mein Gesicht mit seinen Händen. »Dann bleib und lass es uns miteinander versuchen.«

»Ich kann nicht einfach alles in Seattle stehen und liegen lassen. Hier geht es nicht um eine zwanzigminütige Autofahrt. Du bittest mich gerade darum, ans andere Ende des Landes zu ziehen.«

Geräuschvoll seufzte er und wich einen Schritt zurück. »Warum bist du dann überhaupt hergekommen, wenn du nicht bereit bist, etwas daran zu ändern?« Seine Stimme klang wütend, doch in seinen Augen konnte ich Enttäuschung sehen. Stumm starrte ich ihn an, weil ich ihm darauf keine Antwort geben konnte. Schnaubend wandte er sich ab, und ohne sich bei mir zu verabschieden, verließ er fluchtartig das Hotelzimmer.

Als ich in den verdammten Flieger gestiegen war, hatte ich mir keine Gedanken darüber gemacht, was wäre, wenn mein Plan aufgehen würde. Was es für mich bedeuten würde. Ich hatte nur bis zu dem Augenblick gedacht, in dem ich Jackson gegenüberstehen würde. Ich, Miriam Heywood, die immer top organisiert war, konnte auch so etwas Wesentliches vergessen. Das geschah, wenn man wichtige Entscheidungen unüberlegt traf. Hätte ich nicht so voreilig gehandelt, wäre mir das nicht passiert. Das war einer der Gründe, weshalb ich nicht spontan war, man hatte nicht die Zeit, alles genau zu durchdenken.

Ich kramte in meiner Tasche nach meinem Telefon und wählte Allys Nummer. In Honolulu war es erst früher Morgen, dennoch hoffte ich, dass sie abheben würde, denn ich brauchte dringend den Rat meiner Schwester und gleichzeitig besten Freundin.

»Guten Morgen«, gähnte sie ins Telefon.

»Er hat mich gebeten zu bleiben«, begann ich, ohne sie zu begrüßen.

»Das ist großartig, aber Moment mal, warum freust du dich nicht darüber?«

Ich lief aufgebracht im Zimmer auf und ab und warf eine Hand in die Luft. »Ich kann nicht einfach in New York bleiben! Die ganze Sache ist überhaupt nicht durchdacht. Ich habe nichts geplant. Ich habe nicht einmal genug Kleidung für diese Woche mit!«

»Es ist ein Abenteuer«, sagte meiner Schwester voller Begeisterung. In Gegensatz zu mir war sie der Typ Mensch, der aus jeder Situation das Beste machte und nur das Gute darin sah. Ich hingegeben bedachte alle möglichen Konsequenzen.

»Das ist mein Leben, Ally, nicht irgendein Abenteuer«, sagte ich und ließ mich aufs Bett fallen.

»Du hast nichts zu verlieren. Du bist single, wohnst bei Mom und Dad und –«

»Nicht hilfreich«, unterbrach ich sie.

Meine Schwester seufzte. »Midge, jetzt überleg doch mal. Du bist frei. Warum hast du es so eilig zurückzukommen? Deinen Job kannst du auch in New York machen.«

Ich stand auf und hielt mir die Hand an die Stirn. »Genau deshalb sind wir heute überhaupt darauf zu sprechen gekommen. Victoria möchte, dass ich ihre Hochzeit plane.«

»Ach du meine Güte«, gab Ally entsetzt von sich. Wir waren damals gemeinsam im Camp gewesen und sie hatte hautnah miterlebt, wie Victoria mir das Leben schwer gemacht hatte. Ally hatte mich verteidigen wollen, doch das hatte ich nicht zugelassen. Ich hätte nicht gewollt, dass meine kleine Schwester ebenfalls in Victorias Schusslinie geraten wäre. Bis heute wusste ich nicht, warum sie genau mich als Opfer ausgewählt hatte.

»Weißt du was, sieh es als Chance. Sie hat bestimmt eine Menge Freundinnen, die dich hinterher auch buchen wollen, weil du einfach die Beste bist, und so hast du die Chance, dir in New York einen Namen zu machen.«

»Wenn ihre Freundinnen genauso sind wie sie, dann möchte ich deren Hochzeiten gar nicht planen.«

Am Fenster blieb ich stehen und schaute hinab auf die Menschen auf der Straße, die auf diese Entfernung wie umherschwirrende Ameisen aussahen.

»Du willst das jetzt bestimmt nicht hören, aber Jackson gibt es nur im Doppelpack mit Victoria.«

Ich gab einen Laut von mir, der eine Mischung aus Knurren und Schnauben war.

Nein, das wollte ich ganz und gar nicht hören.

»Was ist mit dir? Ich kann mir nicht vorstellen, auf unbestimmte Zeit von dir getrennt zu sein«, sagte ich. »Ich habe mich nicht mal ordentlich von dir oder Mom und Dad verabschiedet.«

»Hör auf nach Gründen zu suchen, um dem Mann einen Laufpass zu geben, der dir seit einem Jahrzehnt nicht aus dem Kopf geht.«

Ich verzog das Gesicht. Ein Jahrzehnt hörte sich schrecklich verzweifelt an.

»Du würdest es bereuen.«

»Das würde ich.«

»Also was tust du jetzt?«

»Ich werde zu Jackson in die Kanzlei fahren und ihm sagen, dass ich erstmal bleibe.«

»Genau!«

»Ich habe Angst«, gestand ich. Ich kannte niemanden in New York außer Jackson und Victoria und nun sollte diese Stadt vorübergehend oder vielleicht sogar permanent mein neues Zuhause werden? Der Gedanke war mir fremd, genauso wie Jackson es im Grunde für mich war, aber ich würde es versuchen. Sollte es nicht klappen, konnte ich jederzeit zurück nach Seattle. Auch wenn dort Mom fuchsteufelswild auf mich warten würde, da ich es gewagt hatte, einfach abzuhauen, ohne mich zu verabschieden.

»Du brauchst nur ein Wort zu sagen und ich komme dich holen, aber du gibst nicht auf, bevor du es nicht versucht hast«, sagte Ally streng und ich wünschte mir, sie in diesem Moment umarmen zu können. Sie fehlte mir, auch wenn wir jeden Tag Kontakt hatten. Übers Telefon mit ihr zu reden, war einfach nicht dasselbe.

Bevor wir das Gespräch beendeten, hatte sich Ally dazu bereit erklärt, Mom auszurichten, dass sie mir alle wichtigen Ordner für meine Arbeit sowie Kleidung schicken sollte. Ich hätte sie natürlich selbst anrufen können, doch ich war noch nicht soweit, mich ihr zu stellen.

Die Saison war gelaufen, die nächsten Hochzeiten würden erst in einigen Monaten stattfinden. Ich konnte mir die nächsten zwei Wochen freinehmen und mit der Planung der offenen Aufträge von New York aus beginnen, sobald ich meine Unterlagen hatte. So müsste ich nicht sofort zurück nach Seattle und konnte herausfinden, ob Jackson und ich eine Zukunft hatten.

Den ganzen Nachmittag hatte ich versucht, Jackson zu erreichen, doch er hatte nicht abgehoben und auch nicht zurückgerufen.

Am späten Abend probierte ich es ein letztes Mal. Entweder er hatte so viele Termine, dass er dazwischen nicht telefonieren konnte, oder er ging mir aus dem Weg. Ich blickte auf die Uhr. Obwohl es schon nach acht war, nahm ich meine Tasche und fuhr in seine Kanzlei. Ich wusste nicht, ob er überhaupt noch arbeitete, aber da ich seine Wohnadresse nicht hatte, blieb mir nur diese Möglichkeit.

Im Eingangsbereich des Bürogebäudes wimmelte es von Leuten. Anscheinend war es in New York nicht unüblich, dass die Menschen bis spät in die Nacht arbeiteten.

In der zweiundfünfzigsten Etage angekommen, war es allerdings wie ausgestorben. Weder links noch rechts war jemand im Korridor zu sehen. Auch Olivias Platz war leer.

Da ich nicht wusste, wo sich Jacksons Büro befand, hatte ich keine andere Wahl, als es anhand der Türschilder zu suchen. Ich beschloss, auf der linken Seite zu beginnen. Es folgte eine Tür nach der anderen, doch auf keiner stand Jacksons Name und je weiter ich ging, umso dunkler wurde es. Hier arbeitete wohl niemand mehr. Ich wollte umkehren und ließ einen spitzen Schrei aus, als Olivia plötzlich mit einem Stapel Akten in ihren Händen vor mir stand. Mein Herz schlug mir bis zum Hals.

»Sie haben mich erschreckt«, sagte ich und hielt mir die Hand an die Brust.

»Tut mir leid, das war nicht meine Absicht«, sagte sie entschuldigend und schloss die Tür hinter sich ab, aus der sie vermutlich gerade gekommen war. »Miss Heywood, richtig? Kann ich Ihnen behilflich sein?«

»Ich bin auf der Suche nach Jackson. Ich wollte nicht herumschnüffeln, aber ich dachte, Sie wären nicht mehr hier.«

»Hier sind Sie auf jeden Fall ganz falsch. Kommen Sie«, antwortete sie freundlich und ich folgte ihr in die entgegengesetzte Richtung.

»Mr Butler mag es normalerweise nicht, gestört zu werden, aber Sie scheinen einen besonderen Stellenwert zu haben, also hoffe ich, keinen Ärger zu bekommen«, sagte sie und wir machten einen kurzen Halt an ihrem Schreibtisch, damit sie die Akten ablegen konnte.

»Vielen Dank. Sie werden keinen Ärger bekommen, versprochen«, antwortete ich und folgte ihr.

Vor einer großen dunklen Tür blieben wir stehen. Olivia klopfte an und öffnete sie einen Spalt.

»Mr Butler, es tut mir leid, dass ich störe. Miss Heywood bittet um ein Gespräch.«

Einen Moment herrschte Stille und ich befürchtete, dass er mich wegschicken würde, doch dann hörte ich seine tiefe Stimme.

»Sie kann reinkommen.«

Ich bedankte mich bei Olivia und betrat Jacksons Büro.

»Was machst du hier?«, fragte er, ohne jede Gefühlsregung in seinem Gesicht.

»Kann ich dich kurz sprechen?« Ich sah zu der jungen Frau, die an seinem Tisch saß und von der ich vermutete, dass es seine Sekretärin war. »Alleine?«

»Elaine, machen Sie eine kurze Pause«, sagte Jackson und erhob sich von seinem Stuhl.

Hektisch kramte sie ihre Unterlagen zusammen und verließ mit gesenktem Blick rasch das Büro. Nachdem sie die Tür hinter sich geschlossen hatte, galt Jacksons Aufmerksamkeit mir.

»Warum bist du hier, Miriam?«, fragte er, ging um den Tisch herum und lehnte sich an dessen Kante. Die Arme verschränkte er abwehrend vor seiner Brust. Seine Stimme war kühl, aber ich wusste, dass sie das nur war, weil er verletzt war. Jackson wollte unnahbar sein, keine Schwäche zeigen, das hatte ich bereits vor elf Jahren erkannt. Die Menschen, die ihn nicht kannten, hielten ihn für arrogant und gefühlskalt, aber das war er nicht. Er hatte sich eine Schutzmauer aufgebaut und nur wenigen gewährte er einen Einblick, wie es dahinter aussah. In Gegensatz zu mir hatte er keine behütete Kindheit gehabt. Seine Mom war früh gestorben und sein Vater war selten zu Hause. Dennoch hatte er hohe Ansprüche an Jackson gehabt und hatte ihm nur Aufmerksamkeit geschenkt, wenn er diese erfüllt hatte. Es war keine bedingungslose Liebe gewesen, er hatte sie sich erarbeiten müssen, und trotzdem war es nie genug gewesen. Als Jacksons Mutter gestorben war, hatte er bei ihrer Beerdigung nicht weinen dürfen, denn richtige Männer machten so etwas nicht. Jackson war zu diesem Zeitpunkt neun Jahre alt gewesen. Ich hasste seinen Vater, obwohl ich ihn nicht kannte.

Ich ging auf Jackson zu, blieb direkt vor ihm stehen. Als ich meine Hand an seine Wange legen wollte, umfasste er mein Handgelenk und schob es sachte nach unten.

»Nicht. Mach es nicht noch komplizierter, bitte.«

Sein Gesichtsausdruck war nun flehend.

»Ich werde nicht nach New York ziehen. Nicht sofort. Seattle ist mein Zuhause und das wird es immer sein. Aber ich werde bleiben, auf unbestimmte Zeit. Ich möchte uns eine Chance geben«, sagte ich und sah ihm dabei fest in die Augen.

Jackson zog seine Brauen zusammen und als er verstand, was es bedeutete, hellte sich sein Blick auf. Er stieß sich von der Tischkante ab, umfasste mein Gesicht mit seinen Händen und sah mir ungläubig in die Augen, bevor er seine Lippen auf meine presste. Ich legte meine Hände an seine Unterarme und lächelte in den Kuss, während mein Herz wild in meiner Brust schlug. »Das reicht mir, vorerst«, sagte er heiser mit einem warmen Ausdruck in den Augen, als er den Kuss beendete. Liebevoll streichelte er mir mit seinem Daumen über die Wange. »Wie wäre es, wenn wir deine Sachen aus dem Hotel holen und du kommst zu mir?«

Augenblicklich verspannte sich mein Körper. Ich hatte mich eben erst dazu entschlossen, meinen Aufenthalt zu verlängern und mich noch nicht einmal an diesen Gedanken gewöhnt, schon fiel Jackson mit der Tür ins Haus.

»Du willst, dass ich zu dir ziehe?«, fragte ich und bemerkte selbst die Panik in meiner Stimme.

Jackson lachte. »Nein, da dir das Wort Umzug offensichtlich solche Angst einjagt, will ich nicht, dass du zu mir ziehst. Ich möchte, dass du mein Gast bist, solange du hier bist.«

»Ich weiß nicht so recht«, sagte ich unsicher, da ich Bedenken hatte, dass wir es überstürzten.

»Du kannst natürlich auch mehrere Wochen oder Monate im Hotel wohnen oder dir eine Wohnung mieten, aber um ehrlich zu sein, will ich dich bei mir haben. Ich bin von früh morgens bis spät abends in der Kanzlei. Ich möchte nach Hause kommen und dich in meinem Bett, auf meinem Sofa oder in meiner Küche vorfinden. Es wäre unsinnig, so viel Geld unnötig auszugeben, wenn ich eine Wohnung habe, die groß genug für uns beide ist.«

Jackson hob die Augenbrauen und warf mir einen Blick zu, der mich alle meine Prinzipien über Bord werfen ließ. Ich könnte jeden Tag neben diesem Mann einschlafen, und jeden Morgen neben ihm aufwachen. Wieso überlegte ich überhaupt noch? Das, was Jackson und ich hatten, war nie eine normale Beziehung gewesen. Unser Pakt war alles andere als normal.

»Okay, ich werde dein Gast sein«, gab ich mich lächelnd geschlagen und im nächsten Moment schlang er seine Arme um mich.

»Dir wird es gefallen, versprochen«, sagte er und gab mir einen Kuss auf die Stirn. »Und jetzt lass uns gehen.« Er schob mich sachte von sich, ging um den Schreibtisch herum, nahm sein Telefon und steckte es in die Innentasche seines Sakkos.

»Musst du nicht weiterarbeiten?«, fragte ich, als er auf mich zukam und seine Hand mit meiner verschränkte. Gemeinsam gingen wir aus seinem Büro.

»Möchtest du denn, dass ich bleibe?«, fragte er und hielt inne, als er die Tür abschloss.

»Nein, natürlich nicht«, wandte ich schnell ein und Jackson grinste breit.

»Gut. Morgen ist nämlich auch noch ein Tag.«

Wieder nahm er meine Hand und so gingen wir den Korridor bis zum Empfang entlang. Elaine war über den Tresen gebeugt und plauderte ausgelassen mit Olivia. Als sie uns kommen hörte, richtete sie sich schnell auf und mir entging nicht, wie ihr Blick von uns, zu unseren verschränkten Händen wanderte.

»Elaine, wir sind für heute fertig, Sie können nach Hause gehen. Gute Nacht, Olivia«, verabschiedete sich Jackson, als wir an den beiden vorbeiliefen.

Mit meinen Lippen formte ich einen lautlosen Dank, als Olivia mich anlächelte.

»Olivia wird doch keinen Ärger bekommen, weil sie mich zu dir gelassen hat, oder?«, fragte ich, als wir in den Aufzug stiegen.

»Für wen hältst du mich?«, fragte Jackson, umfasste mein Kinn und verengte seine Augen. »Natürlich nicht«, antwortete er und drückte mir einen Kuss auf die Lippen.

Anders als erwartet, hielt der Aufzug nicht im Erdgeschoss, sondern in der Tiefgarage. Ich folgte Jackson, der auf einen schwarzen Lexus zuging.

»Du hast einen Wagen?«, fragte ich überrascht.

»Dachtest du, ich habe immer einen Chauffeur?«

»Um ehrlich zu sein, ja«, antwortete ich, als ich einstieg.

Bevor wir zu Jackson fuhren, machten wir noch einen kurzen Halt bei meinem Hotel, damit ich auschecken konnte.

Da ich nicht viel mithatte, war ich schnell fertig mit dem Packen und etwa zwanzig Minuten später standen wir vor Jacksons Haustür. Erst da wurde mir bewusst, *wie* erfolgreich er sein musste, denn wie sich herausstellte, wohnte er an der Upper East Side, einer der besten Gegenden New Yorks überhaupt.

Jackson schloss die Tür auf und machte eine einladende Handbewegung. Dankend trat ich ein und mir blieb erstmal der Mund offen stehen.

Jackson hatte mir zwar gesagt, das Appartement wäre groß genug für uns beide, doch groß genug war regelrecht untertrieben – es war riesig.

Ich stand mitten in einem offenen Wohn-Ess-Kochbereich mit bodentiefen Fenstern. Auf der linken Seite befand sich eine moderne Küche mit einer Kochinsel, auf der rechten Seite gelangte man über drei Stufen zum Wohnbereich mit Sofa, deckenhohen Bücherregalen und Kamin.

»Das Appartement muss ein Vermögen kosten.«

»Es hat ein Vermögen gekostet, aber es war jeden Cent wert. Diese Aussicht allein ist jeden Cent wert«, antwortete er und betätigte den Lichtschalter. Im Appartement war es jetzt dunkel. Das Licht der Lampen spiegelte sich nun nicht mehr in den Fenstern und man hatte einen atemberaubenden Ausblick.

»Ach du meine Güte«, staunte ich und trat näher an die Scheibe. Direkt vor uns lag der Central Park, der schwach beleuchtet war. Dahinter ragten unzählige Häuser hoch in den Himmel und die tausend Lichter in den Fenstern durchbrachen die Dunkelheit der Nacht. Jackson strich mir sanft meine Haare aus meinen Nacken und drückte mir einen Kuss in meine Halsbeuge, bevor er seine Arme um mich schlang und sein Kinn auf meiner Schulter ablegte.

»Diesen Ausblick wirst du von nun an jeden Tag haben. Solange du willst.« Gänsehaut breitete sich auf meinem Körper aus und für einige Minuten standen wir einfach nur so da.

Außer der Wohnküche hatte das Appartement noch ein Büro sowie ein großes Badezimmer und ein Schlafzimmer mit begehbarem Kleiderschrank. Alle Räume waren minimalistisch und modern eingerichtet. Das gesamte Mobiliar war in Weiß und Grau gehalten. Alles schien steril, als sei er nicht besonders oft hier, und von Jacksons Erzählungen war ich mir sicher, dass er das auch nicht war. Ob er seinen Herd überhaupt schon jemals benutzt hatte? Das Appartement wirkte eher wie ein Hotelzimmer und ich nahm mir vor, einige Dekogegenstände zu kaufen, um es etwas gemütlicher zu gestalten.

»Warum bist du dir so sicher, dass das zwischen uns funktionieren wird?«, fragte ich Jackson, der mit seinen Fingerkuppen sanft über meinen nackten Rücken strich. Ich lag in seinem starken Arm, den Kopf auf seiner Brust. Während ich sein Herz laut an meinem Ohr schlagen hörte, zeichnete ich mit meinem Finger Kreise auf seinem Oberkörper.

Nachdem ich vorhin ausgepackt hatte und duschen war, hatten wir die letzte Stunde im Bett verbracht und ich war mir sicher, das würden wir heute nicht mehr verlassen.

»Wieso glaubst du, dass ich mir so sicher bin?«, fragte er und seine Brust vibrierte unter mir.

Ein warmer Ausdruck lag in seinen dunklen Augen.

»Wärst du es nicht, hättest du mich nicht gebeten zu bleiben. Deine Zeit ist kostbar, du würdest sie nicht verschwenden, wenn du dir nicht sicher wärst, dass sie es wert ist.«

»Du liegst falsch.«

Ich richtete mich ein Stück auf und sah ihn überrascht an. »Ich bin mir nicht sicher, aber ich wünsche es mir. Schon seit dem Tag, an dem wir den Pakt geschlossen hatten.«

Seine Mundwinkel hoben sich leicht und dann küsste er mich sanft. Er wollte mich also genauso sehr wie ich ihn. Es war keine harmlose Sommerromanze gewesen, es hatte etwas bedeutet. Jede Berührung, jeder Kuss, jedes einzelne Wort aus seinem Mund.

»Hast du es je in Erwägung gezogen, dich vorher bei mir zu melden?«, fragte ich.

Jacksons Finger streichelten über meine Seite und eine Gänsehaut breitete sich auf meinem Körper aus.

»Während meines Studiums habe ich es mir verboten. So oft habe ich deinen Namen im Internet eingegeben, doch ich wusste, ich könnte dir nicht das bieten, was du verdienst. Ich hatte nicht mal genug Zeit zum Duschen. Du hättest mich so nicht gewollt.«

Ich lachte und stellte mir Jackson als schmuddeligen ungeduschten Studenten vor. Ich war mir sicher, dass er übertrieb, aber ich wusste, was er meinte. Für Jackson reichte es nicht, einfach nur gut zu sein, er wollte der Beste sein, und das kostete vor allem Zeit.

»Und danach?«

»Warst du vergeben.«

»Das wusstest du?«

»Ich musste beruflich nach Seattle und ich wollte dich treffen. Ich hatte dich online gefunden und Bilder von euch beiden gesehen. Du hast so glücklich ausgesehen, das wollte ich nicht ruinieren. Ich hätte es nicht geschafft, dich zu treffen und meine Finger von dir zu lassen. Ich wusste aber, wenn es an der Zeit wäre, würdest du kommen. Du hast es damals auch gefühlt. Nie wieder habe ich für eine Frau so empfunden.«

Jacksons Ehrlichkeit überwältigte mich. Ich legte meine Hand an seine Wange und spürte seine kratzigen Bartstoppeln unter meinen Fingern. Ich sah ihm in die Augen und dann küsste ich ihn. Weil ich es auch gefühlt hatte, weil ich es noch immer fühlte.

Kapitel 6

Als ich aufwachte, war Jacksons Bettseite leer. In der Luft hing eine Mischung aus Tonkabohnen und Zedernholz und ich war mir sicher, dass er noch nicht lange weg war. Ein weiterer süßer Geruch weckte meine Aufmerksamkeit und als ich mich auf die andere Seite drehte, um zu sehen, woher er kam, entdeckte ich ein Tablett mit einem Croissant und einem Glas Orangensaft auf meinem Nachttisch. Langsam richtete ich mich auf und entdeckte einen kleinen Notizzettel auf dem Tablett. Ich griff danach und begann zu lesen: *Guten Morgen! Ich wünsche dir einen schönen Tag und viel Spaß beim Entdecken der Stadt. Ich kann es kaum erwarten, dich wieder zu sehen.*

Gestern hatten wir noch lange munter im Bett gelegen und ich hatte ihm erzählt, dass ich heute New York City erkunden wollte. Denn bisher hatte ich nur Jackson erkundet. Der war zwar auch ein Teil von New York, aber zählte nicht zum Sightseeing.

Nach dem Frühstück im Bett plante ich, anhand meiner Liste mit Sehenswürdigkeiten, die ich unbedingt sehen wollte, die perfekte Route, um nicht kreuz und quer durch die ganze Stadt laufen zu müssen. Obwohl die Freiheitsstatue an oberster Stelle meiner Liste stand, würde ich sie heute auslassen, denn den Ausflug dorthin wollte ich unbedingt mit Jackson machen.

Eine halbe Stunde später verließ ich das Appartement und mein erstes Ziel für heute war der Bryant Park. Jackson und ich waren bereits durchspaziert, doch ich wollte ihn am helllichten Tag sehen. Inzwischen hatte ich nachgelesen, dass dort unzählige Kurse wie Fechten, Jonglieren und Tanzen angeboten wurden, an denen man kostenlos teilnehmen konnte. Im Winter gab es sogar eine Eislauffläche und einen Weihnachtsmarkt.

Bereits am Eingang der 6th Avenue konnte ich auf der anderen Seite die New York Public Library sehen. Obwohl ich unheimlich gern hineingegangen wäre, hob ich sie mir für einen späteren Zeitpunkt auf, denn ich wusste, sobald ich einen Fuß in eine Bibliothek setzte, kam ich Stunden nicht mehr heraus. Und da diese Bibliothek nicht nur literarisch einiges zu bieten hatte, sondern auch architektonisch, würde ich bestimmt einen ganzen Tag darin verbringen.

Gemächlich spazierte ich durch den gut besuchten Park. Rund um die Grünfläche befanden sich Tische und Stühle, die voll besetzt waren. Sogar der Brunnen wurde als Sitzplatz genutzt, wo viele ihr Frühstück aßen und sich angeregt unterhielten. Die Blätter der Bäume hatten bereits begonnen sich zu verfärben und es würde nicht mehr lange dauern, bis sie in allen möglichen Gelb- und Rottönen von den Ästen segelten und den Winter ankündigten.

Ich verließ den Park auf der 5th Avenue, einer der bekanntesten Shoppingmeilen weltweit. Obwohl ich gewillt war, keinen Cent auszugeben, konnte ich einfach nicht widerstehen. Nachdem ich den Fuß in den ersten Laden gesetzt hatte, gab es kein Halten mehr. Da ich nur für eine Woche gepackt hatte, brauchte ich ohnehin neue Klamotten, zumindest redete ich mir das ein, um meine Einkäufe zu rechtfertigen.

Für eine Strecke, die laut Handynavigation nur fünfzehn Minuten dauerte, hatte ich geschlagene drei Stunden gebraucht. Meine Kreditkarte glühte und Zukunfts-Midge saß mit der Abrechnung heulend in der Ecke.

Nach meiner Shoppingeskalation erreichte ich später als beabsichtigt das Highlight meiner heutigen Tour – die St. Patrick's Cathedral. Schon immer hatte ich davon geträumt, sie real sehen zu können. Als Hochzeitsplanerin war es mein größter Traum, eine Hochzeit zu planen, bei der die Trauung hier stattfand, doch die Wartezeiten waren immens und die Kosten ebenso. Die Kirche wurde im neugotischen Stil gebaut und obwohl sie von außen, umringt von Wolkenkratzern, klein wirkte, war sie riesig. Ehrfürchtig betrat ich sie und betrachtete staunend die hohen Decken und mächtigen Säulen. Bleiglasfenster leuchteten in den unterschiedlichsten Farben und waren wunderschön anzusehen. Es war ein Ort der Stille, inmitten des Trubels der 5th Avenue, und ich genoss die kurze Auszeit, indem ich auf einer der Kirchenbänke Platz nahm und alles auf mich wirken ließ.

Nachdem ich die Kirche wieder verlassen hatte, hielt ich vor dem Rockefeller Center, das sich genau gegenüber der St. Patrick´s Cathedral befand. Im Internet hatte ich gelesen, dass man vom *Top of the Rock* den besten Blick auf New Yorks Skyline hatte, doch diesen Moment wollte ich mit Jackson gemeinsam erleben. Stattdessen hielt ich an der Stelle, an der Kevin McCallister im Film *Kevin – allein in New York* gestanden und den Weihnachtbaum bestaunt hatte, bevor er und seine Mom wieder vereint gewesen waren. Ich machte ein Selfie und sendete es Ally. Ich konnte es kaum erwarten, die Weihnachtszeit in New York selbst zu erleben, wenn ich denn dann noch hier sein würde. Die geschmückten Auslagen, Schlittschuhlaufen im Central Park, die Weihnachtsmärkte und Shows sowie das Radio City Christmas Spectacular.

Ein Blick auf die Uhr verriet mir, dass es früher Nachmittag war und da es angenehm warm war, beschloss ich, den Weg zu Jacksons Appartement zurückzugehen und kein Taxi zu nehmen. Nachdem ich eine Stunde später dort ankam, schmerzten meine Beine vom Gehen und meine Hände vom Tragen der Einkaufstüten. Vielleicht war es doch nicht so eine gute Idee gewesen einzukaufen, wenn man sich eigentlich die Stadt ansehen wollte.

Mit meiner freien Hand kramte ich den Schlüssel, den Jackson mir am Vorabend gegeben hatte, aus meiner Tasche und schloss die Wohnungstür auf. Erschöpft betrat ich das Appartement und stellte die Einkaufstüten ab.

»Hey, ich habe bereits auf dich gewartet«, hörte ich Jacksons Stimme, bevor ich ihn sah. Als er aus dem Schlafzimmer auf mich zukam, die weißen Hemdärmel an den Armen hochgekrempelt, stockte mir der Atem. Er sah fantastisch aus.

»Hey, was machst du denn bereits hier?«, fragte ich lächelnd und schlang meine Arme um seinen Hals.

»Ich habe eine kleine Überraschung für dich.«

»Schon wieder?«, fragte ich unsicher, da ich mit der letzten nicht viel anfangen konnte.

»Diese hier wird dir hoffentlich gefallen. Komm mit.« Er nahm mich bei der Hand und ging mit mir ins Schlafzimmer.

Mitten im Raum blieb er stehen.

»Einen Moment noch.« Jackson schnappte sich die Krawatte, die auf dem Bett lag, und öffnete den Knoten. »Das müsste funktionieren«, sagte er leise zu sich selbst. Unsicher was er damit vorhatte, starrte ich ihn mit großen Augen an.

»Ich besitze keine Augenbinde, aber die hier wird reichen«, sagte er schulterzuckend, als er mich ansah.

»Ich muss doch keine Angst haben, oder?«

Jackson trat hinter mich und legte mir die Krawatte um die Augen. »Vertraust du mir?«, hörte ich seine Stimme dicht an meinem Ohr und fühlte seinen Atem auf meiner Haut.

»Ja«, wisperte ich benommen.

»Gut.«

Er nahm mich an den Händen und führte mich durch den Raum. Zögerlich machte ich kleine Schritte vorwärts.

Bevor er mir die Augen verbunden hatte, hatte ich mich noch mal umgesehen, aber nichts Auffälliges entdeckt. Ich wurde nervös und hoffte, dass meine Hände nicht zu schwitzen begannen, solange Jackson sie hielt.

»Du kannst die Krawatte jetzt abnehmen.«

»Ich bin mir nicht sicher, ob ich das möchte.«

Jackson lachte kehlig und drückte mir einen Kuss auf den Scheitel. »Mach schon.«

Vorsichtig zog ich mir die Krawatte von den Augen und blinzelte.

Irritiert stellte ich fest, dass wir uns im begehbaren Kleiderschrank befanden. Vor mir hingen Jacksons Anzüge in allen möglichen Grau- und Blautönen. Daneben Hemden, Krawatten und Sakkos. Darunter standen sauber aneinandergereiht unzählige Paar Schuhe.

»Dreh dich um«, sagte Jackson.

Ich tat, was er verlangte, und schnappte nach Luft, als ich Jacksons Überraschung sah. Wo gestern noch mehr Kleidung von ihm gehangen hatte, befanden sich nun Kleider, Röcke, Blusen und andere schicke Oberteile. Ein halber Schrank war voll mit Taschen und Schuhen.

»Ich hoffe, die Überraschung ist gelungen«, hauchte er an meinem Ohr und drückte mir einen Kuss auf den Nacken. Entsetzt wirbelte ich herum.

»Das hast du alles gekauft?«

»Victoria hat sie ausgesucht«, antwortete er unbeeindruckt, als wäre es keine große Sache.

Ich ging auf den Schrank zu und mit einer schnellen Handbewegung sah ich die Kleider durch. Auf den meisten Teilen entdeckte ich Etiketten von Marken, die so teuer waren, dass ich heute nicht einmal die Läden betreten hatte.

Fassungslos legte ich mir die Hand an die Stirn. Das war doch wahnsinnig, was dachte er sich nur dabei?

»Jackson, das kann ich dir niemals wieder alles zurückzahlen.«

»Das sollst du auch nicht. Es ist ein Geschenk von mir für dich.«

»Nein, auf gar keinen Fall. Das kann ich nicht annehmen«, sagte ich kopfschüttelnd.

»Lass das mal meine Entscheidung sein. Dass du hierbleibst für mich, und alles, was dir wichtig ist, zurücklässt, ist mehr wert als alles, was in diesem Schrank hängt.«

Er zog mich an sich und als seine Lippen sich auf meine legten, schmeckte ich Minze.

»Eines von den Kleidern könntest du heute Abend tragen.« Sanft rieb er seine Nase an meiner Wange.

»Haben wir denn etwas vor?«

Jackson verzog seinen Mund zu einem schuldbewussten Lächeln und legte seine Hände an meine Taille. »Um ehrlich zu sein, habe ich gehofft, dass, jetzt wo du in New York bleibst, doch bereit dazu wärst, Victorias Hochzeit zu planen.«

»Oh, und mit den Kleidern wolltest du mich bestechen«, sagte ich und kniff meine Augen zusammen.

»Sollte das nicht reichen, hätte ich einen Plan B«, knurrte er an meinem Ohr und streichelte mit seinen Händen über meinen Po. Gänsehaut bildete sich auf meinem Körper. Plan B war um einiges überzeugender. Aber am überzeugendsten war der Gedanke, dass ich mir mein Leben nicht von Jackson finanzieren lassen wollte. Meine Ersparnisse würden mich nicht ewig über Wasser halten, also blieb mir nichts anderes übrig, als dem Angebot zuzustimmen, Victorias Hochzeit zu planen. Ally hatte recht, es wäre eine gute Möglichkeit, um mich hier zu etablieren.

»Okay, ich mache es«, gab ich mich geschlagen. »Aber damit du es weißt, Plan A hat nicht funktioniert und ich würde gern Gebrauch von Plan B machen.«

Auf seinen Lippen bildete sich ein unwiderstehliches Lächeln und weiße Zähne kamen zum Vorschein. »Darauf hatte ich gehofft.«

Ohne den Blick voneinander zu lösen, zog ich sein Hemd hoch und streichelte von seinem Bauch zu seiner Brust. Seine Haut war weich und warm. Die Muskeln darunter waren angespannt. Ich wollte ihn küssen, doch Jackson umfasste meine Handgelenke, schob meine Hände nach unten und wich zurück.

»So gern ich auch möchte, dafür haben wir gerade keine Zeit. Victoria erwartet uns in einer halben Stunde.« Er steckte sich das Hemd zurück in die Hose.

Ich war mir sicher, es kostete ihn Überwindung, mich zurückzuweisen und es reizte mich, noch etwas Salz in die Wunde zu streuen.

Demonstrativ begann ich, mich langsam vor ihm zu entkleiden. Ich hoffte, es würde ihn verrückt machen, mich nackt zu sehen und nicht anfassen zu können. Sein Gesichtsausdruck wurde animalisch, als ich mich um die Kleidung bückte, die ich fallen gelassen hatte. In dem Moment wusste ich, ich hatte das erreicht, was ich wollte.

»Du bringst mich um den Verstand«, sagte er mit einem verzweifelten Stöhnen, bevor er den Raum verließ.

Ich nahm eine heiße Dusche und in einer der vielen Schubladen im Ankleidezimmer fand ich eine große Auswahl an Unterwäsche. Die meiste bestand aus Spitze oder transparentem Stoff. Victoria hatte Geschmack, das musste man ihr lassen, dennoch machte es mir ein wenig Angst, wie gut sie meinen Körper einschätzen konnte, denn der BH saß wie angegossen. Danach sah ich die neuen Kleider durch und fühlte mich, als wäre ich in einer Boutique. Obwohl sie schön waren, repräsentierten sie mehr Victorias Stil als meinen. Einfarbig, elegant, zeitlos. Mein Kleiderschrank zu Hause war gefüllt mit bunten und gemusterten Kleidern.

Schlussendlich entschied ich mich für ein figurbetontes cremefarbenes Kleid mit langen Ärmeln und einem rechteckigen Ausschnitt.

»Du siehst toll aus.« Jackson musterte mich durch den Spiegel hindurch, als ich mich von allen Seiten betrachtete.

»Dank dir.«

»Du hast auch nackt toll ausgesehen.«

Ich lächelte und drehte mich zu ihm herum. »Denk nicht zu viel daran, sonst wird es hier untenrum etwas eng«, sagte ich und griff ihm dabei sanft in den Schritt. Jackson packte mich am Handgelenk, legte seine andere Hand in meinen Nacken und küsste mich stürmisch. Es war unbeschreiblich, wie sehr ich mich zu ihm hingezogen fühlte. Seine Lippen gepaart mit seinem männlichen Duft stahlen mir den Verstand und ich konnte an nichts anderes mehr denken, als daran, den Plan, zu Victoria zu fahren, über den Haufen zu werfen, um den restlichen Abend mit ihm im Bett zu verbringen.

Es war bloß Jacksons guter Beherrschung geschuldet, dass wir tatsächlich pünktlich bei Victoria waren.

Mit einem Strahlen öffnete sie die Tür und umarmte mich stürmisch. Ich fühlte mich überrumpelt und hörte Jackson leise neben mir lachen. Er hatte ihr die frohe Botschaft anscheinend schon mitgeteilt.

»Kommt rein«, sagte sie und schwang die Tür auf.

Ich folgte Jackson ins Appartement, während er seiner Schwester einen Kuss auf die Stirn drückte.

»Wie geht es dir?«, fragte er sie.

Victoria warf mir einen Blick zu und sah dann wieder Jackson an. »Jetzt geht es mir gut.«

Sie streichelte ihm über den Oberarm und ich glaubte, in seinen Augen Besorgnis zu sehen. Victoria verschwand in das Zimmer nebenan und für einen Augenblick waren Jackson und ich unter uns. Ich wollte ihn fragen, was los war, doch ich wusste, er würde es mir nicht sagen. Jackson öffnete sich nur, wenn er bereit dazu war, und nicht, wenn man es von ihm verlangte. Also ging ich zu ihm, verschränkte meine Finger mit seinen und streichelte ihm mit der freien Hand über die Wange.

»Komm, lassen wir sie nicht warten«, sagte ich und zog ihn mit in den angrenzenden Raum, in dem uns Victoria bereits erwartete.

Eine junge Dame eilte aus der Küche, auf ihren Händen trug sie ein Tablett mit Sektgläsern. Schüchtern lächelnd reichte sie mir eines davon und ich nahm es dankend entgegen.

»Das ist unsere Haushälterin Sophia«, bemerkte Victoria. Ich nickte und mir wurde wieder bewusst, in welch unterschiedlichen Welten wir lebten und aufgewachsen waren. Jackson und Victoria kannten es nicht anders. Damals, als ich die beiden kennengelernt hatte, hatten sie nicht nur eine Haushälterin, sondern etliche Bedienstete. Darunter einen Koch, einen Gärtner und eine Nanny, die für ihre Erziehung verantwortlich gewesen war. Bei uns zu Hause waren wir immer gemeinsam für den Haushalt und fürs Kochen zuständig gewesen. Wenn ich mit meinen drei Geschwistern kochte, sah es zwar danach jedes Mal danach aus, als wäre eine Bombe in der Küche eingeschlagen, aber dafür machte es unglaublichen Spaß. Unser Vater aß alles, was wir ihm vor die Nase stellten, selbst wenn es unappetitlich aussah. Mom hingegen war da nicht so unkompliziert.

Das Klingeln von Jacksons Telefon riss mich aus meinen Gedanken. Entschuldigend verschwand er auf die Terrasse und ich war mit Victoria allein.

»Mein Verlobter wird bestimmt gleich hier sein«, sagte sie, um die erdrückende Stille zu durchbrechen.

»Überhaupt kein Problem. Wir haben Zeit«, antwortete ich und presste meine Lippen aufeinander.

»Jackson meinte, er will noch mal in die Kanzlei.«

»Oh, okay.«

Meinte er das? Davon hatte er mir nichts gesagt. Obwohl wir den Abend bei Victoria verbringen würden, hätte ich mich darauf gefreut, heute mal mehr von Jackson zu haben. Langsam fragte ich mich, wann er überhaupt schlief, denn seine vierundzwanzig Stunden schienen immer auf die Sekunde genau verplant zu sein.

Jackson kam zurück, legte seinen Arm um meine Taille und Victoria reichte ihm ebenfalls ein Glas Schampus.

»Lass uns anstoßen«, sagte sie. »Es gibt etwas zu feiern.« Sie erhob ihres zu einem Toast. »Darauf, dass du hierbleibst, Jackson glücklich machst und meine Hochzeit planst.«

Wir stießen unsere Gläser aneinander und ich hob das Glas an meine Lippen.

»Danke«, hauchte Jackson an meinem Ohr und drückte mir einen Kuss auf die Wange. Victoria lächelte sanft und in ihren Augen suchte ich die Boshaftigkeit von damals, doch ich fand sie nicht. Es wirkte ehrlich. Vielleicht hatte sie sich wirklich geändert.

»Sorry, ich bin zu spät!«, hörte ich eine melodische Männerstimme und gleich darauf eine Tür, die ins Schloss fiel.

»Da ist mein Verlobter ja endlich«, sagte Victoria erleichtert.

Schnelle Schritte näherten sich uns und im nächsten Moment kam er um die Ecke gelaufen.

Mein Lächeln gefror, gleichzeitig rutschte mir das Glas aus der Hand, als ich erkannte, wer da vor mir stand. Mein Herz raste. Das konnte nicht sein. Es war Blake, der Pilot.

»Miriam?«, riss Jackson mich aus meiner Starre und mein Blick schnellte zu ihm.

»Sophia!«, hörte ich gleichzeitig Victoria ihre Haushälterin rufen.

Erst jetzt bemerkte ich, was ich angerichtet hatte. Das Glas war in unzählige Scherben zersprungen, als es am Boden gelandet war. Schnell bückte ich mich, um sie einzusammeln.

»Es tut mir leid«, brachte ich mit kratziger Stimme hervor. Blake schien ebenso überrascht, denn er stammelte etwas, das ich nicht verstand.

Sophia kam angelaufen und beseitigte das Chaos. Vorsichtig legte ich die Scherben auf das Kehrblech in ihrer Hand.

»Alles in Ordnung?«, fragte Jackson, nachdem er mich am Arm hochzog. Ich nickte mechanisch, wollte aber gleichzeitig »Nein« antworten. Gar nichts war in Ordnung. Blake konnte nicht Victorias Verlobter sein. Er war so ... und sie so ... Mein Gehirn kapitulierte bei dem Gedanken an die beiden zusammen. Ich musste mich zusammenreißen. Durchatmen. Ich straffte meine Schultern und hielt Blake steif meine Hand entgegen.

»Es freut mich, Sie kennenzulernen.«

Für einen kurzen Moment sah ich ihm in die Augen und mein Atem stockte. Auf keinen Fall würde ich Victoria oder Jackson von der Begegnung im Flugzeug erzählen.

Plötzlich bekam ich ein komplett anderes Bild von ihm. Ich musste ihn falsch eingeschätzt haben, denn niemals im Leben hätte ich gedacht, dass ausgerechnet jemand wie Victoria sein Typ Frau sein würde.

»Blake, das ist Miriam. Miriam, das ist Blake. Ihr werdet demnächst viel Zeit miteinander verbringen, also lasst die Förmlichkeiten«, sagte Victoria mit zuckersüßer Stimme.

»Hallo, Miriam«, sagte Blake mit starrer Miene. Er hielt meine Hand nur kurz, trotzdem kribbelte meine Haut unter dieser Berührung. Dann wandte er sich an Jackson, den er mit einem kräftigen Handschlag begrüßte. Mein Blick folgte ihm, als er Victoria einen Kuss gab und sie in eine Umarmung zog. Ein Kloß bildete sich in meinem Hals, den ich hinunterzuschlucken versuchte.

»Baby, kann ich dich kurz sprechen?«, riss mich Jackson aus dem Moment und ich räusperte mich verlegen. Hatte er bemerkt, dass ich die beiden angestarrt hatte?

»Natürlich«, antwortete ich und folgte ihm zur Terrassentür. Dicht davor blieben wir stehen. Wir waren weit genug von Victoria und Blake entfernt, damit sie nicht hören konnten, was wir redeten, aber Jackson brauchte gar nichts zu sagen. Sein Dackelblick verriet ihn und ich konnte mir bereits denken, was jetzt kommen würde.

»Ich muss noch mal in die Kanzlei. Du kommst doch hier allein zurecht oder?«

Ich ließ die Schultern hängen. Wir waren keine fünfzehn Minuten hier und Jackson wollte schon wieder abhauen – ohne mich. Warum war er überhaupt mitgekommen, wenn er mich ohnehin gleich ins kalte Wasser warf? Ich war auf einen entspannten Abend eingestellt gewesen, soweit das mit Victoria möglich war, und nun würde ich mit ihr und Blake allein sein müssen.

»Muss das sein?«, fragte ich vorwurfsvoll.

Victoria meinte, er wollte in die Kanzlei, aber zwischen wollen und müssen gab es einen großen Unterschied.

»Ich würde nicht gehen, wenn es nicht wichtig wäre.«

Ich seufzte und Jackson zog mich näher an sich. Er legte eine Hand an mein Gesicht und strich mit seinem Daumen über meine Wange.

»Sieh mich nicht so an.«

»Du lässt mich hier einfach zurück«, schmollte ich und verschränkte trotzig meine Hände vor der Brust.

»Heute Nacht kannst du eine Entschuldigung von mir erwarten«, flüsterte er an meinem Ohr und Hitze schoss mir bei der Vorstellung in die Wangen. Ich blickte zu den anderen beiden und bemerkte, dass Blake uns beobachtete. Schnell wandte ich den Blick wieder ab.

Jackson bemerkte, wie rot ich geworden war und lachte kehlig. »Du schaffst das«, sagte er, hob mein Kinn leicht an und gab mir einen Abschiedskuss.

Dann ging er zu Victoria und verabschiedete sich bei ihr mit einem Kuss auf die Wange, worauf sie mit den Augen rollte und etwas sagte, das ich nicht verstand.

Nachdem Jackson sich auch von Blake verabschiedet hatte, fiel die Tür ins Schloss und sofort fühlte ich mich verloren.

»Typisch Jackson. Er hätte sich wenigstens eine Stunde Zeit nehmen können, aber wie immer ist die Arbeit wichtiger«, sagte Victoria mürrisch, als ich näherkam.

Bei diesen Worten spürte ich ein unangenehmes Stechen in meiner Brust. Jackson hatte nicht nur aktuell für mich wenig Zeit, sondern auch für seine eigene Familie, und das kleine Wörtchen *typisch* ließ darauf schließen, dass es sich nicht nur um eine Phase handelte.

»Setz dich, bitte.« Victoria deutete auf einen Stuhl und stellte mir ein frisches Glas Schampus auf den Tisch. »Blake, du dich bitte auch.«

Es fühlte sich an, als wäre ich wieder in der Schule und wurde gerade zum Direktor zitiert, weil ich etwas angestellt hatte. Ich wusste gar nicht, weshalb ich mich so aufführte. Blake und ich hatten lediglich im selben Flugzeug gesessen und uns unterhalten. Wieso machte mich die Situation dann gerade so unglaublich nervös?

Er ging um den Tisch herum und nahm neben Victoria Platz, saß mir nun, wie seine Verlobte, gegenüber.

»Gleich einmal das Wichtigste vorweg«, begann sie und sah zuerst zu Blake und dann zu mir. »Die Hochzeit soll am 31. Oktober stattfinden, in einem Monat.«

»Wie bitte?« Überrascht starrte ich sie an, weil ich glaubte, mich verhört zu haben.

»Was?«, fragte Blake im gleichen Moment.

»Für eine ordentliche Planung und alle organisatorischen Angelegenheiten benötige ich genügend Zeit. Kirchen und Locations sind meist schon ein bis zwei Jahre im Voraus ausgebucht. Natürlich wäre eine zeitige Hochzeit auch möglich, allerdings –«

»Kannst du mir bitte erklären, warum es ausgerechnet in einem Monat sein soll?«, fiel mir Blake ins Wort, seinen Blick auf Victoria gerichtet. »Wir sind seit drei Jahren verlobt.«

»Ich möchte einfach endlich deine Frau werden«, sagte sie, rückte näher an ihn heran und legte ihre Hand auf seinen Oberschenkel. Obwohl das Strahlen in ihren Augen ehrlich wirkte, ergab das Ganze keinen Sinn. Wieso wollte sie unbedingt in einem Monat heiraten, wenn sie zuvor offenbar keine Eile gehabt hatte?

»Plötzlich«, antwortete Blake abfällig und schüttelte den Kopf.

Ich stieß leise die Luft aus dem Mund und nahm einen

großen Schluck vom Schampus. Wenn ich diesen Abend heil überstehen wollte, benötigte ich Alkohol.

Victoria atmete tief durch und an ihrem angespannten Gesichtsausdruck merkte ich, dass das noch nicht alles gewesen war.

»Ich weiß, das wird euch jetzt nicht gefallen, aber ich werde bei der Planung nicht dabei sein können.«

Blake starrte Victoria ungläubig an, sprang auf und ballte seine Hände zu Fäusten.

Obwohl die Geste wütend wirkte, konnte ich in seinen Augen erkennen, wie verletzt er war. »Hier geht es um unsere Hochzeit!«

»Ich weiß, aber ich muss nächste Woche für längere Zeit geschäftlich in die Schweiz reisen.«

Victoria sah Blake eindringlich an. »Ich würde bleiben, wenn es nicht absolut notwendig wäre, dass ich gehe.«

Blake verschränkte seine Arme vor seiner Brust und drückte seine Nasenwurzel. »Dann heiraten wir eben erst später.«

»Nein!«, antwortete Victoria schnell.

Mit großen Augen beobachtete ich das Hin und Her und nahm einen weiteren Schluck. »Miriam, ich verlasse mich auf dich«, sagte sie nun an mich gerichtet. »Blake wird dir helfen, und ich werde versuchen, so oft wie möglich erreichbar zu sein.«

»Wir werden das hinbekommen«, versuchte ich sie zu beruhigen und mir selbst gut zuzusprechen. Dafür kassierte ich einen wütenden Blick von Blake. Schnaubend drehte er den Stuhl herum, sodass die Lehne vorne war, und setzte sich mit gespreizten Beinen darauf. »Wieso heiraten wir nicht sofort, dann haben wir es hinter uns«, blaffte er.

Victoria wollte etwas sagen, hustete aber stattdessen und hielt sich die Faust vor den Mund.

Sofort veränderte sich Blakes Gesichtsausdruck und er sah sie besorgt an. »Du solltest wirklich zum Arzt gehen«, sagte er und streichelte ihr nun sanft über den Rücken.

»Das vergeht schon, mach dir keine Gedanken«, antwortete sie mit heiserer Stimme. »Zurück zum Thema.«

Blake seufzte und vergrub die Hände in seinen Haaren. »Victoria, du machst es mir echt verdammt schwer, nicht wütend auf dich zu sein. Du triffst einfach solche wichtigen Entscheidungen, ohne mich einzubeziehen.«

»Du hast recht, es tut mir leid. Es war egoistisch von mir.« Die beiden sahen einander in die Augen und ohne, dass einer den Mund aufmachte, kommunizierten sie. Ich erkannte es an Victorias flehendem Blick und an Blakes Ausdruck in den Augen, der verriet, dass er kurz davor war nachzugeben.

»Vielleicht sollten wir den Rest telefonisch klären«, schlug ich vor, denn offenbar hatten die beiden noch einiges zu besprechen. Zudem fühlte ich mich unwohl und wollte nicht zwischen die Fronten geraten.

Organisatorisch war es kein Problem, dass Victoria nicht bei der Planung dabei sein würde, aber ich konnte Blakes Reaktion verstehen. Es war nicht irgendeine Gartenparty, um die es ging, sondern ihre Hochzeit.

»Nein, wir machen weiter«, sagte Victoria und beachtete Blake nicht länger.

»Okay«, antwortete ich und räusperte mich. Ich griff nach meiner Tasche und zog meinen Organizer heraus. Bei der Herfahrt hatte ich mir kurz Notizen gemacht, welche Informationen ich vorab benötigte.

»Damit ich zu planen beginnen kann, brauche ich eine Gästeliste und die dazugehörigen Kontaktdaten.«

»Die bekommst du, sobald ich in der Schweiz bin. Vorher wird es leider nicht gehen.«

»Gut. Wie viel Budget steht zur Verfügung?«, fragte ich und setzte den Stift an, um zu schreiben.

»Es gibt keine Obergrenze.«

Überrascht hob ich den Blick.

»Bist du vollkommen verrückt?«, fragte Blake und starrte sie mit seinen ozeanblauen Augen an.

Ob Victoria überhaupt noch Gefallen an ihnen fand?, schoss es mir durch den Kopf. Oder hatte sie sich daran gewöhnt?

»Ich heirate nur einmal in meinem Leben. Das Geld ist mir egal, aber der Tag muss perfekt werden.«

Blake schüttelte den Kopf und mir graute es bereits vor den nächsten Wochen. Wie sollte ich je eine perfekte Hochzeit für sie planen können, wenn Blake und sie sich schon jetzt nicht einig schienen. Das würde eine Katastrophe werden.

»Gibt es sonst noch Fragen, die dir Blake nicht beantworten kann?«

Jede Einzelne, dachte ich, schüttelte aber den Kopf.

»Sollte ich Fragen haben, werde ich mich melden.«

»Moment, ich gebe dir meine Visitenkarte. Du kannst mir jederzeit schreiben. Telefonisch werde ich vermutlich nicht oft erreichbar sein.«

»Gut zu wissen«, antwortete ich mit einem aufgesetzten Lächeln und sah Victoria hinterher, die den Raum verließ, um mir ihre Karte zu bringen.

Plötzlich räusperte sich Blake und lenkte meine Aufmerksamkeit auf sich.

»Jackson war der Typ, von dem du gesprochen hast? Der Glückliche, der deine einzig wahre Liebe sein soll?«, fragte er mit einem Mal offen heraus. Die Art, wie er das fragte, klang, als wäre er enttäuscht darüber.

Ich nickte stumm. Hier mit ihm zu sitzen, in Victorias und Blakes gemeinsamen Appartement, fühlte sich unwirklich an. Eben noch war er der hilfsbereite Pilot gewesen, der mir Atemübungen gezeigt hatte, und nun war er drauf und dran, Jacksons Schwager zu werden.

»Dein Plan scheint aufgegangen zu sein. Das freut mich für dich«, sagte er, aber sein Gesichtsausdruck sagte etwas anderes.

Er hatte nichts mehr gemein mit dem gelassenen Typen von vor wenigen Tagen und das enttäuschte mich. Ich hatte eine bestimmte Vorstellung von ihm gehabt und die war nun ruiniert, weil die Realität eben anders aussah.

»Hier ist sie«, sagte Victoria, als sie durch die Tür kam und mir ihre Karte entgegenstreckte. Ich nahm sie dankend an, legte sie in den Organizer und steckte ihn in meine Tasche.

»Wenn es keine weiteren Fragen mehr gibt, werde ich jetzt gehen. Es ist spät.« Ich stand auf und schob den Stuhl zum Tisch.

»Es ist erst acht Uhr«, antwortete Blake trocken und am liebsten hätte ich ihn dafür geboxt. Ich war mir sicher, dass er mir ansah, wie unwohl ich mich gerade fühlte.

»Keine weiteren Fragen. Die Gästeliste bekommst du«, sagte Victoria und ignorierte Blakes Aussage.

»Ich wünsche dir eine schöne Reise«, verabschiedete ich mich bei ihr und wollte ihre Hand schütteln, doch wieder zog sie mich in eine Umarmung.

»Vielen Dank, Miriam.«

Victorias Verhalten mir gegenüber war ein Mysterium für mich. Ich hatte keine Ahnung, woran ich bei ihr war. Konnte sie mich leiden? Akzeptierte sie mich wegen Jackson oder war sie nur nett, weil sie wollte, dass ich ihre Hochzeit plante? Ich wusste es nicht, aber das war mir auch gleich, denn ich war einfach nur froh, dass wir halbwegs miteinander klarkamen. Sie war Jacksons wichtigste Bezugsperson und sie würde immer an seiner Seite sein. Wenn das zwischen ihm und mir klappen sollte, wäre sie ab sofort auch Teil meines Lebens, und da ich ein harmoniebedürftiger Mensch war, war es mir nur recht, dass wir unser Kriegsbeil begruben.

Blake musterte uns mit verschränkten Armen und nur zu gern hätte ich gewusst, was er gerade dachte.

»Ich begleite dich zur Tür«, sagte er und ich folgte ihm.

An der Wohnungstür angekommen, zog er sein Telefon aus der Hosentasche und hielt es mir entgegen.

»Deine Nummer.«

Ich schnappte danach, tippte meine Nummer ein und er klingelte bei mir durch, damit auch ich seine hatte. Welch Ironie, fast musste ich lachen. Noch vor wenigen Tagen hatte ich mir genau das erhofft.

»Ich melde mich. Ich wünsche dir einen schönen Abend, Midge.«

Midge, nicht Miriam. Er streckte mir seine Hand entgegen und ich schüttelte sie. Dabei blickte er mir unverwandt in die Augen und ich musste an den Moment im Flugzeug denken, als er beruhigend seine Hand auf meine gelegt hatte.

Als ich bemerkte, dass wir uns noch immer an den Händen hielten, zog ich meine schnell zurück und straffte meine Schultern.

»Ich dir auch«, antwortete ich knapp und ging. Den gesamten Weg zum Fahrstuhl spürte ich Blakes Blick in meinem Rücken, wagte es aber nicht, mich noch einmal nach ihm umzusehen.

Kapitel 7

Seit dem Gespräch waren fünf Tagen vergangen und Blake hatte sich immer noch nicht gemeldet, obwohl Victoria seit vorgestern in der Schweiz war. Bis zur Hochzeit waren es nur wenige Wochen und er hatte offensichtlich die Nerven, das zu ignorieren.

Am sechsten Tag schrieb ich ihm eine Nachricht und informierte ihn darüber, dass ich mit der Planung heute beginnen würde. Victoria würde eine perfekte Hochzeit bekommen, entweder mit seiner Hilfe oder eben ohne.

Keine Stunde nach meiner Nachricht an ihn, klingelte es an der Tür und als ich sie öffnete, stand er mit einem verschmitzten Lächeln vor mir.

»Ich hoffe, du hast Hunger«, sagte er und hielt mir eine köstlich duftende McDonalds-Tüte vor die Nase.

Ich schnappte danach und ging damit ins Esszimmer.

»Ich dachte, du meldest dich bezüglich der Hochzeit«, sagte ich vorwurfsvoll.

»Ich war bis vor vier Stunden noch in Miami«, wandte Blake ein und schlenderte mir hinterher.

»Okay, diese Ausrede lasse ich durchgehen.«

»Das ist keine Ausrede«, beschwerte er sich und ließ sich auf den Esszimmerstuhl fallen.

»Wie du meinst«, antwortete ich und zuckte grinsend mit den Schultern, als er mich ansah. Ich stellte die Tüte auf dem Tisch ab und holte zwei Teller aus der Küche, auf denen ich das Essen verteilte.

Nachdem ich mich gesetzt hatte, steckte ich mir eine Pommes in den Mund, die neben den Teller gefallen war. Und o Gott, sie war perfekt. Außen knusprig, innen weich und die richtige Menge Salz. Jetzt erst fiel mir auf, wie sehr mir Fastfood gefehlt hatte. Paul hatte sich stets gesund ernährt und das auch irgendwie von mir erwartet. Er hatte es nicht offen gesagt, aber seine verurteilenden Blicke, wenn ich genascht hatte, waren ausreichend gewesen, um mir ein mieses Gefühl zu geben.

Zum ersten Mal seit Ewigkeiten hatte ich kein schlechtes Gewissen Fastfood zu verdrücken. Ich musste mich sogar ermahnen, langsam zu essen, so verdammt gut war es. Es würde mir zwar später schwer im Magen liegen, doch das war es allemal wert.

»Es scheint zu schmecken«, sagte Blake belustigt, der sein Essen noch schneller verdrückt hatte und jetzt zurückgelehnt im Stuhl saß.

Kauend nickte ich und verdrehte genussvoll die Augen.

»Ich habe ganz vergessen, wie gut das Zeug ist«, antwortete ich, nachdem ich heruntergeschluckt hatte, und leckte mir meine salzigen Finger ab. Mit der Serviette wischte ich mir den Mund sowie die Hände ab und legte sie zerknüllt auf den Teller.

»Weißt du, was mich brennend interessiert?«, fragte Blake und lehnte sich nach vorne, seine Arme auf dem Tisch verschränkt. »Wie hat Jackson reagiert, als du vor ihm gestanden hast?«

»Er hat mich gefragt, ob ich einen Anwalt brauche«, sagte ich und musste dabei lachen.

Blakes Lippen verzogen sich zu einem schiefen Lächeln. »Er hatte es noch nie so mit großen Emotionen.«

»Da hast du recht. Wie hast du Victoria eigentlich kennengelernt?«, fragte ich, als ich die Teller stapelte und damit in die Küche ging, um sie abzuspülen.

Blake folgte mir und griff nach einem Geschirrtuch. »Mein Vater hat für die Butlers als Gärtner gearbeitet. In den Ferien habe ich ihm öfter geholfen und so habe ich sie kennengelernt.«

Erstaunt sah ich zu ihm hoch. Irgendwie war ich automatisch davon ausgegangen, dass er ebenfalls aus einer vermögenden Familie stammte und dass sie zusammen studiert oder im selben Internat gewohnt hatten.

»Überrascht?«, fragte er und nahm mir den nassen Teller aus der Hand, den ich eben abgespült hatte.

Ich nickte.

»Ihr Vater hat unsere Beziehung nie akzeptiert. Meinem Vater hat er gekündigt, als er erfahren hat, dass wir zusammen waren. Ich denke, er hätte sich für Victoria jemanden aus ihren Kreisen gewünscht.«

In seiner Stimme hörte ich, wie sehr ihn das verletzte. Er wurde aufgrund seiner Herkunft verurteilt und darauf reduziert. Ob Victoria deswegen die letzten drei Jahre nicht hatte heiraten wollen, weil sie gehofft hatte, irgendwann doch noch den Zuspruch ihres Vaters zu bekommen?

»Hast du deshalb einen gut bezahlten Beruf gewählt? Um dazuzugehören und akzeptiert zu werden?«

Ein sanftes Lächeln bildete sich auf seinen Lippen. »Ich bin Pilot geworden, weil ich es liebe zu fliegen. Ich wünschte, du könntest einmal das fühlen, was ich fühle, wenn ich da oben bin.«

»Das wünschte ich auch«, antwortete ich und meinte es so. Ich würde gern um die ganze Welt reisen, neue Länder und Kulturen kennenlernen. Es gab so vieles, das ich sehen und erleben wollte, würde mich meine Flugangst nicht daran hindern.

Nachdem wir fertig abgespült hatten, ging Blake zum Sofa und ließ sich stöhnend darauf fallen. Er tätschelte sich den Bauch und verschränkte seine Beine auf dem Tisch.

»Hat Victoria dir die Gästeliste gesendet?«, fragte ich und nahm am Esstisch Platz, sodass ich Blake ansehen konnte.

»Nein. Victoria und ich waren uns nicht einig und deshalb dauert das noch.«

Ich seufzte tief und griff mir an die Stirn. Von der Gästeliste hing so vieles ab, vor allem, weil die Save-the-Date-Karten raus mussten. Für Einladungskarten war es zu früh, denn wir benötigten zuerst eine Kirche und eine Location für die Hochzeitsfeier. Außerdem richtete sich die Location nach der Gästeanzahl. Ich wusste also nicht, nach was ich mich umsehen sollte.

»Du kannst mir doch bestimmt wenigstens sagen, ob die Hochzeit im kleinen oder großen Rahmen gefeiert wird. Dann kann ich mögliche Locations schon mal einschränken.«

»Definitiv groß«, sagte Blake, stand auf und blieb vor dem Bücherregal stehen. Seine Augen wanderten über die Buchrücken, als würde er nach einem bestimmten suchen. Ich hingegen hatte Mühe, zu ignorieren, wie gut ihm das schwarze Sweatshirt passte, das über seinem Oberkörper spannte. Erst jetzt fiel mir auf, dass ich Jackson bisher nur im Anzug oder nackt gesehen hatte. Ob er überhaupt so etwas wie Freizeitkleidung besaß? Blake drehte sich zu mir und ich besann mich wieder auf meine Arbeit.

»Habt ihr euch bereits Gedanken darüber gemacht, wer eure Trauzeugen werden sollen?«

»Ethan wird mein Trauzeuge. Ich weiß nicht, ob Vicky sich schon entschieden hat.«

Ich nickte und ergänzte es auf einer Liste mit Fragen, die ich Victoria senden würde.

»Okay. Ist ein Motto gewünscht, unter dem die Hochzeit stattfinden soll?«

»Protz, protziger am protzigsten?«

Blake schnappte sich einen Apfel aus der Obstschale, biss davon ab und ließ sich wieder auf das Sofa fallen. Er breitete seinen Arm auf der Lehne hinter sich aus und legte den linken Fußknöchel lässig auf den rechten Oberschenkel.

»Dir ist klar, dass du gerade über deine Verlobte sprichst?«

Blake lachte bitter auf. »Ich habe ihr vor drei Jahren den Antrag gemacht. Drei Jahre hat sie sich nicht fürs Heiraten interessiert und plötzlich muss alles so schnell gehen. Wenn sie so scharf darauf ist, meine Frau zu werden, warum sitze ich jetzt hier allein mit dir?«

Er sah mich an, als könnte ich ihm die Antwort liefern, die er hören wollte, und so sehr ich es mir wünschte, ich konnte es nicht.

»Ich weiß es nicht«, sagte ich und lehnte mich ebenfalls zurück.

»Ich glaube, sie hat Angst, dass ich ihr entgleite«, sagte er und legte den angebissenen Apfel auf dem Tisch ab.

»Tust du das denn?«

»Ich weiß es nicht«, antwortete er und blickte zu Boden.

»Du liebst sie doch noch, oder?«, fragte ich vorsichtig.

»Ich denke schon.«

»Du denkst schon? Weißt du, wie sich das anhört? Blake, wir sprechen hier über eure Hochzeit.«

»Ich liebe sie«, korrigierte er schnell, aber es klang nicht überzeugend.

»Und ist sie deine einzig wahre Liebe?«

Blake stand auf und kam auf mich zu. Er lehnte sich gegen die Tischkante und musterte mich.

»Ich habe dir doch gesagt, dass ich an so etwas nicht glaube.«

»Schade«, antwortete ich und versuchte, seine Nähe zu ignorieren. Obwohl er mich nicht berührte, spürte ich die Wärme, die von seinem Körper ausging. Sein Parfum kroch mir in die Nase und ich mochte diesen holzigen Duft. Ich sah zu ihm hoch, starrte auf seine leicht geöffneten Lippen und mein Puls beschleunigte sich, als sich ein Lächeln daraus formte. Was war nur los mit mir? Der einzige Mann, der mich verwirren oder nervös machen sollte, war Jackson.

Schnell wandte ich den Blick ab und fixierte meinen Organizer. »Mottohochzeit oder eine klassische?«

»Ich denke, eine klassische wird ihr am besten gefallen.«

»Gut«, sagte ich und notierte es.

»Ist es so, wie du es dir vorgestellt hast mit Jackson?«, wechselte Blake das Thema.

»Er arbeitet viel«, antwortete ich knapp.

Seine Hand landete mit gespreizten Fingern auf meinem Organizer. Ich zuckte vor Schreck zusammen und riss den Kopf hoch.

»Das beantwortet nicht meine Frage.«

»Ich kann dir noch keine Antwort geben.«

Ich wollte seine Hand beiseiteschieben, doch es funktionierte nicht. Seine Augen fixierten mich so intensiv, dass ich mich nicht regen konnte.

»Die Arbeit steht bei ihm an erster Stelle. Das hat sie schon immer, tut sie jetzt und wird sie immer.«

»Hör auf«, sagte ich scharf, weil ich keine Bestätigung meines Verdachts wollte.

Blake drückte sich von der Kante ab und ging um den Tisch herum. »Ich will nur, dass dir das bewusst ist.«

Scharrend schob ich den Sessel zurück, stand auf und verschränkte meine Arme vor der Brust.

»Es ist nicht deine Angelegenheit.«

Blakes Kiefermuskeln arbeiteten während er unruhig im Raum auf und ab lief. Dann wirbelte er herum und kam auf mich zu. Dicht vor mir blieb er stehen und ich spürte, wie sich mein Puls beschleunigte.

»Nie wieder«, sagte er und sah mich eindringlich an. »Das waren deine Worte. Nie wieder würdest du dich mit weniger zufriedengeben.«

Seine Brust hob und senkte sich schnell vor Aufregung.

»Ich habe jetzt schon mehr, als ich mir erwünscht habe«, antwortete ich nachdrücklich. Für einen Augenblick war es still und Blake musterte mich prüfend.

»Dann freue ich mich für dich.«

»Tust du das? Im Moment kommt mir das nicht so vor.«

Ohne zu Antworten lief er zurück zum Sofa und ließ sich fallen.

»Lass uns weitermachen.«

Warum war es Blake so wichtig, dass ich mein Ziel verfolgte? Er glaubte ohnehin nicht an die wahre Liebe. Außerdem konnte es ihm egal sein, er hatte Victoria. Und genau deshalb waren wir hier. Wegen seiner bevorstehenden Hochzeit. Ich setzte mich hin, räusperte mich und ging weiter die Liste durch.

»Kommen wir zur Location«, sagte ich und besann mich darauf, professionell zu sein. Das war immerhin meine Arbeit und kein Freizeitvergnügen. »New York City oder außerhalb?«

»Außerhalb.«

Ich legte meinen Kopf schief und zog eine Augenbraue in die Höhe.

»Willst du das oder will das auch Victoria?«

Blake verdrehte die Augen.

»Okay, dann eben in der City.«

»Es sollte für euch beide passen. Ich werde einfach einige Locations heraussuchen, und beim nächsten Mal gehen wir sie durch.«

Blake nickte bloß.

Um kurz nach fünf Uhr schloss ich die Tür hinter Blake. Ausgelaugt lehnte ich mich dagegen und seufzte tief. Ich fischte mein Telefon aus meiner Hose und wählte Allys Nummer. Sie war mein Ruhepol, mein Pendant. Ich musste ihre vertraute Stimme hören, die mir sagte, dass alles gut werden würde, denn im Moment zweifelte ich daran.

»Es ist eine Katastrophe!«, jammerte ich, als sie mich gut gelaunt begrüßte.

»Was ist los?« Ihre Stimme klang nun besorgt.

»Victorias Hochzeit. Habe ich dir von Blake erzählt?« Ich ging in die Küche und befüllte ein Glas mit Wein, den ich aus dem Kühlschrank nahm.

»Blake? Nein, der Name sagt mir nichts.«

Ich stellte die Flasche zurück und schlenderte mit dem Weinglas in der Hand zum Sofa. »Ich habe ihn im Flugzeug kennengelernt. Wir haben uns gut verstanden und ich habe ihm alles über Jackson und mich erzählt, auch von unserem Pakt. Im Großen und Ganzen habe ich mich ziemlich lächerlich gemacht.«

»Und, ist er heiß?«, fragte sie.

»Er ist Victorias Verlobter.« Ich nahm einen großen Schluck, um mir die Worte von der Zunge zu spülen.

»Nein!«, sagte sie ungläubig.

»Doch. Ich wünschte, es wäre nicht wahr. Und jetzt verhält er sich eigenartig. Irgendwie habe ich das Gefühl, als könnte er Jackson nicht leiden, oder er will mich vor ihm beschützen. Keine Ahnung, was auch immer. Victoria macht die Sache nicht leichter. Sie lässt mich ihre gesamte Hochzeit quasi im Alleingang planen.«

Ich ließ mich auf das Sofa fallen und erlitt beinahe einen Herzinfarkt, weil das Glas fast überschwappte.

»Sie hat mir Blake als Hilfe zur Seite gestellt. Das Problem ist nur, sie haben weder denselben Geschmack noch dieselben Ansichten. Ally, ich könnte durchdrehen. Ich hätte den Job nie annehmen sollen.«

»Doch! Sieh es als Herausforderung«, versuchte sie mich aufzumuntern.

»Wie schaffst du es nur, immer so positiv zu sein?«

Ally lachte. »Irgendeine von uns muss es ja sein. Du packst das schon. Deine Hochzeiten waren bis jetzt alle traumhaft schön. Du kannst das nicht versemmeln, immerhin hast du einen guten Geschmack und bist bestens organisiert.«

»Danke, Ally. Ich würde dich jetzt gern umarmen«, sagte ich und hörte gleichzeitig, wie die Tür des Appartements geöffnet wurde. »Ich mache Schluss, Jackson ist eben nach Hause gekommen. Ich melde mich morgen und dann musst du mir erzählen, wie die Flitterwochen sind.«

»Du hast Zuhause gesagt«, bemerkte Ally und kicherte.

»Du bist doof und ich habe dich lieb.«

»Ich habe dich auch lieb, bis morgen«, sagte meine Schwester und legte auf.

Ich hatte tatsächlich Zuhause gesagt. Meine Mutter hatte immer gemeint, Zuhause war da, wo man sich wohlfühlte. Wo Menschen waren, die einem etwas bedeuteten. Das stimmte wohl. Ab heute hatte ich offensichtlich zwei Zuhause.

»Wer war das?«, fragte Jackson, als er sich sein Sakko auszog und ordentlich auf einen Kleiderbügel hängte.

»Ally«, antwortete ich lächelnd und stellte das Weinglas auf dem Tisch ab.

»Geht es ihr gut?«

»Sie ist in den Flitterwochen, ihr muss es gut gehen.«

Jackson lachte und lockerte die Krawatte, als er auf mich zukam.

»Wie war dein Tag?« Er warf einen prüfenden Blick auf mein halbleeres Weinglas.

»Anstrengend. Blake war hier und wir haben mit der Hochzeitsplanung begonnen.«

Jackson beugte sich zu mir herab und drückte mir einen Kuss auf die Lippen. »Und seid ihr vorangekommen?«

»Weniger, als ich es mir gewünscht, aber mehr, als ich es erwartet hätte. Was machst du schon hier?«

Ich wollte mich nicht beschweren, ganz und gar nicht, doch es war erst kurz nach fünf Uhr. Eigentlich kam Jackson selten vor neun Uhr nach Hause.

»Ich habe mir den Abend frei genommen.«

»Hast du etwas geplant?«

»Nein, ich wollte den Abend einfach mit dir verbringen.«

Ein Lächeln bildete sich auf meinen Lippen und ein warmes Gefühl breitete sich in meiner Brust aus. Vielleicht hat für Jackson seine Arbeit immer an erster Stelle gestanden, doch jetzt war ich wieder in sein Leben getreten. Ich wollte nicht an erster Stelle stehen, aber ich wollte zumindest gleichgestellt sein. Und dass er sich heute Abend extra frei genommen hatte, war ein gutes Zeichen. Blake und Victoria hatten sich geirrt und ich war unendlich froh darüber.

Am nächsten Tag stand Blake wieder um Punkt ein Uhr vor der Tür und wieder hielt er mir eine Tüte entgegen. Ich lief in die Küche, holte Teller und verteilte das Essen darauf. Heute waren es Sandwiches.

»Victoria hat mir die Gästeliste gesendet«, sagte ich, als ich die Teller auf dem Esstisch abstellte und Platz nahm.

Nachdem Jackson gestern eingeschlafen war, hatte ich, in der Hoffnung, dass Victoria die Gästeliste inzwischen gesendet hatte, meine E-Mails am Handy gecheckt und tatsächlich war sie eingetrudelt. Da ich noch kein bisschen müde war, hatte ich mich an Jacksons Laptop gesetzt und nach passenden Locations gesucht. Ich hatte Stunden damit verbracht und erst als ich eine Mappe mit den schönsten und geeignetsten Locations zusammengestellt hatte, war ich wieder zu Bett gegangen.

Blake griff nach einem Sandwich und biss davon ab.

»Lass mal sehen«, murmelte er kauend und wischte sich seine Hände an der Hose ab.

Ich öffnete die Datei und schob ihm den Laptop hin.

Er las die Namen aufmerksam durch und begann dann, einige zu löschen und andere hinzuzufügen.

»Du kannst ihr die aktualisierte Liste schicken.«

Ich kontrollierte, wen er von der Liste gestrichen hatte, und notierte mir, dass die Location auf jeden Fall groß genug sein musste, sollte Victoria mit der Änderung nicht einverstanden sein. Aktuell waren es sechsundachtzig Personen.

»Hier findest du eine Auswahl der Locations in Manhattan, die ich für geeignet halte«, sagte ich und schob ihm die Mappe vor die Nase.

Er öffnete sie und blätterte darin. Keine Reaktion in seinem Gesicht. Keine Begeisterung. Keine Abneigung. Nichts. Nicht einmal ein Nasekräuseln.

»Was ist das hier?«, fragte er interessiert, als er bei einer grünen Lasche ankam.

»Das sind die Locations außerhalb von New York City.«

Blake blätterte durch und blieb genau bei meiner Lieblingslocation hängen. Ich hatte sie gesehen und mich sofort verliebt. Sie befand sich in den Catskills und war umringt von einem Wald. Es war eine alte Farm mit einer großen Scheune, die perfekt für eine rustikale Hochzeit war. Auf dem Grundstück befand sich außerdem ein wunderschöner Teich mit Holzsteg und einem kleinen Boot.

»Traumhaft, nicht wahr?«, fragte ich und musterte Blake, wie er fasziniert die Bilder betrachtete. Seine Augen strahlten und ich war mir sicher, dass diese Location seine erste Wahl wäre.

»Sie ist schön«, sagte er mit einem sanften Lächeln und widmete sich wieder den Bildern.

»Ich weiß, die Hochzeit soll für Victoria perfekt werden, aber du bist der Bräutigam. Es ist auch dein großer Tag. Wenn du die Location toll findest, dann können wir sie uns ansehen«, schlug ich vor.

»Nein«, entgegnete er sofort und blätterte einfach weiter.

Ich schnappte mir meinen Laptop und begann zu tippen.

»Was tust du?«, fragte Blake misstrauisch.

»Ich mache uns einen Besichtigungstermin aus.«

»Midge«, sagte Blake mahnend.

Ich ignorierte seine Einwände und tippte weiter. Schneller als ich schauen konnte, zog er mir den Laptop unter den Fingern weg.

»Hey!«, beschwerte ich mich. Blake stand auf und hielt ihn in die Luft, damit ich nicht herankam.

Ich umfasste seinen Arm und versuchte ihn hinunterzuziehen. Dabei spürte ich seine harten Muskeln, die sich unter meiner Berührung anspannten, und der Geruch seines Aftershaves kroch mir in die Nase. Kurz war ich dadurch abgelenkt und Blake nahm den Laptop in die andere Hand. Er sah auf mich herab und als ich seinen Atem auf meinem Gesicht spürte, wurde mir erst bewusst, wie nahe wir uns waren. Sofort ließ ich seinen Arm los und machte zwei Schritte zurück. Mit zusammengekniffenen Augen stemmte ich meine Arme an meine Hüfte und hoffte, dass Blake nicht bemerkte, wie sehr er mich aus der Ruhe gebracht hatte.

»Diese Location kommt nicht infrage«, sagte er mit zusammengezogenen Augenbrauen.

»Weshalb? Ich habe doch bemerkt, dass sie dir gefällt.«

»Victoria und eine abgelegene Scheune mitten im nirgendwo, das passt nicht zusammen.«

»Okay«, gab ich mich geschlagen.

Blake hob die Augenbrauen, als glaubte er mir nicht.

»Ich habe dich verstanden«, sagte ich noch mal nachdrücklich.

Er gab mir den Laptop zurück und wie er wieder in meiner Macht war, drückte ich auf ›E-Mail senden‹.

»Miriam!«, rief er mit ernster Stimme und ich ignorierte, wie attraktiv er aussah, als er mich wütend anfunkelte. Wie gut mein Name klang, wenn er ihn sagte, obwohl ich ihn normalerweise hasste.

Bei jedem anderen Kunden hätte ich mich nicht so verhalten, denn ich respektierte, was sie sagten, ob ich ihrer Meinung war oder nicht. Aber Blakes funkelnde Augen in Bezug auf die Location konnte ich einfach nicht ignorieren. Vielleicht würde er sich doch noch dafür entscheiden, wenn er erstmal dort war.

»Manchmal muss man Menschen zu ihrem Glück zwingen«, sagte ich entschuldigend und zuckte mit den Schultern.

»Na warte.« Mit schnellen Schritten kam er auf mich zu und ich lief um den Tisch herum.

»Was hast du vor?«, fragte ich skeptisch, ohne Halt zu machen.

»Dir eine Lektion erteilen.«

Ich versuchte zu flüchten, doch Blake war schneller. Er erwischte mich am T-Shirt, zog mich zurück, drehte mich und hob mich mit Leichtigkeit über seine Schulter. Ich ließ einen spitzen Schrei aus.

»Lass mich runter!«

Blake lachte kehlig und schnappte sich mit der freien Hand den Laptop, den er auf den Tisch abstellte. »Diesen Gefallen kann ich dir leider nicht tun.«

Als ich registrierte, dass er in Richtung Badezimmer ging, begann ich wild zu strampeln.

»Nein, nein, Blake, lass mich sofort runter.«

»Zu spät. Du wolltest es so haben.«

Er stellte die Dusche an und ich schlug ihm mit meinen Fäusten kräftig auf seinen Po. In dem Moment drehte er sich und ging leicht in die Knie.

»Nein, nein, nein, nein!«

Ich zerrte an seinem T-Shirt, doch es hatte keinen Zweck. Mit offenem Mund starrte ich ihn an, als er mich mitten in der Dusche absetzte und ein warmer Wasserstrahl meine Kleidung und meine Haare, die sich platt an meinen Kopf drückten, durchnässte.

»Das hast du gerade nicht wirklich gemacht«, gab ich fassungslos von mir.

»Du bist eine furchtbare Hochzeitsplanerin«, sagte Blake und zuckte mit den Schultern.

»Ich will nur euer Bestes«, antwortete ich empört.

Ich stieg aus der Dusche und wickelte mir ein Handtuch um mein nasses Haar. Blake machte einen Schritt zurück, vermutlich aus Angst, ich könnte ihn nassspritzen.

»Du bekommst eine Ein-Stern-Bewertung.«

»Blake!«, sagte ich lachend. »So ein Bewertungssystem habe ich gar nicht.«

»Miriam Heywood hat mir eine furchtbar tolle Location aufgezwungen«, begann er augenrollend seine Rezension aufzusagen. »Sie verhält sich höchst unprofessionell, isst während ihrer Arbeitszeit und scheut keinen Körperkontakt zu vergebenen Männern.«

Ich ließ meinen Kopf seufzend in den Nacken fallen. »Sag bloß, es hat dir nicht gefallen«, scherzte ich.

Blake sah auf mich herab und sagte kein Wort, als hätte es ihm die Sprache verschlagen. Hitze schoss mir in die Wangen und ich räusperte mich.

»Gib mir fünf Minuten. Ich gehe mich umziehen.«

Ich brauchte Abstand, und zwar dringend.

Obwohl ich mir meinen Gefühlen Jackson gegenüber sicher war, spürte ich in Blakes Nähe immer dieses nervöse Flattern zwischen meinen Rippen. Wie konnte es sein, dass ich mich zu beiden hingezogen fühlte? Reichte meinem Herz nicht einer, nämlich Jackson? Blake gehörte zu Victoria, genauso wie ich zu Jackson gehörte.

Nachdem ich mich umgezogen hatte, ging ich wieder ins Esszimmer, wo Blake bereits auf mich wartete. Ich setzte mich ihm gegenüber und konzentrierte mich auf meine Arbeit.

»Zurück zu den Locations«, sagte ich und widmete mich wieder der Mappe. »Diese hier ist mitten in Manhattan, allerdings ist die Miete extrem hoch. Sie befindet sich im fünfundsechzigsten Stock im Rockefeller Plaza. Ich denke, Victoria würde sie lieben.«

Ich zeigte ihm den Plan von der Location und Vorschläge für Menüs, die dort angeboten wurden.

»Vereinbar einen Termin«, sagte Blake und lehnte sich im Stuhl zurück.

Während ich eine E-Mail verfasste, bemerkte ich, wie er mich dabei musterte. Ich tat so, als würden mir seine Blicke nichts ausmachen und konzentrierte mich auf den geschriebenen Text vor mir. Als ich glaubte, nicht mehr beobachtet zu werden, sah ich auf – und ihm direkt in die Augen. Schnell wandte ich den Blick wieder auf den Bildschirm.

»Ich fliege morgen früh nach L.A. und komme erst Sonntagabend zurück«, sagte er.

Ich schickte die E-Mail ab und packte alle Unterlagen zusammen. »Gut, ich werde in der Zwischenzeit einiges klären, wofür ich deine Hilfe nicht benötige. Nächste Woche können wir dann hoffentlich die Locations besichtigen.«

»Wie wäre es, wenn wir uns erstmal einen Tag eine Auszeit gönnen?«, schlug er vor und ich hatte Mühe, nicht zu lachen. Er hatte keine Ahnung, was uns noch alles bevorstand.

»Die Auszeit können wir uns in den Catskills gönnen.«

»Ist es denn dann eine Auszeit?«, fragte Blake mit zusammengekniffenen Augen.

»Jein. Es ist eine Besichtigung, aber der Ort ist perfekt zum Runterkommen. Wir könnten eine Runde durch den Teich rudern«, schlug ich vor.

Blake lehnte sich mit verschränkten Armen zurück und leckte sich grinsend über die Lippen.

»Miriam Heywood, du bist also tatsächlich eine Romantikerin.«

Ich zog eine Grimasse und klappte den Laptop zu. »Wir können auch sportlich rudern.«

Blake lachte auf. »Sportrudern, wirklich? Mit diesen Ärmchen?«

»Hey!«, beschwerte ich mich über diese freche Aussage, doch Blakes Aufmerksamkeit galt nicht länger mir, sondern seinem Telefon, das am Tisch vibrierte. Ich konnte gerade noch Victorias Namen lesen, bevor er danach griff. Er nahm ab und ich begann, unsere Teller aufzuräumen.

Ich versuchte nicht zu lauschen, doch es war unmöglich, nicht mitzuhören, denn Blake sprach laut und deutlich.

Er fragte sie, wie es ihr gehe und er erkundigte sich, ob ihr Husten besser geworden war. An seinem beunruhigten Blick konnte ich erkennen, dass er nicht die Antwort bekam, die er sich erhofft hatte. Victoria sprach an der anderen Leitung und er nickte. Seine Augenbrauen zogen sich zusammen und eine Sorgenfalte bildete sich dazwischen. Dann verabschiedeten sie sich und mit einem tiefen Seufzen schob er sein Telefon zurück in seine Hosentasche.

»Alles in Ordnung?«, fragte ich, als ich auf ihn zuging.

»Ich denke, es ist Zeit zu gehen«, antwortete Blake, stand auf und schob den Stuhl zum Tisch. Ich nickte und begleitete ihn zur Tür. Zu gern hätte ich gewusst, was Victoria zu ihm gesagt hatte und warum er es plötzlich so eilig hatte zu gehen.

»Üb schon mal, denn wenn ich aus L.A. zurückkomme, möchte ich dich sportlich rudern sehen«, sagte er nun wieder grinsend, die Sorgen waren aus seinem Gesicht verschwunden. Vielleicht machte ich mir zu viele Gedanken und er hatte einfach noch etwas zu erledigen.

»Darauf kannst du dich verlassen!«, rief ich ihm hinterher, als er rückwärts zum Aufzug ging. Lächelnd schloss ich die Tür, nachdem er mir noch mal zum Abschied gewunken hatte.

Von wegen sportlich rudern. Das letzte Mal, dass ich Sport getrieben hatte, war in der Highschool gewesen, und auch nur deshalb, weil ich keine andere Wahl gehabt hatte. Ich hatte nie verstanden, warum man Cheerleaderin werden wollte.

Ich wischte gerade die Küchenarbeitsflächen, als Jackson nach Hause kam.

»Hey, hattest du einen schönen Tag?«, fragte er, drückte mir einen Kuss in die Halsbeuge und schlang seine Arme um mich. Ich drehte mich in seine Umarmung und legte meine Hände in seinen Nacken.

»Mit dir wäre er schöner gewesen«, antwortete ich, zog ihm die Krawatte über den Kopf und fummelte an seinem Kragen herum. Er warf einen Blick auf seine Armbanduhr und zog mich enger an sich.

»Wir können uns jetzt noch ein paar schöne Stunden machen.«

Ich biss mir lächelnd auf die Unterlippe und fing an, sein Hemd aufzuknöpfen. Jackson legte seine Hände unter meinen Po und hob mich auf die Küchenanrichte.

»Ich möchte, dass du mich morgen Abend begleitest.«

»Wohin?«, fragte ich und schob ihm das Hemd von den Schultern.

»Auf ein Geschäftsessen. Und es ist wichtig«, sagte Jackson und zog mir mein Top über den Kopf.

»Bin ich da nicht etwas fehl am Platz?«, fragte ich benommen, als er Küsse auf meinem Hals verteilte.

»Henry wird seine Frau mitnehmen. Ihr werdet euch bestimmt gut unterhalten«, hauchte er an meinem Ohr.

»Wenn es dir wichtig ist, dann begleite ich dich.«

Jackson hob mich hoch und trug mich ins Schlafzimmer, wo wir die restlichen Stunden im Bett verbrachten, bis wir erschöpft einschliefen.

Wir saßen seit zwei Stunden in einem der nobelsten Restaurants in New York. Das Essen war hervorragend, aber es war so wenig, dass es nicht annähernd sättigend war. Auch nicht nach dem vierten Gang. Ich verstand nicht, wieso man in schicken Restaurants immer Miniportionen zu essen bekam. Inzwischen waren wir bei gebratenem Hirsch mit Selleriepüree und Steinpilzen angelangt. Jackson und Henry sprachen über Geschäftliches, von dem ich keine Ahnung hatte. Unterdessen quatschte mich Henrys Frau mit Klatsch und Tratsch der Reichen und Schönen nieder. Ich tat so, als würde ich mich dafür interessieren, da ich nicht unhöflich sein wollte.

Als sie mir von ihrer neuen Tasche erzählte, die aus der aktuellen Kollektion einer Designerin stammte, deren Namen ich weder kannte, noch aussprechen konnte, hörte ich den Nachrichtenton meines Telefons in meiner Tasche. Ich griff danach und zog es aus dem Seitenfach.

»Von welchem Designer ist denn Ihre Tasche?«, fragte Julia neugierig, während ich meine Nachrichten checkte.

»Heywood.«

Julia blickte mich verwirrt an.

»Meine Schwester Madelaine ist Designerin«, beantwortete ich ihre Frage, bevor sie sie stellen konnte. Julias Augen begannen zu leuchten und ich war mir sicher, Dollarzeichen darin zu sehen. Ich kramte eine Visitenkarte meiner Schwester aus meiner Geldbörse und reichte sie ihr. »Falls Sie Interesse haben.«

Während sie die Karte in ihre Geldbörse steckte, warf ich einen Blick auf mein Telefon. Die Nachricht war von Blake. Er hatte mir ein Foto aus dem Cockpit gesendet. Auf dem Bild war ein Sonnenuntergang zu sehen. Der Himmel war in ein helles Orange gefärbt, die dicken Wolken darunter in Rottönen. Es war wunderschön. Ich erwischte mich dabei, wie mir ganz warm in der Brust wurde, als mir bewusst wurde, dass Blake in dem Moment an mich gedacht hatte. Schnell schob ich den Gedanken beiseite und bedankte mich für das Bild.

Ich steckte das Telefon zurück in meine Tasche und widmete mich wieder Julia. Wir unterhielten uns über Madeleine und von da an entwickelte sich das Gespräch zu einer guten Unterhaltung. Es war nicht wie zuvor oberflächliches Gequatsche. Wir sprachen über unsere Familien und über unsere Jobs. Dabei erfuhr ich, dass Julia Kunstberaterin war und so Henry kennengelernt hatte. Jackson drückte meine Hand und lächelte mir zu, als er bemerkte, wie gut wir beide uns verstanden. In dem Moment war ich unglaublich stolz, denn ich wusste, wie wichtig ihm dieser Abend war.

Irgendwann hatten auch Henry und Jackson genug von Gesprächen über die Arbeit und beteiligten sich an unserer Unterhaltung. Die Stimmung wurde immer ausgelassener und erst, als Julia einen Anruf ihrer Nanny erhielt, bemerkten wir, wie spät es inzwischen geworden war.

Nachdem wir uns um kurz vor Mitternacht von den beiden verabschiedet hatten, drehte sich Jackson zu mir und küsste mich stürmisch. Ich lächelte in den Kuss und war froh, dass ich das Essen gut überstanden habe.

»Du bist großartig«, sagte er und nahm mich an der Hand. »Henry setzt viel auf Julias Meinung und ich denke, du hast einen guten Eindruck hinterlassen. Das hat einen positiven Einfluss auf unseren Deal.«

Als wir zu Hause ankamen, stand ein großes Paket vor der Tür. David, der Portier, hatte uns bereits am Eingang darüber informiert.

»Meine Sachen!«, rief ich erfreut, als ich den Namen meiner Mutter als Absender las. Jackson hob den Karton, während ich die Tür aufschloss und mich ungeduldig aus meiner Jacke schälte.

»Was hat sie dir geschickt, etwa Ziegelsteine?«, fragte Jackson schwer schnaufend, als er das Paket auf dem Tisch abstellte.

»Meine Arbeitsunterlagen, hoffe ich zumindest«, antwortete ich lachend, und holte mir eine Schere aus der Küche.

Nachdem ich den Karton oben aufgeschnitten hatte, drang mir der vertraute Geruch von Orangen und Magnolien in die Nase. Sofort erkannte ich den Stoff eines meiner Lieblingskleider. Ich nahm es heraus und roch daran. Wie sehr ich den Duft von Zuhause vermisst hatte.

»Sie hat dir Kleidung geschickt?«, fragte Jackson verständnislos.

»Nicht nur«, antwortete ich und räumte den Karton aus. Jackson hob eines meiner Kleidungsstücke hoch und musterte es. Es war ein Blusenkleid mit kleinen schwarzen Schwalben darauf. Die Farbe war eine Mischung aus Kürbisgelb und Braunorange. Mit Stiefeln und Lederjacke war es das perfekte Herbstkleid und ebenfalls eines meiner liebsten Teile.

»Gefallen dir die Sachen nicht, die ich dir gekauft habe?«, fragte er und warf das Kleid zurück auf den Tisch.

Ich ließ meine Schultern hängen. »Natürlich, aber ich freue mich auch über meine eigenen. Das hier sind meine Lieblingsstücke.«

Ich kramte weitere Kleidungsstücke heraus und Jackson betrachtete sie missbilligend.

»Ich werde schlafen gehen«, sagte er und drückte mir einen Kuss auf die Stirn. »Kommst du mit?«

»Ich werde den Rest noch auspacken. Ich wünsche dir eine gute Nacht.«

Jackson verschwand ins Schlafzimmer und ich kramte weiter in dem Paket. Meine Mom hatte mir nicht nur Kleidung und meine Unterlagen für die Hochzeiten gesendet, sondern auch einige Fotos. Auf einem davon waren Ally und ich abgebildet. Ich wollte nicht sagen, dass sie meine liebste Schwester war, aber Ally und ich verstanden uns am besten und zwischen uns lag nur ein Jahr. Adam war der älteste von uns. Er war Mitte dreißig und stand mit beiden Beinen fest im Leben. Er war verheiratet, hatte zwei bezaubernde Kinder und einen tollen Job. Madeleine war Anfang dreißig und wohnte in Los Angeles. Sie war das komplette Gegenteil meines Bruders. Sie lebte in den Tag hinein und machte sich keine Sorgen über die Zukunft. Ally war nun verheiratet und ich wusste, es würde nicht lange dauern, bis Nachwuchs auf dem Weg war. Sie liebte Kinder und der Grund, warum sie noch keine hatte, war, weil sie zuerst hatte verheiratet sein wollen. Ich hatte das Gefühl, als wäre ich die Einzige unter uns Geschwistern, die meilenweit von ihrem Ziel entfernt war. Ja, ich hatte einen tollen Job, den ich liebte, und ich verdiente damit gutes Geld, aber für mich bestand der Sinn des Lebens darin, die Liebe meines Lebens zu finden und eine Familie zu gründen. Im besten Fall in dieser Reihenfolge.

Auf einem anderen Foto waren alle meine Geschwister und meine Eltern zu sehen und ich musste lächeln. Auch wenn meine Mutter meistens furchtbar anstrengend war, vermisste ich sie. Ich zog das nächste Foto hervor und fast traf mich der Schlag. Es war ein Foto von Paul und mir. Schnell schaute ich mich um, ob Jackson nicht doch hinter mir stand, aber ich war allein. *Verdammt, Mom!* Ich sah in Pauls freundliches Gesicht. In Gegensatz zu Jackson wirkte er wie ein Junge, obwohl sie gleichaltrig waren. Paul hatte mich nie so berührt wie Jackson. Selbst nach mehreren Jahren war er mir unbeholfen vorgekommen. Jackson hingegen wusste genau, was er tat. Er wusste, was für eine Wirkung er auf mich hatte. Paul hatte immer nur ein Ziel gehabt: seine eigene Lust zu befriedigen. Und das ging meistens relativ schnell und war ziemlich eintönig. *Nie wieder.* Ich zerknitterte das Foto in meiner Hand und warf es in den Müll.

Kapitel 8

»Hallo, Sonnenschein! Du siehst anders aus«, begrüßte mich Blake lächelnd, nachdem er mit seinem schwarzen SUV vorgefahren kam und seine Fensterscheibe herunterließ. Er trug eine Sonnenbrille und schob sie sich mit dem Zeigefinger dichter an die Nasenwurzel.

»Meine Mom hat mir Kleidung geschickt«, sagte ich gut gelaunt, als ich einstieg. »Und hier habe ich einen Karamell-Macchiato für mich und einen doppelten Espresso für dich.« Ich reichte ihm das Getränk und als sich unsere Finger berührten, spürte ich ein Kribbeln auf meiner Haut. Mein Atem stockte. Blake sah noch immer in meine Richtung, doch wegen der Brille erkannte ich seine Augen nicht. Schnell wandte ich den Blick nach vorne und trank einen großen Schluck von meinem Kaffee.

»In deinen Klamotten gefällst du mir besser«, bemerkte Blake und nippte an seinem Espresso.

»Ich mir auch«, antwortete ich mit einem breiten Grinsen.

»Ein Hut würde gut dazu passen.«

Ich riss überrascht meine Augen auf.

»Zu dem Outfit gehört eigentlich ein Hut«, sagte ich und zog die Mundwinkel nach unten.

»Weißt du was? Lass uns einen Hut besorgen.«

»Mhm, lass mich kurz überlegen.« Ich legte meinen Zeigefinger an mein Kinn und tat so, als würde ich es in Erwägung ziehen, schüttelte aber dann den Kopf. »Nein, tun wir nicht, denn das steht nicht auf unserer To-do-Liste.«

»Wo ist unsere To-do-Liste?«

Ich wedelte mit meinem Organizer vor seiner Nase herum und er schnappte danach. Er schob den Stift aus dem Gummiband, zog mit den Zähnen die Kappe des Kugelschreibers herunter, schlug die Seite auf, in dem ein Lesezeichen war, und ging die To-do-Liste durch. Ich beobachtete ihn dabei, wie er den Stift zum Schreiben ansetzte. Nachdem er fertig war, klappte er den Organizer zu, nahm die Kappe aus dem Mund und steckte sie auf den Stift. Dann gab er mir den Organizer mit einem frechen Grinsen zurück. Ich öffnete ihn und las: *Tollen Hut für Midge besorgen.*

»Nein, auf keinen Fall. Für so etwas haben wir keine Zeit«, sagte ich und steckte den Organizer in meine Tasche.

»Komm schon, das dauert vielleicht eine halbe Stunde. So viel Zeit haben wir.« Er griff nach dem Kaffeebecher und leerte ihn in einem Zug.

»Nein, haben wir nicht. Du hast die To-do-Liste gesehen.«

Ich gab die Adresse der Location in mein Handy ein und startete die Navigation.

»Wie du meinst«, antwortete Blake schulterzuckend, startete den Motor und fuhr los. »Aber strenggenommen könnten wir *Locationbesichtigung in den Catskills* streichen.« Mit einem schiefen Lächeln schaute er kurz zu mir, bevor er den Blick wieder auf die Straße richtete.

»Nein, das steht nicht zur Option«, sagte ich knapp und stellte fest, dass Blake in die falsche Richtung abbog.

»Hier hätten wir rechts abbiegen müssen«, bemerkte ich.

»Hätten wir?«

»Wenn du bei der nächsten Kreuzung zweimal rechts fährst, sind wir wieder richtig.«

»Danke für die Information«, sagte Blake und fuhr bei der darauffolgenden Ampel geradeaus.

Starr blickte ich in die Richtung, in die wir hätten fahren müssen, bis wir sie passiert hatten. Dann sah ich Blake ungläubig an, dessen Mundwinkel zuckten.

»Was soll das?«, fragte ich verärgert.

»Du kannst dein Handynavi ausschalten, ich kenne den Weg in die Catskills.«

»Das ist aber die komplett falsche Richtung.«

»Da hast du recht«, antwortete Blake und leckte sich grinsend über die Lippen.

Im nächsten Moment bog er bei der Kreuzung links ab und steuerte direkt auf eine freie Parklücke zu. Dann drehte er den Motor ab.

»Ich dachte, wir machen einen kurzen Abstecher«, sagte er und deutete mit dem Daumen links aus dem Fenster.

Ich sah an ihm vorbei und direkt auf die Auslage eines Hutladens.

»Blake!«, rief ich aufgebracht und boxte ihm leicht gegen den Oberarm.

»Wie hast du so schön gesagt, nachdem du gegen meinen Willen die E-Mail gesendet hast?«, fragte er und tat so, als würde er nachdenken. »Ach ja, manchmal muss man die Menschen zu ihrem Glück zwingen.«

Augenrollend schnaubte ich, nachdem er mir auch noch zuzwinkerte. Blakes Verhalten war nicht in Ordnung, ebenso war es meines nicht gewesen. Ich hätte seine Entscheidung nicht übergehen dürfen, sondern respektieren müssen. Blake erteilte mir hiermit eine Lektion: Nein bedeutete nein.

Der Hutladen war weder groß noch besonders modern, aber ich mochte Läden wie diesen. Überall lagen und hingen die unterschiedlichsten Arten von Hüten.

»Der hier ist toll«, sagte Blake und setzte mir einen roten Glockenhut auf. Er presste seine Lippen aufeinander und versuchte, sich das Lachen zu verkneifen. Als ich mich im Spiegel sah, prustete ich.

»Oder wie wäre es mit dem?«, fragte er, zog mir den Glockenhut vom Kopf und setzte mir einen Zylinder auf.

»Oh, der gehört definitiv zu meinen Favoriten«, sagte ich immer noch lachend.

Ich nahm den Hut ab und ging weiter durch den Laden. Um keinen zu übersehen, inspizierte ich jeden einzelnen Hut.

Plötzlich wurde mir von hinten der nächste aufgesetzt. Ich drehte mich herum und Blake sah mich zufrieden an. »Dieser hier ist es.«

»Meinst du?«

Ich ging zum nächsten Spiegel und betrachtete mich. Es war ein hellbrauner Filzhut mit dunkelbrauner Krempe. Er gefiel mir und passte perfekt zum Kleid. Blake, der sich hinter mich stellte, wirkte zufrieden.

»Ja, dieser ist es«, antwortete ich strahlend.

Nachdem wir den Laden verließen, nahm ich meinen Organizer heraus und hakte *Tollen Hut für Midge besorgen* ab.

Ich ging die Liste weiter durch und entdeckte, dass plötzlich *Besten Burger der Stadt essen* darauf stand.

»Seit wann steht das in meinem Organizer?«, fragte ich Blake mit zusammengezogenen Augenbrauen.

»Ich weiß nicht, wovon du sprichst.«

Ich legte den Kopf schief. Blake zuckte jedoch lediglich mit den Schultern. »Es steht auf der To-do-Liste, also sollten wir es machen, wenn wir weiterkommen möchten.«

»Lass uns gehen«, sagte ich genervt. »Und nur damit das klar ist, das ist unser letzter Halt, bevor wir in die Catskills fahren«, sagte ich und öffnete Blakes Wagentür, um einzusteigen.

»Versprochen«, antwortete Blake und setzte sich seine Sonnenbrille auf.

Wir fuhren quer durch die Stadt, um den – laut Blake – besten Burger zu bekommen.

Die Schlange vor dem Imbiss war ewig lang und ich bereute es, zugestimmt zu haben. Wir hatten erst einen Punkt auf der To-do-Liste abgehakt und dieser hatte zuvor nicht einmal draufgestanden.

»Ich hoffe, er ist es wert«, sagte ich und lehnte mich seufzend an die Hausmauer.

»Er ist es auf jeden Fall wert«, versicherte mir Blake.

Schneller als erwartet, saßen wir einander gegenüber, mit Burger und Pommes beladenen Tabletts auf Sitzbänken.

Bevor ich den Burger in Angriff nahm, schnappte ich mir einige Pommes und schob sie mir in den Mund.

»Das sind auf jeden Fall schon mal die besten Pommes, die ich jemals gegessen habe«, sagte ich und stopfte mir weitere in den Mund. Sie waren es definitiv wert, gewartet zu haben.

»Bist du es nicht leid?«, fragte Blake, der mich kauend musterte.

»Bin ich was leid?«, fragte ich und biss von meinem Double Cheeseburger ab.

»Dir vorzumachen, dass du mit Jackson glücklich werden könntest«, antwortete Blake und sah mir tief in die Augen.

Entsetzt schnappte ich nach Luft und verschluckte mich dabei an einem Stück Burger. Hustend hielt ich mir die Hand vor den Mund. Als meine Atemwege endlich wieder frei waren, nahm ich mehrere große Schlucke von meiner Cola.

»Wovon sprichst du?«

»Ich kenne Jackson inzwischen seit mehr als zehn Jahren. Die Arbeit wird bei ihm immer an erster Stelle stehen. Er hat sein Leben bisher für noch keine Frau umgekrempelt und als er letztens gegangen ist und dich allein bei uns gelassen hat, war mir klar, dass er auch bei dir keine Ausnahme macht. Und das tut mir so leid, denn ich weiß, dass du davon überzeugt bist, dass er deine wahre Liebe ist. Du wolltest keine Kompromisse mehr eingehen, aber solltest du dich für ein Leben mit Jackson entscheiden, wirst du keine andere Wahl haben. Auf Dauer wirst du wieder in einer Beziehung sein, die dich nicht glücklich macht.«

Blakes Worte versetzten mir einen Stich in der Brust, gleichzeitig machten sie mich wütend. Er meinte, sich aus einer einzigen Situation ein Urteil bilden zu können.

»Jemand, der im Glashaus sitzt, sollte nicht mit Steinen werfen«, antwortete ich scharf.

»Victoria und ich sind seit sechs Jahren zusammen und seit drei Jahren verlobt. Wir sind ein Team und die rosarote Brille haben wir vor Jahren abgesetzt. Wir wissen, was wir jeweils an dem anderen haben.«

Ich lachte auf und sah ihn kopfschüttelnd an. Glaubte er, was er da sagte? »Wirklich? Ihr seid ein Team? Wieso ist sie dann nicht hier?«

Blakes Gesichtsausdruck veränderte sich schlagartig. Die Selbstsicherheit, die er zuvor noch ausgestrahlt hatte, war verschwunden, stattdessen zogen sich seine Mundwinkel nach unten und seine Augen wirkten nun traurig.

»Lass uns fahren.« Er räusperte sich, stand auf und verließ fluchtartig den Burgerladen. Ich wusste, ich hatte einen wunden Punkt getroffen, so wie er zuvor bei mir. Ich hatte ihn verletzt, so wie er mich verletzt hatte, und es fühlte sich schrecklich an.

Ich ließ alles stehen und liegen, schnappte nur nach der Cola und lief Blake hinterher.

»Sorry wegen eben«, sagte ich, als ich mich im Auto anschnallte und Blake mit quietschenden Reifen wegfuhr. »Es geht mich überhaupt nichts an und es war unprofessionell.«

»Nein, du hast recht.« Blake blickte kurz zu mir, bevor er wieder nach vorne auf die Straße schaute. »Sie sollte hier sein. Stattdessen ist sie in der Schweiz. Sie ist genauso wie Jackson, was die Arbeit betrifft.«

»Das tut mir leid«, antwortete ich und meinte es so.

»Überleg dir gut, ob du damit leben kannst.«

Die Fahrt in die Catskills verlief ruhig und während ich starr aus dem Fenster sah, musste ich an Blakes Worte denken. Ich hatte es nicht zugegeben, doch er hatte recht gehabt. Seit ich hier war, hatten Jackson und ich noch nicht viel Zeit miteinander verbracht. Natürlich musste er arbeiten, aber meist kam er erst so spät am Abend nach Hause, dass wir bald darauf ins Bett gingen. Könnte ich mir so mein Leben mit Jackson vorstellen?

»Ich kann nicht fassen, dass du mich dazu überredet hast, über 150 Kilometer zu fahren, nur um eine Location zu besichtigen«, durchbrach Blake die Stille, als wir auf eine Forststraße abbogen.

»Man bucht nun mal nicht die Katze im Sack«, rechtfertigte ich die lange Fahrt, die mir in Anbetracht der Tatsache, dass wir kaum miteinander gesprochen hatten, noch länger vorgekommen war.

»Gibt es für so etwas nicht Bewertungen?«

»Auf die kann man sich in diesem Fall nicht verlassen. Es gibt Menschen mit wenig Ansprüchen.«

»Und dann gibt es Menschen wie dich. Ich glaube ja, du wolltest nur Zeit mit mir verbringen«, sagte Blake und grinste mich frech an.

Da war sie wieder, die Unbeschwertheit, die ich so vermisst hatte, und mit einem Mal fühlte ich mich gleich besser.

Wir fuhren aus dem Wald und als sich die Scheune am Horizont auftat, weiteten sich meine Augen.

»O mein Gott, sieh dir das an!«, rief ich aufgeregt. Der Wagen stand noch nicht einmal, da öffnete ich die Tür und sprang hinaus. Ich lief auf die Scheune zu, die sich mitten auf einer großen Wiese befand. Sie war weiß gestrichen und trotz der Renovierung, hatte sie ihren alten Charme behalten.

Der Eigentümer hatte uns den Schlüssel am Fensterbrett hinterlegt, da er selbst nicht da war, und ich bewunderte ihn für das Vertrauen, das er uns entgegenbrachte.

Aufgeregt schloss ich auf und schwang die großen Doppelflügeltüren auf. Staunend sah ich mich um und konnte die Hochzeit schon bildlich vor mir sehen. Die Dekoration, die Tischstellung, das Blumenarrangement. Die Location war perfekt. Ich hörte Blakes Schuhe auf dem Kies knirschen und kurz darauf stand er neben mir. Ich drehte mich um die eigene Achse und blickte nach oben.

»Über die Deckenbalken kommen weiße Tücher. Lichterketten wären auch toll. Die könnte man zusätzlich an den stehenden Balken befestigen.« Ich lief in die Mitte der Scheune. »Hier kommen die runden Tische hin mit kleinen Baumstammplatten, darauf Vasen in verschiedenen Größen mit Wildblumen und Kerzen.« Am Ende der Scheune breitete ich meine Arme aus. »Hier kommt die Tafel hin. Man hat einen guten Überblick über alle Gäste.« Ich drehte mich herum. »An diese Wand könnte man Mr und Mrs in großen Goldbuchstaben hängen. Oder eure Anfangsbuchstaben.«

Ich lief zurück und an Blake vorbei, der mir wortlos folgte.

»Die Zeremonie kann hier draußen abgehalten werden. Die Gäste werden auf weißen Stühlen sitzen und um die Stühle kommt ein Stoff mit kleinen Sträußen. Links und rechts vom Gang werden Baumstämme mit Kerzen darauf stehen. Vorne ein großer Traubogen, der mit roséfarbenen Tüchern und Blumen geschmückt ist.«

Mit schnellen Schritten ging ich auf die andere Seite der Scheune. »Hier könnten wir ebenfalls einen Bogen mit bewachsenem Efeu und Rosen vor die Scheunenwand stellen für die Gästefotos. Mit dem weißen Holz im Hintergrund sieht das bestimmt wunderschön aus.« Strahlend blickte ich zu Blake, der seine Arme vor der Brust verschränkt hatte. »Ich liebe diese Location.«

»Wir nehmen sie nicht«, sagte er knapp und nahm mir damit meine ganze Freude.

»Wieso nicht?«, fragte ich enttäuscht und ließ meine Schultern hängen.

Ich war mir sicher, Victoria würde es hier auch gefallen.

»Du liebst diese Location«, bemerkte Blake.

Ich sah mich um und breitete meine Arme aus. »Wie kann man diese Location nicht lieben?«

»Deine Hochzeit sollte hier stattfinden, nicht meine.«

Ich verdrehte seufzend die Augen. »Komm schon, Blake, sei nicht albern. Wer weiß, wann ich jemals heiraten werde und ob die Hochzeit überhaupt in New York stattfinden wird.«

»Wir werden sie nicht nehmen«, antwortete er, wandte sich ab und ging davon. Schnaubend ballte ich meine Hände zu Fäusten. Das konnte doch nicht sein verfluchter Ernst sein.

»Blake!«, rief ich und lief ihm hinterher. »Blake, bleib stehen, verdammt noch mal! Ich habe High Heels an und ich ackere hier den Grund um.«

»Lass uns fahren«, antwortete er, ohne haltzumachen.

»Wir sind doch eben erst gekommen.«

Blake ignorierte, was ich gesagt hatte und ging auf das Auto zu.

»Bleib sofort stehen!«, rief ich wütend. Blake blieb stehen und sah mich fragend an. »Lass uns wenigstens noch sportrudern.«

Er begann mit einem Mal, über das ganze Gesicht zu grinsen, und mein Herz machte einen Satz.

Schlendernd liefen wir nebeneinander her zum Teich. Während ich vorsichtig zuerst mit dem einen und dann dem anderen Bein ins Boot stieg, band Blake das Seil vom Stützpfeiler los. Als er ins Boot sprang, wackelte es wild hin und her und ich krallte mich im Holz fest, was Blake natürlich nicht entging.

»Wasserscheu?«, fragte er und nahm mir gegenüber Platz.

»Habe ein Trauma, nach dem letzten Duscherlebnis«, sagte ich und spielte auf unser letztes Treffen an. Blake lachte, schnappte sich die alten Ruder und ruderte bis zur Mitte des Teiches. Dann legte er sie ins Boot.

»Es ist wirklich schön hier«, bemerkte er und sah sich um.

»Es ist so idyllisch. Weg von dem ganzen Trubel in der Stadt«, fügte ich hinzu.

»Schließ deine Augen«, forderte Blake mich auf.

Skeptisch sah ich ihn an. »Willst du mich ins Wasser werfen? Ich sollte dich warnen, ich war noch nie eine gute Schwimmerin. Wenn ich ertrinke, könnte es deine Schuld sein.«

Blake schmunzelte und schüttelte leicht den Kopf. »Nein, ich werfe dich nicht ins Wasser, versprochen. Schließ einfach deine Augen.«

Ich tat, was Blake sagte, doch nichts geschah. Dann begann das Boot zu wackeln und ich klammerte mich mit wild pochendem Herzen an das Holz.

»Was hörst du?«, flüsterte Blake plötzlich nah neben mir und Gänsehaut bildete sich auf meinem Körper. Er hatte sich neben mich gesetzt.

Ich versuchte, mich zu konzentrieren, was in Anbetracht seiner Nähe ziemlich schwer war, aber als ich verstand, auf was er hinauswollte, huschte ein Lächeln über meine Lippen.

»Stille«, antwortete ich.

»Angenehm, oder? Man hört nichts, außer Vogelgesang und wie der Wind durch die Bäume bläst. Keine Menschen, keine Autos, keine Sirenen.«

Ich ließ meine Augen geschlossen und lauschte dem Wasser, das leise gegen das Boot schwappte.

»Raus aus der Großstadt, das ist mein Traum«, hörte ich Blake neben mir sagen. Ich öffnete meine Augen und betrachtete ihn von der Seite. Er hatte seine noch zu und sein Gesicht gen Sonne gestreckt.

»Was hält dich davon ab?«

»Was denkst du? Victoria würde hier draußen nicht glücklich werden.«

Genauso wenig wie Jackson, fügte ich in Gedanken hinzu. Dann schloss ich erneut meine Augen und streckte wie Blake mein Gesicht der Sonne entgegen.

Erst spät am Abend kamen wir wieder in Manhattan an. Als Blake mich zu Hause abgesetzt hatte, war Jackson noch nicht da und ich wollte die Gelegenheit nutzen, endlich mal meine Eltern anzurufen. Inzwischen vermisste ich sie so sehr, dass ich bereit war, die Konsequenzen zu tragen und ihnen von New York und von Jackson zu erzählen. Ich konnte ihnen immerhin nicht mein ganzes Leben aus dem Weg gehen, dafür liebte ich sie zu sehr.

Ich nahm eine Dusche, zog mir meinen Pyjama an und wählte die Nummer meiner Mutter, als ich mich aufs Bett setzte.

»Miriam Heywood«, begrüßte sie mich mit strenger Stimme und ich zuckte zusammen.

»Miriam? Ist das wirklich Miriam?«, hörte ich meinen Vater im Hintergrund rufen und ich musste lächeln.

»Hey, Mom«, sagte ich und war bereit für eine Standpauke.

»Von jedem deiner drei Geschwister hätte ich das erwartet, aber nicht von dir.« Ich konnte mir bildlich vorstellen, wie sie mit dem Telefon in der Hand durchs Wohnzimmer lief, so wie sie es immer tat, wenn sie aufgebracht war.

»Es tut mir leid.«

»Dein Vater und ich haben uns schreckliche Sorgen gemacht. Wir konnten uns nicht einmal von dir verabschieden, und nun hast du einfach so beschlossen, dort drüben zu bleiben.«

»Ich komme euch so bald wie möglich besuchen, versprochen. Ich muss hier noch eine Hochzeit organisieren und dann bin ich bei euch.«

»Miriam, pass auf dich auf. Geh am Abend nicht allein auf die Straße und schon gar nicht durch den Central Park, hörst du? Wechsle die Straßenseite, sollte dir eine komische Gestalt entgegenkommen und wenn dich jemand ausrauben will, gib ihm einfach alles, was du hast. Hast du mich verstanden? Kein Geld der Welt ist so wichtig wie dein Leben und auch kein Smartphone oder Schmuck.«

»Mom«, sagte ich sanft und war überrascht, wie dieses Telefonat verlief. Sie war nicht böse auf mich, sondern machte sich Sorgen und am liebsten hätte ich sie dafür in die Arme geschlossen.

»Ja?«

»Ich liebe dich und ich vermisse euch.«

»Wir dich auch, mein Kind«, seufzte sie.

Mom und ich telefonierten noch eine Weile und ich erzählte ihr von Jackson und dass die Hochzeit, die ich plante, die seiner Schwester war. Neugierig wie sie war, stellte sie mir unzählige Frage, die ich nur teilweise beantworten konnte. Auf Paul hat sie mich zum Glück nicht angesprochen und da ich auch nicht über ihn sprechen wollte, sagte ich nichts über das Foto, das sie im Paket mitgesendet hatte. Nach dem einstündigen Telefonat verabschiedete ich mich bei ihr und als Jackson zwei Stunden später immer noch nicht zu Hause war, ging ich allein zu Bett.

Am nächsten Tag besichtigten Blake und ich die Location im fünfundsechzigsten Stock des Rockefeller Plaza. Bereits als wir den Rainbow Room betraten, war mir klar, dass dieser Ort perfekt für die Hochzeitsfeier war, denn der Veranstaltungsraum schrie förmlich nach Luxus, und die Aussicht, die man von hier oben hatte, war spektakulär.

In der Mitte des Saales befand sich ein großer runder Parkettboden, der zum Tanzen einlud. Der restliche Raum war mit einem schönen Teppich ausgelegt. Um die Tanzfläche herum standen auf leicht erhöhten Plattformen Tische. Darüber hingen edle Kronleuchter.

Es war eine der prachtvollsten Eventlocations, die ich je gesehen hatte, und Blake und ich waren uns sofort einig, dass wir uns für diese entscheiden würden. Victoria war elegant und dieser Raum spiegelte diese Eleganz wider.

Ich machte unzählige Fotos und notierte mir, dass ich sie ihr und der Floristin später senden würde.

Danach regelte ich alles Geschäftliche mit dem zuständigen Herrn. Diese Location so spontan bekommen zu können, war kein Zufall. Natürlich war sie am 31. Oktober schon für eine andere Feierlichkeit gebucht gewesen. Nur mit knallharten Verhandlungsstrategien und einem fetten Aufpreis hatte ich es letztendlich geschafft, sie zu bekommen. Mit genug Geld war eben offensichtlich alles möglich. Ebenso wie mit dem Namen Butler.

Die Trauung würde gegenüber im 620 Loft & Garden stattfinden. Eine Location mit einer angelegten Grünfläche am Dach eines Gebäudes, das zum Rockefeller Center gehörte und von wo man direkt auf die St. Patricks Cathedral sehen konnte. Über drei Stufen gelangte man auf die Traufläche, auf der sich mehrere Stuhlreihen befanden, die durch einen Mittelgang getrennt waren. Ganz vorne stand ein, mit Blumen geschmückter Traubogen.

»Lust auf einen Abstecher in eine Bar?«, fragte Blake, nachdem wir für heute alles erledigt hatten. »Ethan, mein Trauzeuge hat mir gerade geschrieben, dass er in unserer Lieblingsbar ist und meinte, wir sollen vorbeischauen.«

»Einen Drink könnte ich nach dieser Verhandlung jetzt tatsächlich gebrauchen«, sagte ich, als wir aus dem Aufzug stiegen und zurück auf die 5th Ave liefen.

Wir nahmen ein Taxi und wenig später betraten wir eine Bar, in die ich nie im Leben ohne Blake gegangen wäre. Sie war weder hip noch modern. Vor den Fenstern waren Gitter angebracht. Die Farbe blätterte bereits von der Eingangstür, während die Türangeln an den Seiten orangebraun vom Rost leuchteten. Laut Blake gab es hier jedoch das beste Bier der Stadt. Im hinteren Teil der Bar wartete Ethan bereits und winkte uns, als er uns kommen sah.

»Midge, das ist Ethan. Ethan, das ist unsere Hochzeitsplanerin Midge«, stellte Blake vor, als wir an seine Sitzecke traten.

»Ethan, der Pilot?«, fragte ich überrascht.

»Freut mich«, sagte dieser und reichte mir seine Hand.

»Vielen Dank, dass Sie das Flugzeug nicht haben abstürzen lassen«, antwortete ich gedankenlos, als ich seine Hand schüttelte.

Blake hielt sich die Faust vor den Mund, um nicht laut loszulachen, und Ethan musterte mich mit argwöhnischem

Gesichtsausdruck. Unsicher blickte ich zwischen den beiden hin und her.

»Oh, entschuldige, das war unangebracht.«

»Ich sagte dir doch, dass sie verrückt ist«, bemerkte Blake und rutschte in die Nische.

Ich zog eine Grimasse und setzte mich neben Blake. Ethan nahm es mir wohl nicht übel, denn er zeigte strahlend seine Zähne.

»Kein Problem. Wie läuft's mit der Hochzeitsplanung?«

»Besser als gedacht«, antwortete ich.

»Na, wenn du das sagst.« Blake lehnte sich zurück und legte einen Arm über die Rücklehne. Ein schiefes Lächeln lag auf seinen Lippen. »Was möchtest du trinken?«

»Am liebsten hätte ich Wodka, aber ich muss heute noch arbeiten, also lieber doch einen Lillet.«

»Willst du nicht mal eine Pause einlegen?«

»Deine Hochzeit plant sich eben nicht von allein.«

»Und was kannst du heute noch alles ausrichten?«

»Oh, ich denke nicht, dass du willst, dass ich da jetzt anfange aufzuzählen.«

»Du hast recht, denn ich brauche eine Pause davon.« Er warf Ethan, der unsere Unterhaltung amüsiert verfolgte, einen leidenden Blick zu und ich verdrehte die Augen.

»Ich hole uns mal eben was«, sagte Blake und ich stand auf, um ihn rauszulassen.

»Blake hat mir erzählt, dass du eine großartige Familie hast. Das ist schön«, begann ich ein Gespräch mit Ethan, der mich mit einem freundlichen Gesichtsausdruck musterte, nachdem ich mich wieder gesetzt hatte.

»Hat er das?«, fragte Ethan und lachte. »Ich habe zumindest eine anstrengende Familie.«

»Sind das nicht die meisten Familien?« Ich beobachtete, wie er einen großen Schluck von seinem Bier nahm und zustimmend nickte.

»Vermutlich, aber ich habe vier Geschwister und bin das mittlere Kind.«

»Ich habe eine ältere Schwester, einen älteren Bruder und eine jüngere Schwester.«

»Dann weißt du ja, wovon ich spreche«, stellte Ethan lachend fest.

»O ja, aber auch, wenn sie die meiste Zeit anstrengend sind, könnt ich mir mein Leben ohne meine Familie nicht vorstellen. Ich vermisse sie alle ganz schrecklich.«

Ich sah zu Blake, der an der Bar stand und bemerkte, dass er uns mit einem besorgten Blick beobachtete. Vielleicht hatte er Angst, Ethan würde mir einige schlimme Dinge über ihn erzählen, oder er hatte Angst, ich würde Ethan schlimme Dinge erzählen.

»Blake kommt auch aus einer großen Familie. Victoria weiß damit nicht viel anzufangen, denn die einzige Familie, die sie hat, ist Jackson und ihr Vater«, bemerkte Ethan und meine Aufmerksamkeit galt wieder ihm. »Und zu ihrem Vater ist das Verhältnis distanziert. Ich frage mich, ob er überhaupt zur Hochzeit erscheint.«

Ich konnte es Victoria nicht verübeln. Familie hatte für sie und Jackson eine andere Bedeutung, denn sie verbanden damit nicht bedingungslose Liebe, Geborgenheit und Unterstützung. Und trotz allem hatte sie ihren Vater, wie ich gesehen hatte, auf die Gästeliste gesetzt. Sie wollte ihn am wichtigsten Tag in ihrem Leben dabeihaben.

Blake kam mit zwei Biergläser auf uns zu und stellte mir eines davon vor die Nase.

»Das habe ich nicht bestellt«, sagte ich und blickte zu ihm auf.

»Rutsch mal rüber«, antwortete er und ich tat, was er sagte. »Dein Lifestylegetränk gibt es hier nicht. Ich habe den Barkeeper gefragt, was er da hat, und er hat Bier gesagt, also hast du jetzt ein Bier.«

Eigentlich mochte ich kein Bier. Der Geschmack war mir zu bitter und der Geruch zu herb. Aber nach dem anstrengenden Tag heute, wollte ich anstoßen und war deshalb bereit, es wenigstens zu probieren.

Ich zuckte also mit den Schultern, griff nach dem Glas und hob es an. Ethan warf Blake einen Blick zu, den ich nicht deuten konnte, doch der ignorierte ihn. Sie stießen ihre Gläser gegen meines und dann nahmen wir alle einen großen Schluck.

»Du hast da was«, sagte Blake zu mir und deutete mit seinem Zeigefinger über seine Oberlippe.

»Wo?«, fragte ich und wischte mir mit der Hand über meine Wange.

»Hier«, sagte Blake und deutete erneut über seine Lippen.

»Hier?«, fragte ich und rubbelte über meine Nase.

»Verarschst du mich etwa, Miriam Heywood?«, fragte Blake mit zusammengekniffenen Augen.

»Vielleicht«, antwortete ich und leckte mir mit der Zunge meinen Bierbart weg. Als ich bemerkte, dass Ethan uns musterte, räusperte ich mich und nahm einen weiteren Schluck.

Zu meinem Erstaunen war das Bier echt nicht schlecht, es schmeckte sogar richtig gut. So gut, dass ich danach zwei weitere trank. Die Stimmung wurde immer ausgelassener und Ethan und Blake erzählten mir lustige Geschichten aus ihrer Ausbildungszeit. Die Zeit verging rasend schnell und als wir die Bar verließen, war es bereits kurz vor Mitternacht.

»Wieso hat Ethan dich so komisch angesehen, als ich mit euch anstoßen wollte?«, fragte ich Blake, nachdem sein bester Freund sich von uns verabschiedet hatte und in ein Taxi gestiegen war.

Blake winkte ihm noch hinterher und drehte sich dann zu mir. »Ich denke, er war überrascht, dass du so unkompliziert bist.«

»Hast du ihm etwas anderes erzählt?«, fragte ich und sah ihn mit großen Augen an.

Ein feines Lächeln huschte über sein Gesicht. »Nein, er ist nur Victoria gewöhnt.«

»Oh«, antwortete ich und Blake setzte sich in Bewegung.

»Komm, lass uns zu Fuß gehen.«

Blake und ich liefen stumm nebeneinander her. Die Stille war nicht unangenehm, ich genoss sie eher. Wir vermieden überfüllte Straßen und ich stellte fest, dass New York tatsächlich die Stadt war, die niemals schlief. Da Blake hier aufgewachsen war, kannte er einige Wege, die nicht so stark frequentiert waren.

Als ich bemerkte, dass Blake vorhatte, durch den Central Park zu spazieren, bekam ich ein mulmiges Gefühl und musste an Moms Worte denken. Ich hatte schon oft gehört, dass es dort in der Nacht unsicher war, aber ich vertraute Blake. Er kannte New York und mit Sicherheit auch die Gefahren. Er würde nicht mit mir durch den Park spazieren, wenn er nicht davon überzeugt wäre, dass wir wieder heil rauskämen.

»Alles okay?«, fragte Blake, der wohl gespürt haben musste, dass ich mich nicht wohlfühlte.

Ich sah mich um, ob uns jemand folgte. »Ich habe Angst«, flüsterte ich.

Blake blieb stehen und drehte sich mir zu. »Das brauchst du nicht. Ich beschütze dich.«

»Kannst du das denn?«, fragte ich und blickte ihn herausfordernd an.

Blake zog seine Augenbrauen zusammen und eine Furche bildete sich dazwischen, doch seine Mundwinkel zuckten. »Zweifelst du etwa daran?«

»Niemals«, antwortete ich sarkastisch und ging weiter. Als er nach wenigen Metern nicht neben mir aufgetaucht war, warf ich einen Blick zurück und bemerkte, dass er verschwunden war. Ich spürte ein flaues Gefühl im Magen und wie sich mein Puls beschleunigte.

»Blake?«, fragte ich leise in die Dunkelheit. Ich wusste nicht, ob ich stehenbleiben oder weitergehen sollte. »Blake, ich finde das überhaupt nicht lustig.«

Ich schluckte hart und Panik ergriff mich, als ich es hinter einem Strauch rascheln hörte. Ich wirbelte herum und stieß einen spitzen Schrei aus. Blake stand dicht vor mir. Aufgebracht schlug ich ihm gegen die Brust, sodass er einen Schritt rückwärts machte.

»Du Idiot«, zischte ich und marschierte wütend an ihm vorbei.

»Sorry, das konnte ich nicht auf mir sitzen lassen«, sagte er und folgte mir.

»Ich sage dir, dass ich Angst habe und du nutzt es schamlos aus.«

Blake packte mich am Arm und blieb stehen. »Du hast doch nicht wirklich geglaubt, ich verschwinde und lasse dich allein zurück? Ich habe dich keine Sekunde aus den Augen gelassen.«

»Ich weiß es nicht.«

»Midge«, sagte er nun ernst. »Das traust du mir zu?«

Ich sah ihm sprachlos in die Augen. Blake schüttelte den Kopf und in seinem Gesicht glaubte ich, so etwas wie Enttäuschung zu sehen. Verzweifelt warf ich die Hände in die Luft.

»Ich weiß nicht, was ich dachte. Ich hatte einfach nur Angst.«

Mit einem sanften Ausdruck in den Augen kam Blake auf mich zu. Mit seinen Händen umfasste er mein Gesicht und mein Herz setzte einen Schlag aus.

»Hätte ich geahnt, wie viel Angst du wirklich hast, hätte ich es nicht gemacht.«

Es waren keine leeren Worte. Er machte sich nicht über mich lustig, weil ich Angst vor einem dunklen Park hatte. Sein Blick wanderte über mein Gesicht zu meinen Lippen und fixierte sie. Seine Hand glitt in meinen Nacken und dann war er mir so nahe, dass ich seinen warmen Atem auf meinen Lippen spürte. Er roch nach einer Mischung aus Bier und süßer Pfefferminze und ich fragte mich, ob er auch danach schmecken würde. Erschrocken über diesen Gedanken, wich ich einige Schritte zurück. Wir waren zu weit gegangen. Blake ließ sie Arme sinken. Auf seinem Gesicht spielte sich ein Wechselbad der Gefühle ab.

Seine Brauen zogen sich zusammen, dann wandte er sich ab und ging weiter. Wortlos folgte ich ihm und versuchte, das Herzrasen in meiner Brust zu ignorieren. Der Alkohol war schuld an Blakes Verhalten. Er war einen Schritt zu weit gegangen. Er hätte mich nicht anfassen dürfen. Verlobte Männer kamen der Hochzeitsplanerin nicht so nahe. Und Hochzeitsplanerinnen sollten das Gefühl nicht mögen.

»Morgen hast du einen Tag Auszeit. Ich erledige einiges, wofür ich deine Hilfe nicht benötige«, sagte ich, ohne Blake dabei anzusehen.

»Bist du dir sicher?«, fragte er.

»Du würdest dich nur langweilen.«

Blake nickte und als wir kurz darauf vor Jacksons Haus stehenblieben, vergrub er die Hände in den Hosentaschen.

»Ich wünsche dir eine gute Nacht, Midge.«

»Danke, dass du mich nach Hause begleitet hast«, sagte ich mit einem unsicheren Lächeln.

»Keine Ursache.«

»Ich melde mich. Gute Nacht.«

Ich hob zum Abschied meine Hand und blickte Blake hinterher, bis er in der Nacht verschwunden war. Dann schloss ich meine Augen und atmete tief durch. Ich öffnete sie wieder, straffte meine Schultern und ging zu dem Mann hoch, der mir als einziger den Verstand rauben sollte.

Als ich die Tür aufschloss, war es in der Wohnung dunkel. Ich schlüpfte aus meinen Schuhen und schlich durch das Schlafzimmer ins Badezimmer, um Jackson nicht zu wecken. Dort wusch ich mir nicht nur den Geruch der Bar vom Körper, sondern auch die Schuldgefühle, die ich verspürte, da Blake etwas in mir auslöste, das ich nicht definieren konnte. Jackson war der Mann an meiner Seite. Ich war wegen ihm nach New York gekommen. Er war der Mann, der mich glücklich machte. Oder besser gesagt glücklich machen sollte. Stattdessen verbrachten wir kaum Zeit miteinander. Es war frustrierend.

Vorsichtig schlüpfte ich zu Jackson ins Bett und versuchte zu schlafen. Immer wieder tauchte jedoch Blake vor meinem inneren Auge auf, wie er mich ansah, als wollte er mich küssen. Für einen kurzen Moment hoffte mein alkoholverseuchtes Hirn genau das, bis mir bewusst wurde, wie falsch dieser Gedanke war. Blake war verlobt und ich war mit Jackson zusammen. Ich musste mich ablenken. Ich musste daran erinnert werden, wem mein Herz eigentlich gehörte. Ich rückte näher an Jackson und legte meine Hand auf seinen Oberkörper. Langsam ließ ich sie nach unten gleiten.

»Miriam, lass uns schlafen«, brummte Jackson schlafgetrunken.

»Ich habe noch keine Lust schlafen zu gehen«, flüsterte ich an sein Ohr und küsste seinen Hals.

Jackson drängte mich unsanft von sich. »Verdammt, Miriam, ich habe einen harten Tag hinter mir«, zischte er wütend. »Lass mich schlafen.«

Ich starrte Jackson in der Dunkelheit an und fühlte mich beschissener als zuvor. Stumm ließ ich mich zurück in die Kissen fallen und fand erst Schlaf, als die ersten Sonnenstrahlen in das Zimmer fielen.

Kapitel 9

Jackson hatte mich am Morgen nicht geweckt, deshalb verschlief ich den gesamten Vormittag und stand erst gegen Mittag auf. Ich fragte mich, ob er wütend auf mich war. Der Abend mit Blake und Ethan war so unterhaltend gewesen, dass ich vergessen hatte, ihm Bescheid zu geben. Auf meinem Telefon hatte ich vorm Schlafengehen allerdings auch keinen verpassten Anruf gehabt, also hatte er nicht einmal versucht, mich zu erreichen.

Den frühen Nachmittag verbrachte ich mit Telefonaten und dem Beantworten von E-Mails. Obwohl ich die Arbeit mochte, konnte ich es kaum erwarten, bis der Monat vorüber war. Situationen wie gestern mit Blake wollte ich unbedingt aus dem Weg gehen.

Am frühen Abend hatte ich bereits einige Designs für die Einladungen. Ich sendete sie gemeinsam mit den Fotos der beiden Locations an Victoria. Zudem schrieb ich ihr bezüglich ihres Brautkleides und vereinbarte einen Termin für Blake bei einem Herrenausstatter.

Dann machte ich mich an die Gästeliste.

Wie vermutet war Victoria natürlich nicht mit Blakes Überarbeitung zufrieden gewesen, deshalb sendete ich sie erneut Blake mit der Bitte um Klärung. Die beiden musste das unter sich ausmachen, und zwar ziemlich schnell, denn die Einladungen gehörten gedruckt und gesendet.

Früher als erwartet hörte ich Jackson die Tür öffnen.

»Hey«, begrüßte er mich und drückte mir einen Kuss auf den Scheitel. »Wir sind zum Dinner eingeladen worden.«

»Von wem?«, fragte ich, klappte den Laptop zu und lief ihm ins Schlafzimmer hinterher.

»Henry«, antwortete Jackson und zog sich aus, um zu duschen. »Du hast einen guten Eindruck bei ihm und seiner Frau Julia hinterlassen. In einer halben Stunde müssen wir los.«

»Muss das sein?«, fragte ich, da ich auf ein Dinner auswärts überhaupt nicht eingestellt war und noch einiges für die Hochzeit erledigen wollte. »Es würde sich doch bestimmt auf morgen Abend verschieben lassen.«

Jackson hielt in seiner Bewegung inne und blickte mich verständnislos mit dunklen Augen an. »Wie stellst du dir das vor? Ich kann nicht einfach meine Termine ignorieren.«

»Ich habe dich nicht darum gebeten, deine Termine zu ignorieren, sondern das Essen auf morgen zu verschieben.«

Jackson kam auf mich zu und blieb dicht vor mir stehen. »Du scheinst vergessen zu haben, wie wichtig meine Arbeit ist. Und nun zieh dir etwas Schickes an, wir sind mit den Lancasters verabredet.«

Er drückte mir einen Kuss auf die Wange und verschwand ins Badezimmer. Als die Tür ins Schloss fiel, ließ ich meinen Kopf in den Nacken fallen und seufzte.

Wie könnte ich vergessen, wie wichtig dir deine Arbeit ist, wenn du nichts anderes machst?

»Miriam, was soll das? Was hast du da an?«, fragte Jackson genervt, als wir bereit waren zu gehen, und deutete dabei auf mein Outfit.

»Ich möchte heute eines meiner Kleider tragen.«

Abwertend betrachtete er das knielange olivgrüne Kleid, das mit weißen Magnolienblättern bedruckt war. »Das sieht aber …« Offenbar versuchte er Worte zu finden, die mich nicht beleidigen sollten, fand aber nicht die passenden. »Es sieht billig aus.«

»Wow. Vielen Dank.«

»Baby, dieser Termin ist wichtig. Ich habe dir so viele schöne Kleider gekauft.«

»Worum ich nicht gebeten habe«, stellte ich klar.

Jacksons Nasenlöcher blähten sich auf und ich wusste, er war kurz davor die Geduld zu verlieren, doch ich würde nicht nachgeben.

»Entweder dieses Kleid oder ich werde nicht mitkommen«, sagte ich und verschränkte meine Arme vor der Brust. Ich hatte keine Lust, ständig diese Kleider tragen zu müssen, die zwar schön waren, aber in denen ich mich nicht wohlfühlte.

»Dafür haben wir keine Zeit. Geh dich bitte umziehen.«

»Nein.«

Jackson seufzte und ich dachte schon, er würde nachgeben, doch er schnappte sich sein Sakko und ließ den Autoschlüssel in seine Hosentasche gleiten.

»Ich werde ihnen ausrichten, dass dir nicht wohl ist.«

Aufgebracht lief ich ihm hinterher zur Tür.

»Ist das dein Ernst? Ist es wegen gestern? Bist du sauer, weil ich mich nicht gemeldet habe?«

Er griff nach der Klinke und öffnete die Tür. »Dein Verhalten ist kindisch. Denkst du, es ist gemütlich, täglich einen Anzug zu tragen? Nein, aber es muss sein, also tue ich es.«

»Es war deine Entscheidung, Anwalt zu werden, wo das eben dazugehört«, blaffte ich, als er bereits einen Schritt hinaus gemacht hatte.

Er wirbelte herum und seine Augen funkelten.

»Es war deine Entscheidung hierzubleiben!«, schnauzte er. »Und als Frau an meiner Seite, ist es eben manchmal notwendig, schöne Kleider zu tragen. Du repräsentierst damit nicht nur dich, sondern auch mich.«

Seine Brust hob und senkte sich schnell vor Aufregung.

Ich schluckte und versuchte, das beklemmende Gefühl in meiner Brust zu ignorieren. »Jackson, das ist nicht fair. Du hast mich gebeten zu bleiben. Ich habe nie behauptet, dass das meine Welt wäre. Ich passe da nicht rein.«

Er ließ die Schultern hängen und sein Blick wurde sanft. Seufzend kam er zurück in die Wohnung und schloss die Tür hinter sich.

»Es kann deine Welt werden.« Er strich mir eine Strähne hinters Ohr und sah mir tief in die Augen.

»Das möchte ich aber nicht«, flüsterte ich und presste meine Lippen aufeinander.

Jackson blickte auf seine Uhr und ich wusste, er wog ab, was ihm wichtiger war. Die Arbeit oder ich. Die Sekunden zogen sich wie Minuten, bis ich die Antwort hatte.

»Baby, wir klären das später, ich muss los.«

Er drückte mir einen Kuss auf die Lippen und ließ mich dann stehen. Die Tür fiel hinter ihm ins Schloss und Tränen der Wut und Enttäuschung bildeten sich in meinen Augenwinkeln. Ich wollte heute Abend nirgendwo hin, aber nun zurückgelassen zu werden, aufgrund meiner Kleiderwahl, verletzte mich. Das war doch lächerlich. Als ob Henry oder Julia ihre Meinung über Jackson ändern würden, nur weil ich kein schickes Etuikleid trug. Niedergeschlagen trottete ich zurück zum Esstisch, griff nach meinem Telefon und wählte die Nummer meiner Schwester.

»Hey!«, hob sie wie immer gut gelaunt ab.

»Hey.«

»O nein, was ist passiert?«, fragte sie, da sie offensichtlich sofort an meiner Stimme erkannte, dass etwas nicht stimmte.

»Jackson und ich sehen uns kaum und nun haben wir uns auch noch gestritten. Wegen eines Kleides. Ich passe nicht in seine Welt. Es dreht sich alles nur um seine Arbeit. Um ehrlich zu sein, habe ich mir das zwischen Jackson und mir ganz anders vorgestellt«, sagte ich und ließ mich mit hängenden Schultern auf den Stuhl fallen. Ich griff nach der Taschentuchbox und zog eines heraus, um mir die Tränen aus den Augen und von den Wangen zu wischen.

»Midge, du bist noch nicht lange in New York. Gib ihm Zeit, sich daran zu gewöhnen. Er kennt es vielleicht nicht anders.«

Ich schniefte. Vielleicht hatte Ally recht. Jackson tat seit Jahren nichts anderes, als zu arbeiten. Er hatte nie auf jemand anderen Rücksicht nehmen müssen und nun verlangte ich von ihm, sich von einem Tag auf den anderen zu ändern. Ich hätte das verfluchte Kleid einfach ausziehen sollen. Doch als ich im Ankleidezimmer gestanden und die Kleider betrachtet hatte, waren mir Blakes Worte im Burgerladen ins Gedächtnis gekommen.

Du wolltest keine Kompromisse mehr eingehen, aber solltest du dich für ein Leben mit Jackson entscheiden, wirst du keine andere Wahl haben.

Ich wollte Blake und vor allem mir beweisen, dass er falsch lag. Auch wenn es um etwas Belangloses wie ein Kleid ging.

»Versuch es. Gib euch nicht so schnell auf.« Und wieder bewunderte ich die positive Einstellung meiner jüngeren Schwester.

Ich hörte ein Klopfen an der Appartementtür und kurz hatte ich die Hoffnung, Jackson wäre zurückgekommen.

Doch dann wurde mir klar, dass er einen Schlüssel hatte und nicht zu klopfen brauchte.

»Ally, ich muss auflegen. Es ist jemand an der Tür.«

Langsam fühlte ich mich wirklich schrecklich. Wie oft ich sie in den letzten Tagen abgespeist hatte, obwohl sie jederzeit für mich da war. Ich war die mieseste Schwester auf dem ganzen Planeten. Sie verabschiedete sich und ich steckte das Telefon in meine Hosentasche.

Ich eilte zur Tür und öffnete sie. Vor mir stand Blake, in seinen Händen hielt er eine Tüte mit Essen.

»Hey«, begrüßte er mich gutgelaunt und schob sich durch den Türspalt in die Wohnung.

»Was machst du hier? Ich sagte doch, dass ich dich nicht brauche«, bemerkte ich und folgte ihm ins Esszimmer.

Blake stellte das Essen auf den Tisch und entdeckte die Taschentuchbox. Er sah von der Box zu mir. Prüfend musterte er meine Augen, die die Wahrheit nicht verbergen konnten. »Was ist passiert?«, fragte er besorgt.

»Gar nichts«, antwortete ich schulterzuckend.

Er kam einen Schritt näher. »So sieht es aber nicht aus.«

»Blake, es ist alles okay. Was machst du hier?«

»Was hat Jackson angerichtet?« Er hob seine Hand, doch ich machte einen Schritt zurück.

»Gar nichts.«

»Midge.«

»Blake, hör auf. Ich werde mit dir jetzt nicht über Jackson sprechen …«

Er machte ebenfalls einen Schritt zurück und nahm auf einem Stuhl Platz, verschränkte seine Arme vor der Brust und gab mir damit zu verstehen, dass er sich nicht vom Fleck bewegen würde.

»Was machst du hier?«, wiederholte ich, da ich noch immer keine Antwort bekommen hatte.

»Ich dachte, ich bringe dir Essen.«

Ich legte meinen Kopf schief und warf ihm einen vielsagenden Blick zu. »Wirklich?«

»Hast du heute schon gegessen?«

Ich ging den Tag gedanklich durch und stellte fest, dass meine Nahrung bisher tatsächlich nur aus Kaffee bestanden hatte.

»Dachte ich mir«, sagte Blake, obwohl ich ihm keine Antwort gegeben hatte. »Und wenn ich schon hier bin, kann ich dir auch gleich sagen, für welches Design der Einladungskarten wir uns entschieden haben.«

»Victoria hat sie dir also weitergeleitet.«

»Ja, und ausnahmsweise waren wir uns sofort einig. Außerdem habe ich nun die endgültige Gästeliste.«

»Wunderbar«, antwortete ich erleichtert, griff nach der Tüte und öffnete sie.

Blake und ich waren die gesamte Zeit richtig produktiv, was vermutlich daran lag, dass ich zu ignorieren versuchte, was unausgesprochen zwischen uns stand. Blake überspielte es mit seiner lässigen Art, doch ich konnte nicht einfach so tun, als wäre nichts gewesen. Als hätte der Beinahekuss nicht stattgefunden. Und so konzentrierte ich mich auf das, was noch erledigt werden musste. Wir gaben die Einladungen in den Druck, suchten Ewigkeiten nach einem guten Fotografen in New York und nach Absprache mit Victoria engagierten wir eine Band, die sowohl Pop- als auch Jazzmusik spielte.

»Was steht jetzt noch alles an?«, fragte Blake gähnend.

Ich ging meine Liste durch. »Du brauchst einen Anzug. Ich habe heute einen Termin dafür vereinbart. Es fehlt noch die Hochzeitstorte, ebenso die Menükarten. Zuvor gehört dieses aber erst abgeklärt. Außerdem müssen die Einladungen versandt werden. Das sollten wir so schnell wie möglich machen. Ich hoffe, wir erhalten sie übermorgen. Die Ringe! Die könnten wir gleich morgen besorgen. Und –«

»Stopp«, sagte Blake und hielt seine Hand hoch, damit ich nicht mehr weitersprach. »Das klingt nach verdammt viel.«

Ich nickte mit zusammengepressten Lippen. »Und das war noch nicht alles.«

Blake ließ sich zurückfallen. »Wie kann man so etwas freiwillig machen?«

»Im Normalfall hat man für die Planung und Organisation mehr Zeit.«

Blake legte sich die Hände hinter seinen Kopf und gähnte erneut. Daraufhin musste ich ebenfalls gähnen und ein Blick auf die Uhr verriet mir, dass es bereits nach zehn Uhr war.

»Ich denke, wir machen für heute Schluss. Es ist schon spät und wir sind beide müde.«

»Ja, vermutlich wäre ich dir heute keine große Hilfe mehr«, sagte Blake und erhob sich. Gemeinsam gingen wir zur Wohnungstür.

»Danke für das Essen.«

»Danke, dass ich bleiben durfte.«

Er vergrub seine Hände in seinen Taschen und wippte hin und her. »Eigentlich wollte ich den ganzen Tag schon mit dir über etwas sprechen.«

Sofort versteifte ich mich.

»Ich hätte gestern nicht versuchen dürfen, dich –«

»Schon okay«, unterbrach ich ihn.

»Wirklich?«, fragte Blake und sah mich eindringlich an.

»Der Alkohol«, sagte ich.

»Der Alkohol«, wiederholte Blake und presste seine Lippen aufeinander. Dann hörte ich einen Schlüssel im Schloss und kurz drauf öffnete sich die Tür und Jackson kam herein. Überrascht sah er zwischen Blake und mir hin und her.

»Ich wollte eben gehen«, sagte Blake und schlüpfte zwischen uns durch. »Gute Nacht, Midge. Gute Nacht, Jackson.« Er hob seine Hand zum Abschied und ließ dann die Tür hinter sich ins Schloss fallen.

Jackson blieb reglos vor mir stehen und ein entschuldigendes Lächeln umspielte seine Lippen. »Hey.«

»Ally meinte, ich soll etwas nachsichtiger mit dir sein.«

»Ich mag deine Schwester. Du solltest auf sie hören.« Er kam auf mich zu und legte seine Hände an meine Taille. Ich versuchte, ihn böse anzusehen, doch als Jackson mit den

Augenbrauen wackelte, musste ich lachen. Er nahm mein Gesicht in seine Hände und sah mir unverwandt in die Augen. Genauso wie Blake es gestern getan hatte, bevor er mich küssen wollte. Um den Gedanken abzuschütteln, legte ich meine Hand in Jacksons Nacken und zog ihn an mich. Zuerst schien er überrascht, aber dann drang seine Zunge gierig in meinen Mund und ich schob ihm sein Sakko von den Schultern. Mit einem Ruck hob er mich hoch und trug mich ins Schlafzimmer, wo er mich auf der Kommode absetzte. Er küsste meinen Hals, gleichzeitig knöpfte er sein Hemd auf. Mit einer schnellen Bewegung zog er mir mein Kleid über den Kopf und vergrub sein Gesicht zwischen meinen Brüsten, während er meinen BH öffnete. Abwechselnd leckte und saugte er an meinen Brustwarzen. Stöhnend ließ ich meinen Kopf in den Nacken fallen, als Jackson mit seinem Daumen über meinen Slip rieb. Er hob mich hoch, trug mich zum Bett und mit einer quälend langsamen Bewegung hatte er mich von meinem letzten Stück Stoff befreit. Er drückte meine Beine sanft auseinander und vergrub sein Gesicht zwischen meinen Schenkeln. Als seine Zunge durch meine Spalte glitt, bäumte ich mich ihm stöhnend entgegen. Er trieb mich bis an den Abgrund und als er seine Finger in mich schob, stieß er mich hinab. Dann schwebte Jackson plötzlich über mir und ein anzügliches Lächeln lag auf seinen Lippen. Ich gab ihm einen Stoß und er ließ sich zur Seite fallen. Sein Lächeln verging ihm, als ich über ihm war und nach seiner Härte griff. Küssend bahnte ich mir einen Weg von seinem Hals bis zu seinem Schaft. Ich leckte über seine ganze Länge und Jackson ließ seinen Kopf auf das Kissen fallen, als ich ihn in den Mund nahm. Er stöhnte und drängte sich mir entgegen. Er packte mich an den Haaren und ich sah zu ihm auf, während er sich immer wieder in mich schob.

Kurz hielt er inne und ich nutzte den Moment, indem ich mich auf ihm positionierte und mich langsam auf ihn niederließ. Ohne den Blick von seinem Gesicht abzuwenden, begann ich mich auf ihm zu wiegen. Jackson packte meinen Po und das Schlafzimmer war erfüllt von unserem Keuchen und Stöhnen. Ich schloss meine Augen und ließ meinen Kopf in den Nacken fallen. Plötzlich sah ich Blake vor mir. Blake, der unter mir lag und den ich ritt. Schnell riss ich meine Lider wieder auf. Jackson musterte mich mit verschleiertem Blick und ich versuchte, dem standzuhalten und meine Blake-Fantasie zu verdrängen. Ich sah ihm tief in die Augen, spürte, wie er sich unter mir verspannte. Zwei weitere Male stieß er in mich, bevor sich sein Körper wieder entspannte.

Das Klingeln meines Telefons riss mich aus dem Schlaf. Draußen war es noch dunkel und als ich nach meinem Handy griff, zeigte mein Wecker in großen roten Zahlen die Uhrzeit an. Vier Uhr morgens. Auf meinem grellen Bildschirm stand Victorias Name. Sofort setzte ich mich auf. Diese seltene Gelegenheit wollte ich auf keinen Fall verpassen.

»Hey«, hob ich flüsternd ab, schlug die Decke beiseite und schlich auf Zehenspitzen aus dem Schlafzimmer.

»Warum flüsterst du?«, fragte Victoria.

Im Wohnzimmer ließ ich mich auf das Sofa fallen und zog mir eine dünne Decke über die Beine. »Es ist vier Uhr morgens? Jackson schläft.«

»O ja, die Zeitverschiebung hatte ich nicht bedacht. Ich kann später noch mal anrufen.«

»Nein, jetzt bin ich schon wach. Warum rufst du an?«

»Ich wollte dir die Infos geben, nach denen du mich gefragt hast. Also, das Brautkleid kaufe ich hier und nehme es mit in die Staaten.«

Ich atmete erleichtert aus. »Sehr gut.« Eine Sache weniger, um die ich mich kümmern musste. Wobei es auch Wahnsinn gewesen wäre, auf gut Glück ein Kleid für Victoria zu besorgen.

»Ich habe Ringgröße 48. Das weiß Blake bestimmt nicht«, sagte sie und es klang fast wie ein Vorwurf.

Schnell stand ich auf und öffnete meine Mappe, die am Esstisch lag. Ich griff nach einem Stift und notierte mir, was Victoria sagte, aus Angst es bis morgen vergessen zu haben.

Plötzlich begann sie stark zu husten und ich bemerkte, wie sie das Telefon einen Moment von sich weghielt. Das Husten wurde dumpfer.

Dann räusperte sie sich. »Wie geht es Jackson?«, fragte sie mit belegter Stimme.

»Gut. Er arbeitet viel«, sagte ich und bereute es sofort. Victoria hatte mich davor gewarnt.

»Also alles beim Alten«, antwortete sie mit sanfter Stimme und klang irgendwie zufrieden.

»Mhm.«

Erneut begann sie heftig zu husten und ich fing an, mir Sorgen zu machen, denn es hörte sich nicht gut an.

»Alles in Ordnung?«

»Ja, ja ich bin nur erkältet. Hier herrscht fast arktisches Klima.«

»Gute Besserung«, sagte ich.

»Danke. Ich werde dich jetzt wieder schlafen lassen. Ich wünsche dir einen schönen Tag.«

»Victoria, warte«, sagte ich, da mir einfiel, dass ich sie noch gar nicht nach den Flitterwochen gefragt hatte. Ich vermutete, dass das erneut ein Streitpunkt zwischen ihr und Blake werden könnte, denn ich war mir sicher, Victoria bevorzugte einen Luxus-Strandurlaub, vielleicht irgendwo auf den Malediven. Ich kannte Blake nicht gut, aber irgendwie hatte ich das Gefühl, dass er mehr der Typ Rucksacktourist war, der die Welt entdecken wollte.

»Ja?«

»Wohin willst du in euren Flitterwochen?«

»Flitterwochen.« Sie lachte auf. »Die planen wir, wenn ich zurück bin.«

»Bist du dir sicher?«, hakte ich unsicher nach.

»Ja, bin ich mir. Liebe Grüße an meine beiden Jungs.«

»Ich werde es ihnen ausrichten.«

Nachdem ich mich von Victoria verabschiedet hatte, strich

ich den Punkt Flitterwochen auf meiner To-do-Liste durch.

Sollte Blake Einwände haben, musste er das mit seiner Zukünftigen und nicht mit mir ausmachen.

Ich schlich zurück ins Schlafzimmer und schlüpfte unter die Decke. Nachdem ich mich wieder an die Dunkelheit gewöhnt hatte, sah ich zu Jackson und musste lächeln, denn nur selten sah er so entspannt aus. Ich rückte näher an ihn heran und kuschelte mich an seine Brust.

Um Blake nicht zu sehr zu strapazieren und da ich ihm nach gestern Nacht wieder aus dem Weg gehen wollte, beschloss ich, einige Dinge selbst zu erledigen. Ich fuhr ins Rockefeller Plaza und ließ mir drei unterschiedliche Menüvorschläge geben. Eines mit Fleisch, eines mit Fisch und eine vegetarische Variante. So wäre für jeden etwas dabei. Ich sendete die Menüvorschläge Victoria, damit sie sie absegnete und erfragte, ob irgendjemand der Gäste eine Allergie hatte. Später würde ich noch Tisch- und Menükarten in Druck geben. Inzwischen hatte ich auch eine E-Mail erhalten, dass die Einladungen fertig und abholbereit waren. Für den Expressdruck hatten wir zwar einen Aufpreis zahlen müssen, aber das war es auf jeden Fall wert.

Nachdem ich die Einladungen von der Druckerei geholt hatte, fuhr ich zu Gabriella, einer Floristin meines Vertrauens. Sie hatte eine Niederlassung in New York und das erleichterte mir die Arbeit ungemein. Gute Floristinnen, die Blumengestecke und -sträuße genauso hinbekamen, wie die Brautpaare und ich es mir vorstellten, waren leider sehr selten.

Leider musste ich auf sie persönlich verzichten, aber regelte alles mit einer kompetenten Mitarbeiterin, von der sie mir versicherte, dass sie alles so hinbekam, wie ich es im Kopf hatte. Und so war ich froh, mich zumindest in dem Punkt auf jemanden verlassen zu können.

Als ich zwei Stunden später den Blumenhandel verließ, hatte ich zwei unbeantwortete Anrufe von Jackson.

»Wo bist du?«, fragte er, als ich ihn zurückrief.

»Unterwegs, ich war bei dem Floristen und jetzt muss ich noch –«, begann ich, doch Jackson unterbrach mich.

»Es ist halb sechs, Miriam. Wir sind um halb sieben zum Essen verabredet mit den Calgarys.«

Die Calgarys waren nicht nur Freunde der Familie, sondern zählten auch zu den langjährigsten Klienten der Butlers.

»Oh, das war heute?«, frage ich und zog dabei eine Grimasse.

»Allerdings.« Seine Stimme war ruhig, aber ich hatte Angst, dass es in ihm brodelte.

»Ich werde mich beeilen. Ich schaffe das! Ich bin schon unterwegs.« Ich legte auf und steckte mein Telefon in meine Tasche. »Verdammte Scheiße!«, fluchte ich, während ich am Straßenrand mit dem Arm in Richtung Verkehr wedelte. »Taxi! Taxi!«

Ich konnte mich dunkel daran erinnern, dass Jackson was von einem Treffen erwähnt hatte, doch da hatte ich im

Halbschlaf gelegen und als ich aufgewacht war, hatte ich es offenbar wieder vergessen.

Natürlich war der Verkehr heute kein bisschen besser als sonst und die Minuten verronnen schneller und schneller. Um kurz nach sechs Uhr kam ich endlich zu Hause an.

»Es tut mir leid, es tut mir leid!«, rief ich, als ich die Wohnung betrat. Mit einem entschuldigenden Gesichtsausdruck lief ich an Jackson, vorbei, der bereits fertig angezogen war. »Ich beeile mich, versprochen.«

»Einen Moment.«

Abrupt blieb ich stehen und sah Jackson fragend an.

»Was ist mit meiner Begrüßung?«, wollte er wissen und kam auf mich zu. Lächelnd verdrehte ich die Augen und gab ihm einen Kuss.

Auf dem Weg in die Dusche entledigte ich mich hastig meiner Kleidung. Jackson sammelte ein Kleidungsstück nach dem nächsten ein.

Ich duschte in Windeseile und wickelte mir ein Badetuch um den Körper. Es war bereits viel zu spät, um mich neu zu schminken, also frischte ich mein Make-up nur ein bisschen mit Puder, Rouge und Lippenstift auf. Danach band ich mir meine Haare zu einem eleganten Dutt.

Da ich heute nicht mit Jackson streiten wollte, zog ich ohne Einwände eines der Kleider an, die er für mich gekauft hatte. Es war ein tannengrünes Midikleid aus Samt mit One-Shoulder-Träger. Ich schlüpfte in Pumps und legte mir währenddessen Perlenohrstecker an.

»Fertig!«, rief ich, als ich vom Schlafzimmer ins Wohnzimmer lief und warf einen Blick auf die Uhr. Genau halb sieben. Viel zu spät also. »Es tut mir leid«, sagte ich wehmütig zu Jackson, der mir die Wohnungstür aufhielt.

»Mach dir keine Gedanken, ich habe ihnen gesagt, dass wir etwas später kommen.«

Ich atmete erleichtert aus, während Jackson hinter mir die Tür zuzog.

»Ich hoffe, das kommt nicht wieder vor. Du weißt, wie wichtig diese Treffen sind«, sagte Jackson, ohne mich dabei anzusehen, als wir zum Aufzug liefen.

»Natürlich«, antwortete ich und senkte meinen Blick zu Boden.

Das Essen mit den Calgarys war eine reine Tortur. Mr Calgary ließ eine anzügliche Anmerkung nach der anderen los, was seine Frau nicht recht zu interessieren schien, denn die hatte den ganzen Abend nichts Besseres zu tun, als sich über alles und jeden zu beschweren.

»Eine fähige Nanny zu finden, ist heutzutage eine Lebensaufgabe. Die Kinder werden alle verhätschelt. Und ein Au-pair-Mädchen kommt mir schon gar nicht ins Haus. Die haben es doch alle nur auf unsere Männer abgesehen.«

»Wann gedenken Sie denn der Kleinen einen Braten in die Röhre zu schieben? Die Kanzlei gehört doch weitergeführt«, fragte Mr Calgary mit wackelnden Augenbrauen und stieß Jackson mit den Ellbogen gegen seinen Arm.

Ich lächelte gezwungen, um zu überspielen, dass ich kurz davor war aufzustehen und ihm den gesamten Inhalt meines Glases ins Gesicht zu schütten. Seine Ausdrucksweise war mehr als abstoßend.

»Im besten Fall gar nicht. Ich möchte keine Kinder«, sagte Jackson ruhig und schob sich eine Gabel mit Fleisch in den Mund, als hätte er nicht gerade eine riesengroße Bombe platzen lassen.

»Wie bitte?«, fragte ich entsetzt.

»Ich arbeite zwischen fünfzig und siebzig Stunden in der Woche. Ich habe für so etwas keine Zeit.«

So etwas.

»Niemals?«

Jackson legte sein Besteck beiseite, sah mich eindringlich an und ich bemerkte, wie seine Kiefer arbeiteten.

»Miriam, lass uns das nicht hier beim Essen besprechen.«

»Oh oh, da habe ich wohl einen wunden Punkt getroffen.« Mr Calgary tätschelte meinen Oberschenkel und ich war kurz davor seine Hand wegzuschlagen. Widerlicher Kerl.

Nachdem er seine Finger endlich weggezogen hatte, atmete ich tief durch und ließ sacken, was Jackson eben gesagt hatte. Er wollte keine Kinder. Er konnte das doch nicht einfach so beiläufig, während des Essens erzählen, als würde es um eine Belanglosigkeit gehen und nicht um unser Leben. Um *mein* Leben. Über dieses Thema mussten wir unbedingt noch sprechen, denn sollte Jackson wirklich ernst meinen, dass er keine Kinder wollte, würde das alles zwischen uns ändern. Das Vibrieren meines Telefons in meiner Tasche, die über der Stuhllehne hing, riss mich aus den Gedanken. Ich zog es heraus und mein Herz machte einen Satz, als ich sah, dass die Nachricht von Blake war.

Lust auf Burger? Ich kenne da so eine tolle Burgerbude ;)

Ich musste lächeln. Schnell schaute ich hoch, ob es irgendjemand bemerkt hatte, doch die drei waren in ein Gespräch vertieft. Wie gern ich jetzt lieber mit Blake unterwegs wäre, als hier mit den Calgarys zu sitzen.

Ich kann leider nicht. Bin im Eleven Madison Park mit Jackson und Freunden seiner Familie.

Ich stopfte das Telefon wieder zurück in die Tasche und aß stillschweigend weiter.

Nach gut einer halben Stunde, in der ich dem Gespräch zwischen Mr Calgary und Jackson aufmerksam gefolgt war und gern mehrmals die Augen verdreht hätte, vibrierte mein Telefon erneut. Ungeduldig zog ich es aus der Tasche.

Sieh zum Eingang.

Ich verschluckte mich fast am Wein, als ich sah, dass Blake dort stand und mir unauffällig winkte. Schnell blickte ich zu Jackson, ob er ihn auch gesehen hatte, aber er war noch immer vertieft in das Gespräch mit Mr Calgary. Ich steckte das Telefon zurück in die Tasche und entschuldigte mich, doch es schien sowieso niemanden zu interessieren.

»Hey«, begrüßte mich Blake charmant lächelnd, als ich auf ihn zuging. Sofort schob ich ihn ein Stück zur Seite, damit

Jackson oder die Calgarys uns auch ganz sicher nicht sehen konnten.

»Was machst du hier?«, fragte ich halb flüsternd.

»Ich bin hier, um dich zu retten.«

»Ich muss nicht gerettet werden.«

Blakes Mundwinkel verzogen sich. »Das ist der alte Calgary. Ich bin mir sicher, dass ich dich retten muss.«

»Du kennst ihn?«, fragte ich überrascht.

»Leider.«

Blake griff nach meiner Hand und lief los. »Lass uns hier abhauen.«

Ruckartig blieb ich stehen und zog ihn zurück. Ich hob leicht meinen Kopf, um ihn ansehen zu können.

»Ich kann nicht einfach so gehen.«

Blake schien kurz zu überlegen. »Sag Jackson, dass es dir nicht gut geht.«

»Das wird er mir doch bestimmt nicht glauben.«

»Du kannst es versuchen, oder aber du kannst hierbleiben.« Blake zuckte mit den Schultern. »Deine Entscheidung.«

Ich zog eine Grimasse und drückte leicht seine Hand, bevor ich sie losließ. »Warte hier.«

Ich war eine schreckliche Freundin. Ich war dabei Jackson anzulügen, um mit Blake abzuhauen.

»Jackson«, sagte ich, als ich mich setzte. Sofort galt seine Aufmerksamkeit mir. »Mir geht es nicht so gut.« Ich hielt mir die Hand an den Bauch und verzog etwas die Miene.

»Mein Lieber, vielleicht ist es ja schon zu spät«, sagte Mr Calgery und zwinkerte Jackson zu. Der ignorierte ihn, stand auf und kam auf mich zu. Ich war überrascht, wie sehr er sich um mich sorgte, bis er den Mund aufmachte.

»Das kann nicht sein, oder? Ein Baby können wir jetzt nicht gebrauchen«, flüsterte er mit zusammengebissenen Zähnen dicht an meinem Ohr. Sofort war mein schlechtes Gewissen wie weggeblasen. Ich schüttelte leicht den Kopf.

»Nein danke, du brauchst mich nicht nach Hause zu fahren. Ich schaffe das allein«, antwortete ich freundlich, als hätte er es mir angeboten. Jackson benahm sich gerade wie ein Arschloch und ich konnte es kaum erwarten, von hier abzuhauen. *Ein Baby können wir jetzt nicht gebrauchen.* Natürlich wäre es komplett überstürzt, jetzt ein Kind zu bekommen, aber Jacksons Gedanken schreckten mich ab. Würde er von mir verlangen abzutreiben, sollte ich wirklich ungewollt schwanger werden? Ich schob den Gedanken sofort beiseite und verabschiedete mich von den Calgarys. Jackson drückte ich flüchtig einen Kuss auf die Wange, ohne ihn noch mal eines Blickes zu würdigen.

Als ich den Ausgang erreichte, fasste Blake nach meiner Hand und wir flüchteten zum Aufzug. Die Türen schlossen sich und ich stützte meinen Kopf an dem Spiegel hinter mir ab. Noch immer hallten Jacksons Worte in meinen Ohren.

Keine zehn Minuten später saßen Blake und ich in einem hippen Schnellrestaurant. Blake bestellte sich Burger und Pommes und ich mir einen Milchshake.

»Was ist aus deinem Traum geworden, die wahre Liebe zu finden?«, fragte Blake kauend, ohne mich dabei anzusehen.

»Wer sagt, dass Jackson nicht meine wahre Liebe ist?«

Blake schob sich eine weitere Fritte in den Mund, legte den Kopf schief und sah mich mit hochgezogenen Augenbrauen an.

»Die Vorstellung war naiv«, antwortete ich. »Die einzig wahre Liebe gibt es nicht.«

Blake ließ sich zurückfallen und verschränke seine Arme vor der Brust.

»Interessant. Vor nicht allzu langer Zeit hat sich das noch anders angehört.«

Ich beugte mich etwas vor und stützte meine Arme verschränkt auf dem Tisch ab. »Weißt du Blake, wir Menschen sind nie zu hundert Prozent zufrieden mit dem, was wir haben. Ich denke, das, was ich mir wünsche, gibt es nicht und das, was ich habe, kommt dem am nächsten.«

»Das glaube ich dir nicht«, sagte er und lehnte sich nun auch nach vorne. Unsere Gesichter waren nicht mehr weit voneinander entfernt und er musterte meins. Schien die Wahrheit in meinen Augen zu suchen. »Du wünschst dir die wahre Liebe zu finden, aber du hast Angst davor, denn dann könntest du wirklich etwas verlieren. Also bleibst du in einer Beziehung, die dich nicht glücklich macht. Du musst nicht befürchten, dass du daran zerbrichst, weil es dir egal wäre, wenn er dich verlassen würde. Genau wie bei Paul. Du willst so unbedingt, dass es mit Jackson klappt, dass du alle Anzeichen, die dagegensprechen, ignorierst.« Er verengte seine Augen und nahm mein Kinn zwischen seine Finger. »Aber so funktioniert das Leben nicht. Nicht wenn du glücklich sein möchtest«, hauchte er und ich war wie hypnotisiert von seinen Augen. Dann nahm er die Finger von meinem Kinn, lehnte sich zurück und auf seinen Lippen lag ein schiefes Lächeln. Herausfordernd hob er eine Augenbraue, doch auf dieses Gespräch würde ich mich nicht einlassen. Ich zuckte nur mit den Schultern und trank von meinem Shake. Blake leckte sich über die Oberlippe und schüttelte grinsend den Kopf. Nein, Blake, heute würdest du mich nicht aus der Reserve locken.

Kapitel 10

Jackson kam erst spät in der Nacht nach Hause. Obwohl ich schon eine Ewigkeit im Bett lag, konnte ich einfach nicht schlafen. Zu sehr beschäftigte mich das, was er beim Essen gesagt hatte.

»Hey, du bist ja noch wach«, sagte Jackson, als er das Schlafzimmer betrat und bemerkte, dass ich noch munter war. »Geht es dir besser?«, fragte er und drückte mir einen Kuss auf den Scheitel. Kurz wusste ich nicht, wovon er sprach, bis mir wieder einfiel, dass ich ihn belogen hatte.

»Ja, danke«, antwortete ich knapp.

»Dann bin ich beruhigt«, sagte Jackson erleichtert und verschwand ins Badezimmer.

Nach wenigen Minuten kam er zu mir ins Zimmer zurück und ich beschloss, dass ich mit ihm über das Thema Kinder sprechen musste. Es lag mir zu schwer im Magen und wenn wir nicht darüber sprachen, würde es zwischen uns stehen.

»Wir müssen reden«, sagte ich, als Jackson zu mir unter die Decke schlüpfte.

»Können wir das morgen machen? Ich bin müde.« Er schüttelte sein Kissen aus und positionierte es so, dass er bequem liegen konnte.

»Ich kann nicht schlafen, wenn wir nicht darüber sprechen.«

Jackson hielt kurz inne und sah mir in die Augen. Dann setzte er sich ebenso wie ich aufrecht hin. »Also gut, was ist los?«

»Willst du tatsächlich keine Kinder haben?«

»Miriam, müssen wir jetzt darüber sprechen? Es ist mitten in der Nacht.«

»Es ist mir wirklich wichtig.«

Jackson griff nach meiner Hand und verschränkte unsere Finger miteinander. »Nein, im Moment möchte ich keine Kinder. Genauso wie du im Moment nicht nach New York ziehen möchtest. Aber das müssen wir nicht jetzt entscheiden. Schritt für Schritt, okay?« Er führte meine Hand zu seinem Mund und drückte mir einen Kuss darauf. Auf seinen Lippen lag ein sanftes Lächeln.

»Okay«, antwortete ich und versuchte, es zu erwidern.

Pünktlich um zehn Uhr vormittags, stand ich vor Blakes Wohnungstür. Als er sie aufschwang, musste ich grinsen.

»Was?«, fragte er und ich drängte mich an ihm vorbei in die Wohnung.

»Deine Hose«, antwortete ich amüsiert.

»Was ist damit?«, fragte er und sah an sich hinab.

Ich drückte ihm einen Kaffee in die Hand und ging Richtung Wohnzimmer. Blake folgte mir. »Jackson würde so ein Teil niemals tragen.«

»Das Teil nennt man Jogginghose.«

»Ich weiß«, antwortete ich, nippte an meinem Karamell-Macchiato und setzte mich auf das Sofa.

»Und? Du darfst heute mal wieder deine Kleidung tragen?«, fragte er frech und sein Blick wanderte von meinem schwarzen Crop-Top über meine Straight-Leg-Jeans bis zu meinen weißen Sneakers. Ich verengte meine Augen und zeigte ihm den Mittelfinger.

»Charmant«, bemerkte Blake und ließ sich neben mich auf den Dreisitzer fallen. Ich grinste falsch, stellte meinen Kaffeebecher ab und öffnete meinen Organizer.

»Bereit?«, fragte ich und drehte den Kugelschreiber zwischen meinen Fingern.

»Nein«, seufzte Blake und überkreuzte seine Beine auf dem Tisch.

Bereits mittags hatten wir einen Großteil von dem geschafft, was ich für heute geplant hatte. Wir hatten die Einladungen versendet und die Ringe beim Juwelier bestellt, die ich am Tag vor der Trauung abholen würde. Blake hatte sich für Trauringe in Weißgold entschieden. Victorias Ring besaß einen schönen aber dezenten Diamanten mit Brillantschliff und ich war mir sicher, dass er ihr gefallen würde. Entgegen ihrer Erwartung hatte Blake gewusst, welche Ringgröße sie hatte.

Nachdem wir den Juwelier verließen, strich ich den Punkt *Ringe kaufen* auf meiner To-do-Liste durch und sah, dass wir nur noch zwei Dinge zu erledigen hatten. Die Hochzeitstorte bestellen und Blakes Anzug kaufen.

Wir fuhren zu einem der beliebtesten Herrenausstatter in Greenwich Village. Vor Kurzem hatte ich einen Artikel darüber in einem Hochzeitsmagazin gelesen. Ich hatte ihn nur überflogen, aber ich konnte mich daran erinnern, dass die Boutique erst vor einem Jahr eröffnet worden war und sich schnell etabliert hatte.

Die Eigentümer, ein junges Ehepaar, begrüßte uns herzlich und während Mr Moore mit Blake in den Nebenraum verschwand, nahm ich dankend ein Glas Champagner entgegen.

»Sie sind doch Miriam Heywood, nicht wahr?«, fragte Mrs Moore.

»Sie kennen mich?«, gab ich überrascht zurück und studierte, ob wir uns schon mal irgendwo begegnet waren.

Sie nickte. »Ich habe einige Artikel und Interviews über Sie gelesen. Die Boho-Hochzeit von Blaire und Timothy letztes Jahr in der Septemberausgabe der *whitewedding* war mein absolutes Highlight. Mir wäre nie in den Sinn gekommen, dass die Kombination aus Löwenmäulchen, Artischocke, Pfingstrose, Protea und Unsterblichkeitskraut so einen wunderschönen Brautstrauß ergeben würden.«

»Vielen Dank«, sagte ich verlegen. Ich konnte mich noch genau daran erinnern, wie Gabriella und ich zwei ganze Nachmittage in ihrem Laden damit verbracht hatten, um den perfekten Strauß zu kreieren.

»Seit wann nehmen Sie Aufträge in New York an? Ich dachte, sie wären exklusiv in Seattle tätig?«

»Um ehrlich zu sein, hat sich das spontan ergeben und ich lebe aktuell in New York.«

»Was für eine Bereicherung für New York«, sagte sie und ich bedankte mich verlegen. Bisher hatte mir noch niemand, außer Brautpaare für die ich arbeitete, ein solches Kompliment gemacht.

»Midge, ich brauche deine Meinung«, rief Blake. Ich stellte mein Glas auf dem Tresen ab und ging zu den Umkleiden. Meine Mundwinkel hoben sich, als ich Blake betrachtete. Der Anzug saß perfekt und er sah unfassbar gut aus. Der taillierte Sakko und die schmalgeschnittene Anzughose brachten seine Figur optimal zur Geltung und seine Augen strahlten durch die dunkelblaue Farbe.

»Wow, du siehst fantastisch aus.«

Blake sah an sich herab und dann in den Spiegel. »Gut, den nehmen wir.«

Während er sich wieder umzog, strich ich den Punkt auf unserer To-do-Liste durch und hinterließ Mrs Moore meine Telefonnummer. Sie versicherte mir, dass dieser Auftrag oberste Priorität hätte und sie sich melden würde, sobald sie fertig wäre mit den Änderungen. In diesem Fall half mir nicht der Name Butler weiter, sondern mein eigener und darauf war ich unheimlich stolz.

»Jetzt brauchen wir nur noch ein Kleid für dich«, sagte Blake, als wir den Herrenausstatter verließen.

»Ich habe Kleider«, antwortete ich, während wir über einen kleinen Parkplatz zu Blakes Wagen liefen.

»Victoria meinte, wir sollen ein Kleid für dich kaufen. Sie lässt dich nicht mit einem deiner Kleider auf die Hochzeit.«

Abrupt blieb ich stehen und Blake wich gerade noch rechtzeitig aus. »Ich bin die Hochzeitsplanerin! Ich *muss* auf der Hochzeit sein«, protestierte ich.

Blake zuckte mit den Schultern. »Dann solltest du dir ein Kleid aussuchen.«

Ich rollte mit den Augen und seufzte. Was hatten die Butlers nur für ein Problem mit meinem Kleidungsstil?

»Wie ist das hier?«, fragte Blake, nachdem wir in einer Boutique gelandet waren, die Victoria Blake empfohlen hatte. Er reichte mir ein bordeauxrotes Bustierkleid mit einem Korsett-Oberteil und einem langen Chiffon-Rock. Ich blickte ihn mit hochgezogenen Augenbrauen an.

»Zieh es an«, sagte er nachdrücklich.

Ich warf ihm einen bösen Blick zu, schnappte mir das Kleid und verschwand in der Umkleide. Nachdem ich mich umgezogen hatte, zog ich den Vorhang beiseite und ging zum Spiegel. Blake verfolgte jede meiner Bewegungen, während er die Arme vor seinem Körper verschränkt hatte.

Vielleicht würden es einige zu gewagt finden, doch mit meiner Oberweite konnte ich froh sein, das Bustier überhaupt zu füllen. Ich blickte durch den Spiegel zu Blake, der mich wortlos musterte.

»Es sieht doof aus«, sagte ich und ließ die Schultern hängen.

»Nein, du siehst umwerfend aus.« Er nahm meine Hand und hob sie hoch. Ich machte eine Drehung.

»Dann nehme ich es eben.«

»Dein Leben ist so eine Qual, Miriam Heywood«, erwiderte Blake theatralisch. »Es wird dir einfach ein Kleid« – er griff nach dem Preisetikett – »im Wert von eintausendzweihundert Dollar aufgezwängt.«

»Furchtbar, nicht?«, sagte ich und gab ihm einen leichten Schubs.

Blake bezahlte und nachdem wir den Laden verließen, machten wir uns auf den Weg zu unserem letzten Ziel für heute. Wir fuhren zu der kleiner Pâtisserie, in der ich einen Termin vereinbart hatte. Als wir sie betraten, begrüßte uns eine stämmige Frau und stellte sich freundlich als Alba vor.

»Haben Sie schon eine Ahnung, in welche geschmackliche Richtung es gehen soll?«, fragte sie, nachdem wir uns kurz umgesehen hatten.

Ich schaute zu Blake und er zuckte mit den Schultern.

»Wie es aussieht, nicht«, antwortete ich.

»Sehr schön!«, rief sie entzückt. »So viele Paare kommen und haben schon eine fixe Vorstellung. Die wollen nicht mal ein Stück Torte probieren.«

Ich schüttelte verständnislos meinen Kopf. »Wie können die nur? Das ist doch das Beste. Oder nicht, Blake?« Ich drehte mich ihm zu.

»Definitiv«, stimmte er mir zu.

Alba stellte uns eine große Auswahl kleiner Kostproben auf den Tisch.

»Für wie viele Personen soll die Torte sein?«

»Rechnen wir mit einhundert«, sagte ich, nahm ein Stück Schokotorte auf die Gabel und kostete es.

Alba machte sich eine Notiz. »Vierstöckig?«

Ich nickte. »Sie sollte klassisch-elegant sein. Nicht zu viel Schnickschnack, nicht zu verspielt.«

»Das bekomme ich hin«, sagte sie lächelnd. »Ich hole mal eben meine Mappe, dann könnt ihr durchblättern und entscheiden, wie ihr sie gerne hättet.«

Blake hatte sich in der Zwischenzeit über die Hälfte der Kostproben gestürzt.

»Wie soll man sich da jemals entscheiden können? Können wir nicht einfach alle nehmen?«, fragte er schmatzend.

»Koste diese Torte mal, die ist der Hammer«, sagte ich, nachdem ich ein Stück von einer Fruchttorte probiert hatte. Es schmeckte exotisch süß nach Mango. Die Creme war luftig und nicht zu süß.

»Mhm«, stöhnte er genießerisch. Er legte sich die Hand auf die Brust. »Das ist sie. Die will ich«, sagte er mit vollem Mund und deutete mit seiner Gabel auf die Fruchttorte.

»Wusste ichs doch«, sagte ich zufrieden.

»Du kennst mich eben«, sagte er zwinkernd und ich musste lachen.

Im Endeffekt entschieden wir uns für zwei Fruchttorten, eine Schoko- und eine Nusstorte. Für Veganer und Allergiker hatten wir extra zwei verschiedene Sorten Cupcakes bestellt. Während Blake weiter von den noch übrig gebliebenen Tortenproben naschte, vereinbarte ich alles Wichtige mit Alba.

»Ihr seid wirklich ein tolles Paar. Da stimmt die Chemie, das spüre ich«, sagte sie, als wir bereits vor der Tür standen.

Ich hörte Blake neben mir glucksen und kurz darauf zog er mich an sich. »Ich kann mich unglaublich glücklich schätzen, mit dieser Frau an meiner Seite.«

Alba legte sich die Hände an die Brust. »Ich wünsche euch alles Gute und eine wunderschöne Hochzeit.«

»Auf Wiedersehen, Alba«, verabschiedete sich Blake und zog mich an der Hand mit sich. Ich winkte ihr und drehte mich dann zu Blake.

»Du bist furchtbar«, sagte ich lachend, als wir außer Hörweite waren.

»Bin ich das?«, fragte er, ging rückwärts weiter, ohne meine Hand loszulassen. »Hätte ich ihr die Wahrheit sagen sollen? Dass meine Verlobte am anderen Ende der Welt ist und sich einen feuchten Dreck für unsere Hochzeit interessiert?«

Mein Lächeln erstarb und ich verzog mein Gesicht.

»Hör auf, so etwas zu sagen«, mahnte ich ihn und zog meine Hand aus seiner.

»Sonst was?«, fragte er herausfordernd und hob seine Augenbrauen.

»Sonst nichts«, antwortete ich und ging weiter. »So spricht man nicht von seiner Braut.« Ich nahm meinen Organizer aus der Tasche und ging die Checkliste durch. Ich war so darin vertieft, dass ich erst bemerkte, dass Blake stehengeblieben war, als ich gegen ihn lief.

»Du solltest schauen, wohin du läufst.«

Ich lächelte falsch. »Ich habe nicht damit gerechnet, dass plötzlich ein Pfosten vor mir steht.«

»Heute schlagfertig unterwegs, ja?«, fragte Blake und schmunzelte.

Ich zuckte mit den Schultern und lief an ihm vorbei. Er schlenderte mir hinterher.

»Ich denke, wir haben alles erledigt. Du bist offiziell aus dem Dienst entlassen. Ruh dich aus, aber nicht zu sehr, ich habe gehört, Ethan hat da etwas geplant.«

»Nein, nein, nein, kein Junggesellenabschied!«, protestierte er lautstark.

Ich hob abwehrend die Hände. »Tut mir leid, darauf habe ich keinen Einfluss.«

Blake verzog das Gesicht und fast hatte ich ein bisschen Mitleid mit ihm. Oder auch nicht. »Da musst du durch.«

Ich stieg ins Auto und wir machten uns auf den Heimweg.

»O mein Gott, ich liebe diesen Song«, rief ich, als sie *Jerk it out* von den Caesers im Radio spielten. Ich drehte den Lautstärkeregler nach rechts und das Auto war erfüllt von dem

Song und meinem schlechten Gesang. Ich tanzte im Sitzen und Blake lachte mich aus, als wir an einer Ampel hielten und mich alle Personen im Auto neben uns anstarrten, aber das war mir egal. Als die Ampel auf Grün sprang, trat Blake das Gas durch, sodass ich kurz in den Sitz gedrückt wurde.

»Hey!«, protestierte ich und setzte meinen Tanz fort. Völlig außer Atem ließ ich mich zurück in den Sitz fallen, als das Lied vorbei war.

»Das war schrecklich«, sagte Blake und sah mich belustigt an.

»Oh, weil du es bestimmt so viel besser kannst«, bemerkte ich.

Bei der nächsten roten Ampel tippte Blake auf seinem Telefon herum und offenbar war er über Bluetooth mit dem Autoradio verbunden, denn kurz darauf begann *Wonderwall* von Oasis zu spielen. Ich wippte mit und als Blake zu singen anfing, starrte ich ihn mit offenem Mund an. Er traf jeden einzelnen Ton. Er fuhr los und ich sah, wie sich seine Mundwinkel hoben. Beim Refrain stieg ich mit ein und die gesamte Heimfahrt verbrachten wir damit, gemeinsam zu singen.

»Ich wünsche dir eine schöne Woche. Wir sehen uns bei der Hochzeit. Und danke für das Kleid«, sagte ich, als wir vor Jacksons Wohnung hielten. Ich griff nach der Tüte und stieg aus. Als ich die Tür zuwarf, bemerkte ich, dass Blake ebenso ausgestiegen war und nun um das Auto lief.

»Danke für deine Hilfe«, sagte er und zog mich in seine Arme. Für einen Moment stockte mir der Atem und mein

Körper versteifte sich. Sein frischer holziger Duft drang mir in die Nase und Blake legte sein Kinn auf meinem Scheitel ab.

»Keine Ursache«, brachte ich mit Mühe hervor.

»In zehn Tagen ist es dann soweit«, sagte er und blickte zu mir herab. Ich nickte, unfähig etwas zu sagen, da er mir so nahe war. Die Sonne spiegelte sich in seinen Augen und ließ sie noch blauer wirken.

»Ausnahmsweise bekommst du eine Vier-Sterne-Bewertung«, sagte er mit einem schiefen Grinsen.

»Vier Sterne? Ich habe mir mindestens zehn verdient.«

Ich wollte ihn von mir wegschieben, doch Blake ließ nicht locker. Ich zwickte ihn in die Seite und er zuckte lachend zusammen. »Okay, okay, du bekommst deine fünf Sterne.«

Endlich gab er mich frei und sofort vermisste ich seine Nähe und Wärme. Wir starrten uns an und in diesem Moment wünschte ich mir nichts mehr, als ihn wieder zu spüren. Als mir das bewusst wurde, machte ich einen Schritt zurück. Ich durfte nicht so empfinden. Blake bemerkte, dass etwas in meinem Kopf vorging und griff nach meiner Hand, doch ich zog sie weg und machte einen weiteren Schritt zurück. Ich atmete tief ein, straffte meine Schultern und hielt ihm meine Hand hin, aber nicht, um sie zu nehmen, sondern um mich von ihm zu verabschieden. Blake legte den Kopf schief und ich sah Verwirrung in seinen Augen.

Er schob meine Hand weg. »Sag mir, was in deinem Kopf vorgeht, Midge.«

Ich schüttelte den Kopf. »Das kann ich nicht.«

Er kam mir näher und mein Herz raste.

»Weil ich sonst denke, dass du verrückt bist?«, fragte er leise.

Ich nickte kaum merklich. Blake machte einen Schritt auf mich zu und ich blickte zu ihm hoch. Er hob seine Hand und strich mir eine Haarsträhne hinter mein Ohr. Er blickte auf mich herab und seine Lippen waren leicht geöffnet. Tief sah er mir in die Augen und ich wusste, dass wir in dem Moment dasselbe wollten. Ich wollte es schon, seit dem Flug nach New York.

»Bring mich nicht in diese Lage«, flüsterte ich.

Blake ließ mit geschlossenen Augen den Kopf hängen, fuhr sich mit der Zunge über die Lippen und nickte. Er drehte sich weg und fuhr sich mit beiden Händen über das Gesicht, stützte sich dann mit einer Hand an seinem Auto ab und schien sich zu sammeln. Schließlich riss er die Tür auf, setzte sich in den Wagen und rauschte mit quietschenden Reifen davon.

Kapitel 11

Die nächsten drei Tage deckte ich mich mit Arbeit ein. Ich kontrollierte alles für die Hochzeit, hielt Rücksprache mit allen Beteiligten, ging jedes Detail noch einmal durch, damit Victorias perfektem Tag nichts im Weg stand. Damit ich den Tag überstehen und Blake aus dem Weg gehen konnte. Damit ich mich wieder auf Jackson und mich konzentrieren konnte.

Am vierten Tag klingelte mein Telefon und Victorias Name leuchtete auf dem Bildschirm auf.

»Hey«, begrüßte ich sie.

»Hey. Blake hat mich eben vom Flughafen abgeholt. Eigentlich wollte ich Jackson und dich zum Essen einladen, aber mir geht es nicht so gut. Wäre es ein Problem für dich vorbeizukommen?«, fragte Victoria mit heiserer Stimme.

»Nein, ich komme sofort vorbei.«

Sie bedankte sich und legte auf. Ich sammelte alle Unterlagen ein und schob sie in meine Tasche. Keine halbe Stunde später stand ich vor ihrer Tür, die Blake mir öffnete.

Ich begrüßte ihn knapp und ging an ihm vorbei, ohne ihn weiter zu beachten. Als hätte es den Moment, als wir kurz davor gewesen waren, uns zu küssen, nie gegeben.

Victoria saß mit einer Wolldecke auf dem Sofa. Ihr Gesicht war bleich, dunkle Schatten lagen unter ihren Augen und sie sah allgemein nicht fit aus. Ihr Hals schien leicht geschwollen und ich erinnerte mich daran, ähnlich ausgesehen zu haben, als ich vor Jahren eine Mandelentzündung gehabt hatte. Es war das erste Mal, dass ich sie ungestylt sah und das machte sie ein Stück menschlicher.

Ich begrüßte sie und setzte mich an das andere Ende des Sofas.

»Wie geht es dir?«, fragte ich.

»Beschissen«, antwortete sie, rieb sich dabei den Brustkorb und verzog das Gesicht.

»Kann ich dir irgendwie helfen? Brauchst du etwas? Ich kann dir eine kräftige Hühnersuppe kochen, die hilft mir immer, wenn ich krank bin.«

Victoria lachte auf. »Ach du meine Güte, langsam verstehe ich Jackson. Du kannst sogar kochen«, sagte sie in einem abschätzigen Ton und musterte mich mit gespitzten Lippen.

»Ich weiß nicht, ob man das als kochen durchgehen lassen kann«, antwortete ich trocken und fuhr fort. »Also wegen der Hochzeit, Blake und ich –«

»Miriam«, unterbrach sie mich.

Ich sah von meinen Unterlagen auf und Victoria begann kräftig zu husten. Blake hielt eine Tasse Tee in seinen Händen und strich sanft über ihren Rücken. Es war eine simple Geste und trotzdem löste es ein Gefühl in mir aus, das ich nicht empfinden durfte: Eifersucht. Was war verdammt noch mal mit mir los?

Nachdem Victoria sich wieder gefangen hatte, reichte er ihr die Tasse und sie nahm einen großen Schluck davon.

»Ich habe keine Bedenken, was deine Arbeit betrifft. Es geht darum, dass ich jemanden brauche, der das hier richten kann.« Sie machte mit ihrem Zeigefinger kreisende Bewegungen vor ihrem Gesicht.

»Ein Make-up-Artist wird am Tag der Hochzeit kommen, dich schminken und dir die Haare machen, darum habe ich mich bereits gekümmert. Was mir allerdings Sorgen bereitet, ist dein Gesundheitszustand. Warst du beim Arzt? Hat er dir etwas verschrieben?«

Victoria machte eine wegwerfende Handbewegung. »Mach dir um mich keine Sorgen.«

»Jeder macht sich um dich Sorgen«, warf Blake ein und ich konnte mich daran erinnern, dass er bereits vor Wochen gemeint hatte, dass sie zum Arzt gehen sollte.

»Das ist nur der Stress.«

Blake verdrehte die Augen und verschwand in die Küche.

»Ich hoffe, er hat dir die Planung nicht zu schwer gemacht«, sagte Victoria.

»Nein, er hat eher mich schwer gemacht. Ich habe in den

letzten Wochen bestimmt fünf Pfund zugenommen. Unsere Hauptnahrungsquelle waren Pommes und Burger.«

Mit einer Tasse in der Hand kam Blake zurück und reichte sie mir. Ich griff dankend danach und kurz berührten sich unsere Finger. Wir sahen uns in die Augen und auch wenn es nur eine Sekunde dauerte, fühlte es sich verkehrt an. Als wäre ein Blick oder eine zufällige Berührung mit ihm etwas Verbotenes.

»Er kann es sich ja leisten mit diesem Körper«, sagte Victoria und legte ihre Hand auf seinen Bauch, nachdem er sich neben sie gesetzt hatte. Blake verdrehte die Augen und drückte ihr einen Kuss auf den Scheitel, so wie er es vor einigen Tagen bei mir gemacht hatte.

»Das könntest du momentan auch gut gebrauchen.«

Ich spürte einen heftigen Stich in meiner Brust und fühlte mich fehl am Platz. Ich nahm einen Schluck vom Tee und blickte auf meine Unterlagen, um den vertrauten Moment nicht zu stören.

»Kommen wir nun zur Sache, warum du überhaupt hier bist«, sagte Victoria nun wieder an mich gerichtet. »Deine Entlohnung.«

»Wir können das nach der Hochzeit besprechen. Nach den Flitterwochen. Es hat keine Eile.«

»Doch, hat es«, sagte sie, griff nach ihrem Scheckbuch und begann zu schreiben. »Die Summe kannst du selbst ergänzen, sobald du die Gesamtkosten der Hochzeit hast. Dein Honorar für deine Arbeit sind zwanzig Prozent davon.«

Sie hielt mir den Scheck entgegen.

»Wow, Victoria, das ist echt verdammt großzügig«, sagte ich und fühlte mich unwohl dabei, so viel Geld anzunehmen. Normalerweise erhielt ich zwischen zehn und fünfzehn Prozent. Eigentlich dachte ich eher daran, weniger zu verlangen, da sie Jacksons Schwester war.

»Schätzchen, nimm das Geld und kauf dir etwas Schönes davon.« Missbilligend musterte sie mich von meinen Haaren, die ich zu einem unordentlichen Dutt gebunden hatte, bis zu meiner High-Waist-Mom-Jeans.

»Du bist jetzt mit Jackson zusammen, der Wert auf ein gepflegtes Äußeres und guten Modegeschmack legt.«

Fassungslos starrte ich sie an, unfähig, meine Empörung zu verbergen. Sofort fühlte ich mich elf Jahre in die Vergangenheit zurückgesetzt.

»Victoria«, mahnte Blake und legte eine Hand auf ihre Schulter.

»Schon verstanden«, sagte ich, griff nach dem Scheck und gab ihn in meinen Organizer. Den steckte ich in meine Tasche, stand auf und straffte meine Schultern.

»Wenn das alles war, dann werde ich jetzt gehen.«

»Das war alles.«

»Gut.«

Ohne mich zu verabschieden, lief ich aus der Wohnung, in der ich keine Sekunde länger sein wollte.

»Midge!«, rief Blake mir hinterher. An seinen Schritten auf dem Boden konnte ich hören, dass er mir folgte, aber ich dachte nicht daran, stehen zu bleiben. Kurz nach mir erreichte er den Aufzug und hielt die Türen offen, damit sie sich nicht schlossen.

»Sie meinte es nicht so. Du darfst das nicht persönlich nehmen.«

Ich lachte bitter. »Es ist traurig, dass du dieses Verhalten auch noch verteidigst. Ihr seid ein tolles Paar«, sagte ich ironisch.

Ich schob ihn ein Stück zurück und drückte den Knopf, damit sich die Türen endlich schlossen. Langsam gingen sie zu und ich konnte die Verzweiflung in Blakes Augen sehen.

Ich presste meine Lippen aufeinander und mein Kinn begann verräterisch zu vibrieren. Tränen stiegen mir in die Augen, die ich schnell wegwischte. Ich schluckte den Kloß hinunter, der sich in meinem Hals gebildet hatte.

Wieso arbeitete ich überhaupt für Victoria? Sie hatte sich kein bisschen verändert und war noch immer das gleiche verzogene Mädchen wie damals. Sie war unhöflich und wusste nicht, wenn man besser den Mund halten sollte. *Gepflegtes Äußeres*. Ich schnaubte. Mein Äußeres war gepflegt, nur verzichtete ich im Gegensatz zu ihr auf künstliche Fingernägel und ein Kilo Make-up. Ich war in der Lage, meine Haare selbst zu waschen und benötigte dafür nicht zwei Mal in der Woche einen Frisör. Ich konnte sie mir sogar ganz ohne Hilfe zusammenbinden und zu einem Zopf flechten. Und wenn ich wollte, konnte ich mir davor eine verdammte Hühnersuppe machen.

Um runterzukommen, lief ich den Weg zu Fuß nach Hause. In meinem Kopf herrschte ein völliges Durcheinander und ich war kurz davor durchzudrehen. Mehr noch als Victorias Verhalten hatte mich Blakes gestört. Nicht, dass er sie verteidigt hatte, sondern wie ich mich dabei gefühlt hatte, als er sie berührt hatte. War ich drauf und dran, mich in den Falschen zu verlieben? War es womöglich schon zu spät? Sofort bekam ich Panik bei diesem Gedanken. Nein, Blake war nur ein Freund. Wir hatten viel Zeit verbracht in den letzten Wochen, das war alles.

Im Appartement angekommen, nahm ich eine Flasche Wein aus dem Kühlschrank, setzte mich damit in den begehbaren Kleiderschrank und trank daraus, während ich die Kleider anstarrte, die Jackson mir gekauft hatte.

Bald würde das hier alles vorbei sein. Blake würde Victoria heiraten und ich war die Frau an Jacksons Seite. Aber ich würde nicht die Frau an seiner Seite sein, die sich veränderte, nur um ihm zu gefallen. Ich war mehr als diese Designerklamotten.

Nachdem ich die Flasche geleert hatte, zog ich eines meiner Lieblingskleider an. Es war ein geblümtes Herbstkleid mit einem Volantkragen. Am Ende des tiefen V-Ausschnitts befand sich eine Knopfleiste. Auf der Rückseite war eine schmale Zierschleife. Dazu wählte ich ein beiges Paar High Heels Sandaletten mit Blockabsatz.

Danach nahm ich mir ein Taxi und fuhr zu Jackson ins Büro.

Die Aufzugtüren öffneten sich und Olivia blickte mir entgegen.

Leicht wankend ging ich auf sie zu und hob meinen Zeigefinger. »Sagen Sie mir jetzt nicht, dass er in einer Besprechung ist«, faselte ich und warf ihr einen mahnenden Blick zu.

»Sind Sie betrunken?«, fragte sie entsetzt und stand auf.

»Nein!«, entgegnete ich.

»Ich werde Mr Butler sagen, dass Sie hier sind.«

»Dankeschön.«

Hastig tippte sie auf ihrem Telefon herum, nachdem sie den Hörer an ihr Ohr gelegt hatte.

»Mr Butler, Miss Heywood ist hier«, sagte sie. »Und ich denke, sie ist betrunken«, fügte sie flüsternd hinzu.

»Ich kann Sie hören«, sagte ich und stieß die Luft aus.

Sie legte auf und schenkte mir ein unsicheres Lächeln. »Sie können zu ihm.«

»Schön«, antwortete ich und lief wankend zu Jacksons Büro. Nach einer Flasche Wein in mörderisch hohen High Heels zu laufen, war nicht unbedingt meine beste Disziplin.

Als ich Jacksons Büro betrat, saß er am Schreibtisch und ein prüfender Ausdruck lag in seinen Augen.

»Was tust du hier?«

»Ich hatte Sehnsucht«, sagte ich, stützte mich auf den Armlehnen seines Bürostuhls ab und beugte mich über ihn. An der Krawatte zog ich ihn näher an mich und drückte meine Lippen auf seine.

»Wieso hast du getrunken? Gibt es etwas zu feiern?«

»Was würdest du davon halten, wenn du heute früher Schluss machst und wir einen Spaziergang durch den Central Park machen?«, schlug ich vor und ging dabei seiner Frage aus dem Weg.

»Ich denke nicht, dass du die richtigen Schuhe für einen Spaziergang anhast, meine Schöne«, sagte er und deutete auf meine High Heels.

»Sehen wir uns morgen die Freiheitsstatue an?«

Er legte seine Finger unter mein Kinn und hob es leicht an. »Du weißt, dass ich arbeiten muss.«

»Können wir dann am Wochenende wenigstens in ein Museum gehen?« Ich zog meine Mundwinkel nach unten und sah ihn mit meinem besten Dackelblick an.

»Baby, was wird das?«, fragte er und zog mich auf seinen Schoß.

»Ich versuche herauszufinden, wann du endlich mal Zeit hast für mich.«

Mit seinen Fingerspitzen befreite er meinen Hals von meinen Haaren und rieb seine Nase daran. »Wir können morgen Mittag essen gehen.«

Ich verdrehte genervt die Augen. »Jackson, ich möchte dich nicht immer nur in deiner Mittagspause sehen.«

»Du siehst mich auch nachts«, hauchte er an meinem Ohr.

Ich legte den Kopf schief. »Du weißt, was ich meine.«

»Mein aktueller Fall ist wichtig.«

»Das ist doch jeder. Bin ich es nicht?«, fragte ich und streichelte über seinen Bart.

»Natürlich«, antwortete er und legte seine Lippen für einen schnellen Kuss auf meine. »Ich werde sehen, dass ich die Woche mal einige Stunden früher wegkann.«

»Danke«, gab ich knapp von mir, während Jackson seine Nase in meinen Haaren vergrub und seine Hand in meinen Schoß gleiten ließ. Als seine Finger über meinen Slip streichelten und Jackson begann, mich zu massieren, schloss ich meine Augen und gab mich dem Moment hin. Ich kaute auf meinen Lippen, um nicht aufzustöhnen. Geschickt schob er den Slip beiseite und drang mit seinen Fingern in mich ein. Mein Atem stockte für einen Moment, dann ließ ich meinen Kopf seitlich an seine Schulter fallen und bäumte mich seiner Hand entgegen. Ich bettelte förmlich um Erlösung. Der Nervenkitzel, von Olivia erwischt zu werden, katapultierte mich auf eine neue Ebene. Fast wünschte ich es mir. Dann krallte ich mich in seine Oberschenkel und ließ mich fallen, als der Orgasmus mich heftig überrollte.

»Das solltest du nicht sehen«, sagte Jackson trocken und ich schlug irritiert die Augen auf. Blake stand im Türrahmen. Seit wann war er hier und wie war er an Olivia vorbeigekommen?

In seinen Augen lag ein Ausdruck, den ich nicht deuten konnte, aber das war mir egal, denn ich konnte mir vorstellen, was in meinen Augen zu sehen war. Panik und vor allem Scham.

Sofort presste ich meine Beine zusammen, zog mir das Kleid hinunter und stand auf. Ich schnappte mir meine

Tasche und schob mich an Blake vorbei, ohne mich bei ihm oder Jackson zu verabschieden.

»Was willst du hier?«, hörte ich Jackson noch sagen.

Ich stieg in den Aufzug und als sich die Türen schlossen, schob sich eine Hand dazwischen. Blake betrat den Aufzug. Sprachlos standen wir nebeneinander und der Aufzug schien sich langsamer als sonst zu bewegen.

In einer der unteren Etagen drückte Blake einen Knopf. Der Aufzug hielt an und ein rotes Licht leuchtete auf.

»Wir müssen darüber sprechen«, sagte Blake und drehte sich zu mir.

»Wir müssen über gar nichts sprechen«, blaffte ich. »Wolltest du nicht eben noch zu Jackson?«

»Das kann warten. Liebst du ihn?«

»Ich werde mit dir nicht über Jackson sprechen. Und jetzt bring den Fahrstuhl wieder zum Laufen.«

»Hat er dir irgendetwas zu bieten, außer deinen nächsten Orgasmus?«

Ich spürte, wie mir die Hitze in die Wangen schoss.

»Er interessiert sich nur für sich selbst.«

Ich sah Blake in die Augen und schluckte hart. Er sprach das aus, was ich seit Wochen dachte. Aber warum wollte er dann, dass ich bleibe? Blake musste falsch liegen und ich ebenso.

»Sag etwas!«, rief er wütend.

»Warum ist es dir so wichtig?«, gab ich grob zurück. »Du warst einfach ein Pilot in einem verfluchten Flugzeug!

Warum konntest du das nicht bleiben? Warum kann es dir nicht scheißegal sein, was ich mit meinem Leben mache und mit wem ich es verbringe? Es ist *mein* Leben.«

Blake sah mich an und ich wusste, dass ich ihn mit meinen Worten verletzt hatte.

»Ich wünsche mir auch, dass du einfach die Midge aus dem Flugzeug geblieben wärst. So könnte ich daran glauben, dass sie ihren Traum nicht aufgegeben hat und weiter nach ihrer wahren Liebe sucht. Sich nicht in die nächste Beziehung stürzt, die sie nicht glücklich macht. Ich wünschte, diese Frau wärst du geblieben, denn sie gab auch mir Hoffnung, dass es so etwas wie die wahre Liebe gibt.«

»Ich würde sagen, in deinem Fall ist es zu spät«, sagte ich trocken und Blake antwortete nicht darauf. Stattdessen drückte er den Knopf. Der Aufzug setzte sich wieder in Bewegung und als sich die Türen das nächste Mal öffneten, stürmte er hinaus.

Kapitel 12

Der Tag der Hochzeit rückte schneller näher, als mir lieb war. Heute fand die Generalprobe statt und Victoria würde sehen, was wir geplant hatten.

Ich war unglaublich aufgeregt. Eigentlich konnte es mir egal sein, ob Victoria zufrieden war oder nicht, aber leider wollte ich jeder meiner Kundinnen den schönsten Tag ihres Lebens bereiten und somit auch ihr. Das allerdings war nicht der einzige Grund, weshalb ich aufgeregt war, ein weiterer war, dass ich heute Blake wiedertreffen würde. Nach dem Vorfall im Aufzug wäre ich ihm am liebsten nachgelaufen und hätte mich entschuldigt. Aber ich wusste, wenn ich es getan hätte, hätte ich für nichts garantieren können. Eines hatte ich seit meinem einundzwanzigsten Geburtstag gelernt: Wenn ich zu viel Alkohol trank, war ich unberechenbar. Also hatte ich ihm nur hinterhergesehen, als er davongelaufen war und hatte den heftigen Schmerz in meiner Brust ignoriert.

Als Jackson und ich im 620 Loft & Garden ankamen, schnappte ich mir am Empfang ein Glas Prosecco, um meine Nerven zu beruhigen.

Am anderen Ende des Raums entdeckte ich Blake und Victoria, die sich mit dem Pfarrer unterhielten. Das Blumenmädchen und die Ringträgerin, Töchter von Blakes Cousine, liefen herum und spielten Fangen. Ethan kam eben aus der Toilette und hob seine Hand zur Begrüßung.

»Hey, ihr beiden«, sagte er und in den Augenwinkeln bemerkte ich, dass Blakes Aufmerksamkeit nun uns galt.

»Hey, Ethan, schön dich zu sehen«, antwortete ich, als er auf uns zukam. Ich entschuldigte mich bei Jackson und Ethan und ging durch den Raum, um sicherzugehen, dass alle anwesend waren, die ich für heute herbestellt hatte.

»Miriam!«, hörte ich Victoria hinter mir. Ich drehte mich herum und sah wie sie auf mich zustöckelte.

»Was kann ich für dich tun?«, fragte ich, als sie vor mir zum Stehen kam. Ihr Atem ging schwer und sie brauchte ein paar Sekunden, um Luft zu holen, obwohl es nur eine kurze Distanz vom Ende des Raums bis hierhin gewesen war.

»Mir ist heute Morgen meine Trauzeugin abgesprungen«, sagte sie mit heiserer Stimme.

»Was?«, fragte ich entsetzt.

»Würdest du meine Trauzeugin sein?«

»Natürlich, kein Problem.« Denn was hatte ich für eine andere Wahl?

Ohne Vorwarnung zog sie mich in eine Umarmung und

ich tätschelte leicht ihren Rücken, dabei spürte ich ihre Wirbelsäule. Sie hatte merklich abgenommen. Ihre Augen wirkten müde, aber glücklich, als sie sich aus der Umarmung löste. Im nächsten Moment begann sie zu husten. Es fühlte sich an wie eine Ewigkeit, bis sie sich davon erholte. Ich sah über ihre Schulter zu Blake und Jackson und beide blickten besorgt in unsere Richtung.

»Du solltest dringend zu einem Arzt. Ich will nicht unhöflich sein, aber du siehst nicht gut aus und du hörst dich nicht gut an.«

»Es kann losgehen!«, rief sie in den Raum und ignorierte, was ich gesagt hatte.

Alle Anwesenden stellten sich auf ihre Position. Blake stand vorne am Altar und hatte die Finger vor seinem Körper ineinander verschränkt. Ich gab dem Pianisten ein Zeichen, worauf er zu spielen begann.

Dann atmete ich tief durch und schritt den Gang entlang. Der Weg kam mir unendlich lange vor, was vermutlich daran lag, dass Blake am Ende stand. Ich wich seinem Blick aus und sah starr gerade aus.

Vorne angekommen, stellte ich mich auf die andere Seite des Altars. Und dann kam Victoria. Anstelle ihres Vaters führte Jackson sie zum Altar.

Bis heute hatte ihr Vater mir weder zu- oder abgesagt. Ihre Augen leuchteten, als sie sich umsah. Sie musterte die Location und strahlte, als sie die St. Patricks Cathedral im Hintergrund hochragen sah. Sie formte ein lautloses »Dankeschön«

in meine Richtung und das war die größte Freude, die sie mir machen konnte.

Jackson überreichte Blake die Braut und als sie sich dem Pfarrer zuwandten, sah er mir für einen Moment in die Augen. Dann richtete er seinen Blick auf den Altar. Von der Seite konnte ich sehen, wie seine Brauen sich zusammenzogen. Er drehte sich zu Victoria, griff mit einer Hand nach ihrer, die andere drückte seine Nasenwurzel, bevor er ihr direkt in die Augen sah.

»Victoria, tut mir leid, aber ich kann dich nicht heiraten.«

Plötzlich herrschte eine Totenstille und es fühlte sich an, als würde die Zeit stehen blieben.

Ohne zu zögern flüchtete Blake und die restlichen Anwesenden begannen heftig zu tuscheln.

Mein Herz überschlug sich und für den Bruchteil einer Sekunde war ich erleichtert über Blakes Entscheidung. Entsetzt über den Gedanken, schüttelte ich meinen Kopf. Nein, nein, das lief absolut nicht nach Plan. Ich bemerkte, wie Victoria Blake hinterhersah. Schnell machte ich einen Schritt auf sie zu und legte meine Hände auf ihre Schultern. Hilflos und mit Tränen in den Augen sah sie mich an.

»Ich werde mich darum kümmern«, sagte ich, um sie zu beruhigen. Dann folgte ich Blake.

Ich rief seinen Namen, doch er rannte weiter und verschwand hinter der Tür, die ins Stiegenhaus führte.

Ich riss sie auf und hörte, wie er die Treppen hinunterlief. »Blake, bleib bitte stehen!«, flehte ich, als ich über das

Treppengeländer in die Tiefe blickte und ihn zwei Stockwerke weiter unten entdeckte. Endlich machte er Halt und aus Angst, er würde weiterlaufen, raste ich die Treppen, so schnell ich konnte, hinunter.

»Was sollte das?«, fragte ich, als ich die letzten Stufen hinabstieg.

Aufgebracht lief Blake im Zwischenstock hin und her. Dann drehte er sich zu mir herum, sah mich an und mit einem entschlossenen Ausdruck in den Augen kam er auf mich zugelaufen. Eine Stufe unter mir blieb er stehen. Er nahm mein Gesicht in seine Hände und presste seine Lippen hart auf meine.

Für einige Sekunden ließ ich mich von dem Gefühl überwältigen, legte meine Hand in seinen Nacken und spürte sein kurzes weiches Haar unter meinen Fingern. So lange hatte ich mich danach gesehnt, diese Lippen auf meinen zu spüren. Plötzlich wurde mir klar, was ich gerade tat. Unsanft stieß ich ihn von mir und starrte ihn entsetzt an.

»Was haben wir nur gemacht?«, fragte ich panisch.

»Sag, dass du nichts für mich empfindest. Sag, dass du dabei nichts gefühlt hast.«

»Ich liebe Jackson.«

»Bullshit!«, rief er und raufte sich die Haare. Aufgebracht lief er erneut auf und ab.

»Du wirst da jetzt wieder raufgehen und Victoria sagen, dass du sie heiraten wirst. Du wirst dich entschuldigen und ihr erklären, dass du einfach nervös bist.«

Er kam noch einmal auf mich zu und ich stieg rückwärts zwei Stufen höher.

»Denkst du, ich wollte Gefühle für dich entwickeln? Nein! Aber es ist so.«

»Sei still«, zischte ich. »Jemand könnte uns hören.«

Blake lachte, als wäre es ihm ohnehin egal, seine Zukunft mit Victoria aufzugeben. »Du bist so darauf eingefahren, dass Jackson der einzig Wahre ist, dass du das Offensichtliche komplett ignorierst.«

»Und was ist deiner Meinung nach, das Offensichtliche?«, fragte ich aufgebracht und warf die Hände in die Luft.

»Ich bin es!«

Ich schüttelte energisch den Kopf. »Nein, Blake! Du bist derjenige, der morgen am Ende des verdammten Ganges steht und auf seine Braut wartet.«

Er kam auf mich zu und griff nach meiner Hand, doch ich zog sie weg.

»Lass uns die Hochzeit absagen und abhauen«, sagte er sanft.

»Nein, du wirst morgen Victoria heiraten und ich werde aus eurem Leben verschwinden.«

»Ich dachte, dass ich glücklich wäre. Ich dachte, dass ich Victoria wirklich liebe. Und dann habe ich gehört, wie du von wahrer Liebe gesprochen hast und ich wusste, das war es nicht. Aber ich habe es gefühlt – immer wenn ich mit dir zusammen war. Ich habe mich schon im Flugzeug zu dir hingezogen gefühlt.«

Tränen bildeten sich in meinen Augenwinkeln.

Ich wünschte, ich könnte ihn erneut küssen, seine Hand nehmen und mit ihm abhauen, so wie er es vorgeschlagen hatte. So weit weg von hier wie nur möglich. Alles hier hinter uns lassen. Ich hatte versucht, die Gefühle für Blake zu ignorieren, doch sie waren da. Gleichzeitig hatte ich auch Gefühle für Jackson. Ich gehörte zu ihm, so wie Blake zu Victoria.

»Ich empfinde nichts für dich«, log ich, ohne mit der Wimper zu zucken.

Er zog seine dichten Brauen zusammen und stemmte seine Fäuste auf seine Hüfte. »Das glaube ich dir nicht.«

»Ich bin wegen Jackson hier und es hat sich nichts geändert.« Ich ging einige Stufen hoch, sah noch mal kurz zurück. »Oben wartet deine Braut auf dich. Eine Frau, die dich liebt. Mach keinen Fehler.«

Blake legte sich verzweifelt die Hand vor die Augen.

»Du wirst morgen da sein«, sagte ich nachdrücklich und ließ ihn dann allein.

Nachdem ich mehrere Stockwerke hochgegangen war, holte ich tief Luft. Es kostete mich so viel Kraft, Blake anzulügen. Doch ich konnte ihm nicht die Wahrheit sagen. Es würde alles nur komplizierter machen. Jackson würde mir das niemals verzeihen. *Ich* würde mir das niemals verzeihen. Ich würde meinen guten Ruf als Hochzeitsplanerin verlieren. Vielleicht würde ich nie wieder einen Auftrag bekommen. Für Blake und mich gab es keine Zukunft.

Als ich die fünfundsechzigste Etage erreichte, kam mir Victoria entgegen. In ihren Augen standen noch immer Tränen und sie sah mich erwartungsvoll an.

»Er wird morgen kommen. Er wird am Altar stehen und auf dich warten. Er war einfach nur furchtbar aufgeregt«, versuchte ich ihr gut zuzureden und hoffte, dass ich recht behalten würde.

Victoria schluchzte und fiel mir um den Hals. Blake musste einfach kommen.

Die ganze Nacht wälzte ich mich schlaflos hin und her. Ich versuchte, an etwas anderes zu denken, als daran, dass Blake morgen heiraten würde. Wenn er denn kommen würde.

Um vier Uhr morgens stand ich auf und deaktivierte meinen Wecker, bevor er überhaupt zu läuten begonnen hatte, da ich ohnehin kein Auge zutat.

Um Jackson nicht zu wecken, schlich ich auf Zehenspitzen ins Badezimmer, um zu duschen, und während warme Wasserstrahlen auf meine Haut prasselten, ging ich den Ablauf der Hochzeit noch einmal gedanklich durch. Immer wieder erwischte ich mich dabei, wie meine Gedanken abdrifteten. Ich dachte daran zurück, als ich zum ersten Mal Blakes Stimme gehört und seine Hand auf meiner gespürt hatte. Wie seine Worte mich beruhigt und mir das Gefühl von Sicherheit gegeben hatten. Ich hatte ihm vertraut, ab dem ersten Moment an. Mittlerweile fühlte es sich an, als wäre das alles eine Ewigkeit her. Als wäre es ein anderes

Leben gewesen. Ich dachte daran zurück, wie er mit dem Taxi davongefahren war und ich nicht gewusst hatte, ob ich ihn je wiedersehen würde.

»Auf wiedersehen«, hatte er gesagt, als hätte er es gespürt, dass wir uns noch einmal treffen würden. Zu diesem Zeitpunkt war ich mir so sicher gewesen, Jackson wäre meine wahre Liebe. Aber vielleicht wäre er es bloß in einem anderen Leben. In einem, in dem er kein Rechtsanwalt war und weniger auf seine Arbeit und mehr auf alles andere gab. Ich hatte mir eine Illusion aus Erinnerungen geschaffen, doch damit hatte die Realität nichts zu tun. Jackson war nicht derselbe wie früher, genauso wenig wie ich. Wir waren erwachsen geworden und das Leben hatte uns geprägt. Wir waren nicht mehr jung und unbeschwert. Er war gefühlskalt und emotionslos geworden, so wie sein Vater. Er drückte seine Gefühle mit Sex aus, nicht mit Worten.

Ich lockte mein Haar, trug Lidschatten und dezenten Lippenstift auf. Dann zog ich mir das Kleid an, das Blake für mich ausgesucht hatte. Seufzend wandte ich mich vom Spiegel ab. Jackson lag noch immer seelenruhig im Bett und schlief. Mit meinen Pumps in der Hand tapste ich aus dem Schlafzimmer. Vor der Tür schlüpfte ich hinein, griff nach dem Organizer und machte mich auf den Weg zu Victoria.

»Die Stylistin hat abgesagt«, sagte sie panisch, als sie die Wohnungstür aufriss. »Ich kann nicht heiraten. Sieh mich an, wenn Blake mich so sieht, dreht er sich um und geht.«

Ich schob Victoria sanft in die Wohnung und legte meine Sachen auf dem Sofa ab.

»Beruhig dich. Wir werden das hinbekommen. Sieh mich an«, sagte ich und drückte leicht ihre Schulter, um sie zu beruhigen. »Wir schaffen das. Du bist wunderschön und du wirst noch schöner aussehen, wenn wir mit dir fertig sind.«

Victoria warf die Hände in die Luft und ließ sich auf das Sofa fallen. »Wie kannst du so ruhig sein?«

»Irgendeine von uns muss es ja sein«, antwortete ich lächelnd und musste sofort an Ally denken. Wehmut machte sich in mir breit. In den letzten Tagen waren unsere Telefonate weniger geworden und ich vermisste sie unglaublich.

»Midge?«, riss mich Victoria aus meinen Gedanken und meine Aufmerksamkeit galt wieder ihr.

»Wo hast du deine Kosmetik?«

»Badezimmerschrank. Zweites Regal.«

»Ich hole sie und du bleibst in der Zwischenzeit sitzen, okay?«

Victoria nickte und kaute nervös auf ihren Lippen.

Bevor ich ins Badezimmer ging, machte ich jedoch einen Abstecher zum Kühlschrank, nahm eine Flasche Champagner heraus, ließ den Korken knallen und befüllte uns zwei Gläser. Eines davon reichte ich Victoria, als ich zu ihr zurückkam. »Zur Beruhigung.«

Victoria setzte das Glas an und leerte es in nur zwei Zügen. Ich starrte sie mit großen Augen an. »Okay, das nächste solltest du langsamer trinken, wenn du es auf deine eigene

Hochzeit schaffen willst«, sagte ich lachend und ging ins Badezimmer. Ich öffnete den Schrank und entdeckte Victorias Kosmetika, doch etwas anderes erregte meine Aufmerksamkeit. Blakes Aftershave.

Ich nahm es heraus und hielt es mir unter die Nase. Sofort spürte ich wieder seine Lippen auf meinen, hörte sein Lachen und fühlte seine warme Hand auf meiner.

»Hast du sie gefunden?«, rief Victoria und ich zuckte zusammen. Beinahe hätte ich das Fläschchen fallen gelassen. Schnell stellte ich es wieder in den Schrank.

Ich nahm alles an Kosmetika mit, von der ich dachte, sie gebrauchen zu können, und ging damit zurück ins Wohnzimmer.

»Alles gefunden«, antwortete ich und setzte mich auf den Tisch gegenüber vom Sofa.

Keine halbe Stunde später hielt ich ihr den Spiegel vors Gesicht, sodass sie mein Werk begutachten konnte.

»Wow«, sagte sie beeindruckt und musterte sich genau. »Und du hast da nur meine Produkte verwendet?«

Ich nickte.

»Du bist echt talentiert.«

Ich schüttelte den Kopf. »Ich habe eine Ausbildung zur Visagistin gemacht, doch Hochzeiten planen hat mir mehr Spaß gemacht.«

Sie legte ihre Hand auf meine. »Was würde ich nur ohne dich tun?«

»Du hättest eine andere Hochzeitsplanerin.«

Victoria streckte die Zunge raus und ich musste über dieses kindliche Verhalten lachen. So etwas war ich von ihr nicht gewohnt. Vermutlich kannte ich sie nicht mal ansatzweise so, wie sie wirklich war. Wenn Blake sich damals in sie verliebt hatte und heiraten wollte, musste sie ein liebenswerter Mensch sein.

»Und nun kümmern wir uns um dieses Nest«, sagte ich und wuschelte ihr durchs Haar.

Victoria lachte und begann unterdessen zu husten. Sie griff nach einem Taschentuch, hielt es sich vor den Mund und legte sich die Hand an die Brust, bis der Husten abklang.

»Soll ich dir einen Tee kochen?«, fragte ich besorgt.

»Nein, es ist alles in Ordnung.« Sie zerknüllte das Taschentuch und ihre Mundwinkel hoben sich leicht.

»Wenn ich dir helfen kann, lass es mich wissen.«

Mit Vorsicht bürstete ich ihr Haar.

»Du bist so nett zu mir, obwohl ich so schreckliche Dinge zu dir gesagt habe. Es tut mir leid. Das von damals und das von neulich.«

»Wirst du jetzt sentimental?«, fragte ich und schenkte ihr ein versöhnliches Lächeln. Es überraschte mich, dass sie sich dazu überwinden konnte, sich bei mir zu entschuldigen. Vermutlich würde ich Victoria nie verstehen, sie hatte ihre eigene verdrehte Art.

Während ich ihr Haar glättete, war sie in ihren Gedanken versunken. Sie schien nicht mehr ganz so nervös, was bestimmt an dem Glas Schampus lag.

»Fertig«, verkündete ich, als ich die letzte Haarklammer im eleganten Low-Bun befestigt hatte und stolz das Ergebnis betrachtete.

»Ich werde sterben«, wisperte Victoria, den Blick auf ihre Hände gerichtet, während ich ihre Frisur mit Haarspray fixierte.

»Ach was, es ist normal, dass du aufgeregt bist. Heute ist dein großer Tag.« Ich streichelte ihr über den Oberarm, um sie zu beruhigen. »Du schaffst das schon.«

Victorias Schultern hoben sich, bevor sie nach vorne zusammensackten. »Nein, Miriam, ich werde wirklich sterben.«

Sie öffnete das Taschentuch, in das sie vor wenigen Minuten gehustet hatte. Mehrere Blutstropfen waren darauf zu sehen. Sprachlos starrte ich es an und versuchte, mir einen Reim daraus zu machen.

»Ich habe Lungenkrebs«, sagte sie mit belegter Stimme.

Vom Taschentuch sah ich hoch zu ihren geröteten Augen und erkannte Angst darin.

Ungläubig schüttelte ich den Kopf. »Nein, das kann nicht sein«, gab ich tonlos von mir.

Victoria zuckte mit den Schultern. Ihre Mundwinkel zogen sich verräterisch nach unten und ihr Kinn bebte.

Meine Beine gaben unter mir nach, da sie mich nicht länger tragen wollten, und ich ließ mich auf das Sofa fallen.

»Da muss man doch was machen können. Die können dich nicht einfach so ...«

Sie presste ihre Lippen aufeinander und legte den Kopf schief. »Es ist zu spät.«

»Seit wann weißt du davon?«, fragte ich und versuchte, den dicken Kloß, der sich in meinem Hals gebildet hatte, hinunterzuschlucken. Ich kämpfte gegen Tränen an, die sich ihren Weg an die Oberfläche bahnten.

Victoria richtete ihren Blick auf ihre Hände. »Seit drei Monaten. Ich bin wegen Halsschmerzen zum Arzt gegangen. Er hat mir Antibiotika verschrieben, doch das hat nicht geholfen. Danach wurde ich zu einem Spezialisten geschickt und dieser hat mich umgehend ins Krankenhaus verwiesen. Dort wurden unzählige Tests gemacht und dann erhielt ich meine Diagnose. Lungenkrebs im Endstadium.« Victoria stockte und atmete tief durch, ums sich zu sammeln. »Sie gaben mir zwei bis drei Monate. Mit Therapien etwas länger.«

Bestürzt legte ich mir meine Hand vor den Mund. Mein Magen zog sich schmerzend zusammen und ich schüttelte den Kopf, weil nichts davon Sinn ergab. Heute war ihre Hochzeit und in wenigen Tagen, Wochen oder Monaten sollte sie bereits sterben? Meine Hände zitterten und mein Atem ging unregelmäßig.

»Ich war in einer Spezialklinik in der Schweiz, aber es hat nichts gebracht. Der Krebs hat noch mehr gestreut, mein Körper ist voll mit Metastasen.«

»Victoria.« Ich streichelte ihr über den Arm. Tränen perlten uns über die Wangen und ich zog sie in meine Arme.

»Dann warst du gar nicht auf Dienstreise?«

Victoria schüttelte ihren Kopf. »Nein«, schluchzte sie.

»Ich ruiniere das ganze Make-up«, sagte sie und lachte bitter.

Mit einem Taschentuch tupfte ich ihr die Nässe von den Wangen. »Es ist okay, das bekommen wir wieder hin.«

Wir hörten einen Schlüssel im Schloss und Victoria wischte sich schnell die neuen Tränen fort.

Blake betrat die Wohnung. Als er bemerkte, dass wir ihn beide stumm ansahen, sah er skeptisch zwischen ihr und mir hin und her.

»Oh, Baby.« Victoria stand auf, lief auf ihn zu und schlang ihre schlanken Arme um ihn.

Schnell wandte ich mich ab und beseitigte das Chaos, das ich verursacht hatte. Die beiden flüsterten miteinander und als Blake mich ansah, fühlte ich mich fehl am Platz. Ich schnappte mir Victorias Kosmetika und trug sie zurück ins Badezimmer. Als ich zurückkam, lief Blake mit seinem Anzug aus dem Schlafzimmer. Er küsste Victoria zum Abschied und warf die Tür hinter sich ins Schloss.

»Er hat sich entschuldigt für gestern«, sagte sie und wirkte nicht nur erleichtert, sondern glücklich. Das Leuchten in ihren Augen war zurück.

»Das ist toll«, antwortete ich und streichelte über ihren Arm. Dann folgte der nächste Hustenanfall. Es hörte sich schrecklich an und dauerte länger als der letzte. Ihre Brauen verzogen sich, als sie sich die Hand auf den Brustkorb hielt und ich begriff, dass sie unheimliche Schmerzen haben musste.

»Sag bitte nichts zu Blake«, bat sie mich, nachdem sie sich über den Mund wischte. In meinem Kopf ratterte es. Warum sollte ich ihn darauf ansprechen, dass er sich bei ihr entschuldigt hatte? Das ergab überhaupt keinen Sinn. Plötzlich schossen mir Blakes Worte durch den Kopf. : *»Sie ist genauso wie Jackson, was die Arbeit betrifft.«*

Blake dachte vermutlich wie ich, Victoria war zum Arbeiten in der Schweiz gewesen. Oder hatte er mir das nur vorgespielt? Aber wieso hatte er dann so wütend reagiert? Es gab nur eine logische Erklärung, doch das konnte unmöglich sein.

»Blake weiß es nicht?«, fragte ich vorsichtig und hoffte, etwas falsch verstanden zu haben. Sie schüttelte leicht den Kopf.

»Du wirst ihn heute heiraten und er weiß nicht, dass du krank bist?«, fragte ich entsetzt.

»Man kann nichts an der Tatsache ändern, dass ich sterben werde, aber Blake könnte seine Meinung ändern«, rechtfertigte sie sich.

»Das ist sein gutes Recht!«, platzte es aus mir heraus und ich fühlte mich sofort schlecht.

»Miriam, mein größter Traum war es immer zu heiraten. Schon als kleines Mädchen träumte ich von meiner eigenen Hochzeit. Ich würde ein umwerfendes Kleid tragen und wunderschön aussehen. Mein Zukünftiger und ich würden in einer Pferdekutsche sitzen und alle Menschen, die ich liebe, würden da sein. Meine Mom ist gestorben, als ich ein Kind war. All die Jahre hatte ich gehofft, dass mein Vater Blake früher oder später doch akzeptieren würde, aber das ist nicht passiert. Und dann wurde ich krank. Also was bleibt noch? Ich will mir diesen Traum erfüllen, bevor ich gehe. Verstehst du das denn nicht? Ich will ein kleines Stück Normalität in meiner nicht mehr normalen Welt.«

Aufgewühlt lief ich durch den Raum. Plötzlich schoss mir ein Gedanke durch den Kopf. Abrupt blieb ich stehen.

»Weiß Jackson davon?«

»Ja, er weiß es.« Erleichtert stieß ich die Luft aus. Gleichzeitig durchflutete mich Wut, weil er es mir verschwiegen hatte. Was dachte er, wie lange er es mir noch hätte verheimlichen können?

»Bitte, Miriam«, flehte Victoria. Auch wenn ich es kaum aushielt zu wissen, dass Blake nicht Bescheid wusste, war es nicht meine Aufgabe, es ihm zu sagen. Das musste Victoria machen.

»Ich werde nichts sagen.«

Victoria sah in ihrem Brautkleid atemberaubend schön aus und ich hätte mir kein passenderes für sie vorstellen können. Die Farbe war klassisch weiß. Der Rock bestand aus weich fließendem Soft-Tüll, das Oberteil aus Spitze. Es hatte schmale Träger und einen V-Ausschnitt, der nicht zu viel preisgab.

An ihren herausstehenden Schulterknochen konnte man erkennen, dass sie abgenommen hatte. Zuerst hatte ich gedacht, das lag an der Hochzeit. Immerhin wollten die meisten Bräute davor noch einige Pfunde verlieren. Doch nun war mir klar, dass die Krankheit an ihr zehrte.

»Du siehst umwerfend aus«, sagte ich zu ihr.

Victoria lächelte und ihre Wangen färbten sich zartrosa. »Du musst immer an meiner Seite sein. Du weißt schon, wegen der Taschentücher.«

Ich nickte. Blake durfte es nicht mitbekommen, sollte sie während der Trauung einen Hustenanfall bekommen und Blut spucken.

Eine halbe Stunde später wurden wir von einem Fahrer abgeholt und zum Rockefeller Center gefahren.

Die Hochzeitsgesellschaft war bereits anwesend und mit Champagner empfangen worden. Victoria kaute nervös auf ihrer Unterlippe, als wir mit dem Aufzug in die höchste Etage fuhren. Ich war versucht, ihre Hand zu nehmen, als Zeichen dafür, dass sie da nicht allein rausmusste, und dass ich nicht von ihrer Seite weichen würde, doch ich tat es nicht. Ich wäre mir vorgekommen wie eine Heuchlerin, als hätte die Tatsache, dass sie sterben würde, alles geändert.

Ich atmete tief durch. Es hatte alles geändert. Ich würde Victoria nie ganz ergründen, doch nun konnte ich sie in gewisser Hinsicht verstehen.

In dem Moment, in dem ich mich dazu entschied, ihre Hand zu nehmen, öffneten sich die Türen und Jackson stand uns gegenüber. Sein ernster Blick erhellte sich, als er Victoria sah und ein seltenes Strahlen lag auf seinem Gesicht.

Sie lief auf ihn zu und er drückte sie fest an sich, als sie ihm um den Hals flog.

Sanft streichelte er ihr über den Rücken und die Geste nahm an Bedeutung zu, als mir klar wurde, dass sie eine der letzten sein könnte.

»Du siehst wunderschön aus«, sagte er und rahmte ihr Gesicht mit seinen Händen ein.

»Dank Miriam«, antwortete Victoria und lenkte so seine Aufmerksamkeit auf mich. Ich hob meine Hand zur Begrüßung und Jackson nickte. Keine Umarmung, kein Kuss. Seit Tagen fühlte ich mich weiter von ihm entfernt als je zuvor. Er arbeitete ständig und wir sahen uns kaum. Es stand so viel Unausgesprochenes zwischen uns. Und seit gestern auch das, was zwischen Blake und mir vorgefallen war. Ich wusste nicht, ob Jackson es nicht bemerkte oder ob er es zu ignorieren versuchte. Vielleicht hatte er einfach keinen Kopf dafür, weil er mit seinen Gedanken und Sorgen bei Victoria war.

Da wir noch einige Minuten Zeit hatten, bevor die Trauung beginnen würde, beschloss ich, mich umzusehen und zu kontrollieren, ob alles nach Plan lief.

Der Empfang dürfte funktioniert haben, denn Kellner sammelten leere oder halbleere Sektgläser ein. Das Blumenmädchen, das beim Auszug Rosenblätter streuen würde, stand bereit. Neben ihr war ihre kleine Schwester, die das Ringkissen in den Händen hielt.

Ich ging durch den Pavillon und warf einen Blick hinaus auf den Dachgarten. Alle Gäste saßen auf ihren Stühlen, der von Victorias Vater war leer. Er war also nicht gekommen. Ob er wusste, dass sie krank war? Wenn nicht, war ich mir sicher, er würde sich später ewig Vorwürfe machen, dass er diesen Tag verpasst hatte. Ich versuchte, es mir nicht nahegehen zu lassen, ich musste mich zusammenreißen. Für Victoria, damit sie die Hochzeit bekam, die sie sich wünschte.

Vor dem Traubogen entdeckte ich Blake mit seinem perfekt geschnittenen Anzug und gestylten Haaren. Nervös zupfte er am Ärmel seines Sakkos herum.

Mir fiel ein Stein vom Herzen, dass er gekommen war, und gleichzeitig zerbrach es. In dem Moment widerte ich mich selbst an. Ich wusste, Victoria würde sterben und trotzdem reagierte mein Herz heftig, als er aufsah und mir direkt in die Augen. Ich wünschte, ich könnte es ausschalten oder kontrollieren, denn ich wollte diese Gefühle nicht.

»Bereit?«, fragte eine Stimme hinter mir, die mich vor Schreck zusammenzucken ließ. Es war Pfarrer Thompson und neben ihm standen Jackson und Victoria.

»Bereit«, sagte Victoria und dann wurde auch ich leicht nervös.

Pfarrer Thomson ging hinaus und als er vor dem Traubogen zum Stehen kam, gab er ein Zeichen.

Jackson reichte mir mein Brautjungfernsträußchen, das ich, aus Nervosität, selbst vergessen hätte.

Der Pianist begann, die ersten Töne von *Canon In D Major* zu spielen und gleich darauf stieg ein Cellist mit ein.

Ich sammelte mich. Noch zehn Sekunden. Tief atmete ich durch. Fünf Sekunden. Meine Beine setzten sich in Bewegung. Langsam schritt ich den Gang entlang und obwohl ich es nicht wollte, suchten meine Augen die von Blake. Seine Augenbrauen schoben sich leicht zusammen und ich blickte schnell zu Ethan, der neben ihm stand. Auf dessen Lippen lag ein Lächeln und augenblicklich fühlte ich mich entspannter. Links neben dem Pfarrer blieb ich stehen und schaute zur Tür.

Und da stand die Braut und sie sah perfekt aus. Sie strahlte über das ganze Gesicht. Ich warf einen Blick zu Blake und auch er hatte nur Augen für sie. Er musterte sie mit Ehrfurcht und ich hoffte, all seine Zweifel waren beseitigt. Victoria war die Frau, die an seine Seite gehörte.

Ich schluckte hart, als mir wieder klar wurde, dass sie sterbenskrank war. An Jacksons Gesichtsausdruck bemerkte ich, dass er genau an dasselbe denken musste. Seine Augen waren glasig und vorne angekommen umarmte er sie lange, bevor er sie Blake übergab.

Ich versuchte, die Trauung aufmerksam zu verfolgen, doch meine Gedanken drifteten immer wieder ab. Victoria würde sterben. Das hier war ihr letzter Wunsch. Eine perfekte Hochzeit mit dem perfekten Mann.

»Blake Peter Anderson, ich frage dich: Bist du hierhergekommen, um nach reiflicher Überlegung und aus freiem Entschluss mit deiner Braut Victoria Hope den Bund der Ehe zu schließen? Willst du sie lieben und achten und ihr alle Tage ihres Lebens die Treue halten?«

Mein Atem stockte. Der Moment zog sich unendlich in die Länge und ich blendete alles rund um mich aus. Ich sah nur Blake vor mir. Wollte ich, dass er ja sagte? Ja, denn es war Victorias größter Traum und irgendwann war es ebenso Blakes Traum gewesen, sonst hätte er ihr nicht den Antrag gemacht. Doch es bedeutete, dass es nie ein Wir geben würde, also wollte ich es gleichzeitig auch nicht. Ich starrte auf seine Lippen und klammerte mich an den Strauß.

»Ja.« Klar und deutlich.

Eine einzelne Träne löste sich aus meinem Augenwinkel und bahnte sich ihren Weg über meine Wange. Es war vorbei.

Der Pfarrer wandte sich an Victoria.

»Victoria Hope Butler, ich frage dich: Bist du hierhergekommen, um nach reiflicher Überlegung und aus freiem Entschluss mit deinem Bräutigam Blake Peter den Bund der Ehe zu schließen? Willst du ihn lieben und achten und ihm alle Tage seines Lebens die Treue halten?«

»Ja«, sagte sie mit einem Leuchten in den Augen. Ich blickte zu dem kleinen Mädchen mit dem Ringkissen und winkte sie mit meinem Zeigefinger herbei.

Schüchtern schritt sie den Gang entlang und als Blake das Ringkissen nahm, hob er das Mädchen hoch und drückte ihr einen Kuss auf die Wange. Das Mädchen kicherte und zog ihren Kopf ein wie eine kleine Schildkröte.

Der Anblick war schön, gleichzeitig tat er mir in der Seele weh. Victorias Mundwinkel sanken nach unten. Sie würde das nie erleben. Blake würde nie der Vater ihrer Kinder sein.

Ohne Zögern, fasste ich nach ihrer Hand und drückte sie leicht. Ich war für sie da und ich würde es bis zum Schluss sein. Sie sah mich an und ihre Mundwinkel hoben sich. Blake nahm Victorias Ring vom Kissen, griff nach ihrer zitternden Hand und steckte ihn ihr an den Finger. Victoria tat das Gleiche bei ihm und als sie sich küssten, brachen die Gäste in Jubel aus.

Nach der Trauung wechselten wir die Location und als sich die Aufzugtüren öffneten und Victoria den Rainbow Room im fünfundsechzigsten Stock des Rockefeller Plaza betrachtete, fiel sie mir um den Hals.

Gabriellas Mitarbeiterin hatte wirklich unglaublich gute Arbeit geleistet. Die Blumenarrangements auf den Tischen und im ganzen Raum waren atemberaubend. Sie bestanden aus Orchideen, Pfingstrosen und Rosen, in weiß, rosa und burgund. Meine Erwartungen waren übertroffen und ich war froh, dass auch Victoria zufrieden war.

Sie bedankte sich unzählige Male.

Die Zeit verflog im Nu und die Stunden waren gefüllt mit Ansprachen, Anekdoten, Spielen sowie reichlich Essen.

Ich wünschte, ich hätte für Victoria die Zeit anhalten können, damit sie mehr von dem Tag hatte, an dem alle ihre Liebsten zusammengekommen waren, um sie und Blake zu feiern.

Einige davon würde sie heute vermutlich zum letzten Mal sehen.

»Wie könnt ihr Blake verheimlichen, dass Victoria krank ist?«, fragte ich Jackson, der sich neben mich stellte und mir ein Glas Champagner reichte.

»Du weißt also davon?«, fragte er, nahm einen Schluck vom Bier und schaute starr geradeaus.

»Sie hat es mir heute erzählt. Blake hat das Recht, es zu erfahren. Er hätte es schon längst erfahren müssen. Er ist ihr Mann.«

An dem Ausdruck in seinen Augen erkannte ich, dass ich auf taube Ohren stieß.

»Sie wird es ihm nach der Hochzeit sagen. Nach den Flitterwochen.«

»Es gibt keine Flitterwochen. Findest du das okay?«

Er strich mir über den Rücken, um mich zu beruhigen. »Es ist nicht unsere Sache, Baby.«

»Würdest du es nicht wissen wollen, wenn ich krank wäre?«, fragte ich aufgebracht und stellte mich direkt vor ihn, sodass er mich ansehen musste.

»Es ist nicht meine Aufgabe, es ihm zu sagen«, sagte er mit ernster Miene. »Und *deine* ist es auch nicht. Hast du mich verstanden?«

Natürlich war es Victorias Sache, aber er war ihr Bruder. Er sollte ihr ins Gewissen reden, das hätte er schon vor Monaten machen müssen.

Mit einem verächtlichen Seufzen wandte ich mich ab und ließ Jackson allein stehen. Als ich die Tür zu den Toiletten öffnete, schlug jemand mit der flachen Hand über meinem Kopf dagegen und sie krachte zu, sodass ich mich erschrocken herumdrehte. Jackson stand vor mir. Seine Nasenflügel blähten sich auf und seine Kiefermuskeln waren angespannt.

»Ich habe dich gefragt, ob du mich verstanden hast?«

»Klar und deutlich«, zischte ich und riss die Tür wieder auf.

Die Feier ging bis tief in die Nacht. Nach und nach verabschiedeten sich die Gäste und der Saal leerte sich allmählich. Während die anderen sich noch amüsierten, begann ich, ein wenig aufzuräumen. Rund um die Reste der Hochzeitstorte sah es aus wie auf einem Schlachtfeld.

»Darf ich bitten?«, vernahm ich Blakes Stimme neben mir, als ich mir gerade einen Krümel in den Mund steckte. Mein Blick fiel auf seine Hand, die er nach mir ausgestreckt hatte. Unschlüssig starrte ich sie an.

»Es ist nur ein Tanz, Miriam.« *Miriam, nicht Midge.* Er hatte recht, es war nur ein Tanz, also kein Grund, nervös zu werden. Ich legte die Kuchenschaufel, die ich fest umklammert hatte, nieder und ließ mich von ihm auf die Tanzfläche führen. Mit wild pochendem Herzen positionierte ich meine Hand an seinem starken Oberarm, während er seine an meine Taille legte. Er machte einen Schritt zurück und wir begannen, langsam zu tanzen.

»Ich wollte mich bei dir bedanken. Die Hochzeit ist wirklich schöner geworden, als ich es mir erwartet hatte.«

»Das freut mich«, antwortete ich knapp und ignorierte das Kribbeln auf meiner Haut, das seine Hand auf dem dünnen Stoff meines Kleides verursachte.

»Ich habe lange überlegt, ob ich heute kommen werde«, gab er zu und wir glitten tanzend durch den Raum.

»Bereust du es?«, fragte ich und hatte Angst vor der Antwort.

Er schüttelte den Kopf. »Nein, ich denke nicht.«

»Gut«, sagte ich und lächelte gequält. »Manchmal spielen die Gefühle verrückt, so kurz vor der Hochzeit.«

»Miriam, lass uns nach Hause fahren«, hörte ich Jacksons Stimme und Blake und ich lösten uns voneinander.

»Danke für den Tanz«, sagte er und verabschiedete sich von uns.

Jackson nahm mich bei der Hand und gemeinsam gingen wir zum Aufzug. Ich warf einen letzten Blick über meine Schulter und sah, wie Blake Victoria einen Kuss auf die Stirn gab. Sie sah zu ihm auf und im nächsten Moment hielt sie sich hustend die Hand vor den Mund. Mir entging nicht, wie sie sie schnell unter den Tisch schob, wo sich vermutlich ihre Taschentücher befanden. Mit einem dicken Kloß im

Hals folgte ich Jackson in den Lift und krallte mich an seinem Arm, weil ich den Halt brauchte. Blake musste wissen, dass er jede Sekunde mit Victoria auskosten sollte. Er wird es Jackson niemals verzeihen, dass er so viel Zeit verschwendet hatte, da er nicht wusste, dass die Liebe seines Lebens krank war. Dass sie nur noch wenige Wochen zu leben hatte, wenn überhaupt. Er hatte keine Ahnung, dass er eine todkranke Frau geheiratet hatte. Ich musste mit Victoria sprechen, sie durfte es nicht länger vor ihm verheimlichen. Es war jetzt schon viel zu spät.

In Jacksons Appartement angekommen, schleuderte ich meine Schuhe geräuschvoll gegen den Schuhschrank. Trampelnd lief ich ins Schlafzimmer. Während der Fahrt hatten Jackson und ich kein Wort miteinander gesprochen, was mir die Gelegenheit gegeben hatte, über bestimmte Dinge nachzudenken.

»Du wolltest, dass ich in New York bleibe wegen Victoria«, warf ich Jackson an den Kopf, als er das Schlafzimmer betrat. »Dir ging es nie um mich oder uns oder die verfluchte Vereinbarung. Du wusstest, Victoria würde sterben und du wusstest, ihr Traum war es, noch zu heiraten.«

»Miriam, beruhig dich«, sagte Jackson und kam auf mich zu. Er wollte mich an sich ziehen, doch ich stieß ihn von mir.

»Nein, ich möchte mich nicht beruhigen. Du hast mich benutzt. O Gott, plötzlich ergibt alles einen Sinn. Du hattest es so eilig mit allem, weil du wusstest, Victoria hat keine Zeit mehr.«

Mehrfach blinzelte ich gegen das Brennen in meinen Augenwinkeln an. Wie hatte ich nur so blind sein können? Deshalb nahm er sich keine Zeit für mich, weil ich ihm egal war und das Einzige, was gezählt hatte, diese Hochzeit gewesen war.

Jackson versuchte, mich erneut in seine Arme zu ziehen und ich hämmerte wild auf seine Brust ein. Er packte mich an den Handgelenken und mit wütenden Tränen in den Augen sah ich zu ihm auf.

»Sag, dass es stimmt«, flüsterte ich.

»Nein, das werde ich nicht«, antwortete er kühl.

Er gab meine Handgelenke frei und machte einen Schritt zurück.

»Du bist ein verdammter Heuchler«, sagte ich mit tränenerstickter Stimme.

»Nein, Miriam, das Einzige, was ich bin, ist naiv. Ich war so naiv zu glauben, du würdest mir vertrauen. Es gibt hunderte Hochzeitsplaner in New York. Die verdammte Hochzeit hatte nichts mit meinen Gefühlen für dich zu tun. Victoria wollte dich und ich dachte mir, es wäre eine gute Möglichkeit für dich, in New York Fuß zu fassen. Ich wollte, dass du bleibst, weil ich die Vorstellung nicht ertragen habe, ohne dich zu sein. Ich wollte, dass du bei mir einziehst, weil ich dich um mich haben wollte. Weil ich dich liebe und nie etwas anderes getan habe.«

Sprachlos sah ich Jackson an, der selbst überwältigt schien von seinem Gefühlsausbruch.

»Wieso zeigst du es mir dann nicht?«

»Weil ich eine Scheißangst davor habe!«, schrie er und fuhr sich mit der Hand über sein Gesicht.

Ohne es zu wollen, hatte ich ihn aus der Reserve gelockt.

»Es tut mir leid«, wisperte ich und machte einen Schritt auf ihn zu, doch Jackson wich zurück.

»Ich kann nicht. Ich ... ich muss in die Kanzlei.«

Jackson flüchtete und als er weg war, kauerte ich mich ins Bett. Ich weinte um Victoria, die bald sterben würde, und um Blake, der nichts davon wusste. Ich weinte aus Angst, Jackson nun auch verloren zu haben.

Er empfand etwas für mich, auf seine eigene verdrehte Weise. Er probierte es, obwohl er nie gelernt hatte, solche Gefühle offen zu zeigen.

Kapitel 13

Victorias Gesundheitszustand verschlechterte sich nach der Hochzeit rasant. Es war, als hätte ihr Körper nur diesen einen Tag abgewartet, bis er sie ganz lahmlegte. Sie hatte Blake zwei Tage nach der Hochzeit von ihrer Krankheit erzählt. Das wusste ich so genau, denn Blake hatte mir daraufhin eine unmissverständliche Nachricht gesendet.

Du wusstest davon. Mehr brauchte es nicht an Text, um zu verstehen, dass ich sein Vertrauen verloren hatte. Ich entschuldigte mich, ohne mich zu rechtfertigen, denn es würde nichts an der Tatsache ändern, dass ich es, genau wie Victoria und Jackson, vor ihm verheimlicht hatte. Auf meine Nachricht hatte ich bis heute keine Antwort bekommen.

Knapp eine Woche nach der Hochzeit erhielten wir um zwei Uhr morgens einen Anruf und ich wusste sofort, dass etwas passiert sein musste. Jackson sprang noch während des Telefonats aus dem Bett und zog sich hektisch an. Obwohl ich keine Ahnung hatte, was los war, tat ich es ihm gleich.

Auf dem Weg ins Krankenhaus erzählte er mir, dass Victoria im Schlaf keine Luft mehr bekommen hatte und Blake den Notarzt hatte rufen müssen.

Als wir endlich die Notaufnahme erreichten, sah ich Blake im Wartebereich sitzen. Seine Ellbogen hatte er auf den Oberschenkeln abgestützt und sein Gesicht war in seinen Händen vergraben. Er sah auf, als er uns kommen hörte und im nächsten Moment erhob er sich. An dem Ausdruck in seinen Augen erkannte ich, dass er wütend war.

»Bleib hier«, sagte Jackson leise und beschleunigte seinen Gang, ging direkt auf Blake zu, der aussah, als würde er Jackson am liebsten an Ort und Stelle umbringen.

»Du verdammter Wichser!«, schrie Blake und packte Jackson grob am Hemd. »Dachtest du, du könntest mir ewig aus dem Weg gehen? Dich in deinem Büro verkriechen wie ein kleiner Feigling.« Seine Brust hob und senkte sich schnell, seine Hände ballten sich zu Fäusten. »Beantworte mir nur eine Frage. Warum? Warum hast du es mir nicht erzählt?«

Jackson stand reglos da, bereit für die Konsequenzen seines Handelns.

»Ich musste ihr versprechen, dir nichts zu sagen«, sagte er ruhig.

Verzweifelt stieß Blake Jackson von sich und fuhr sich durch die Haare. Dann ließ er sich zurück auf den Stuhl fallen und schlug die Hände wieder vors Gesicht. Ein herzzerreißendes Schluchzen kam über seine Lippen und ich wünschte, ich hätte zu ihm gehen und in die Arme nehmen können. Doch Jackson würde das nicht verstehen und Blake vermutlich nicht wollen.

Noch am selben Abend erfuhren wir, dass sich in Victorias Lunge Flüssigkeit gebildet hatte. Die Metastasen hatten sich weiter ausgebreitet und ihr Hirn befallen. Die Ärzte sprachen von einer palliativen Behandlung, um das Fortschreiten der Krankheit zu verlangsamen und die Beschwerden zu lindern. Ihre verbleibende Lebenszeit sollte so angenehm wie möglich gestaltet werden. Bei diesen Worten hätte ich mich am liebsten übergeben. Sie bekam verschiedene Therapien verordnet und Morphin gegen die Schmerzen.

Seit dem Vorfall im Krankenhaus waren mittlerweile mehrere Tage vergangen und obwohl Victoria die meiste Zeit schlief, verbrachte ich täglich mehrere Stunden im Krankenhaus. Inzwischen war sie von der Intensivstation auf die Palliativstation verlegt worden.

»Kaffee?«, fragte ich, als ich Victorias Zimmer betrat, und streckte Blake einen Becher entgegen. Er saß vor ihrem Bett und hielt ihre Hand, während sie schlief. Wie auch die letzten Tage gab er mir keine Antwort und ich stellte den Becher kommentarlos auf den Nachttisch. Ich konnte ihm nicht verübeln, dass er wütend war. Auf mich. Auf Jackson. Auf Victoria und vermutlich die ganze beschissene Welt. Er gab mir keine Chance dazu, ihm alles zu erklären. Er ignorierte mich, egal, was ich sagte. Er sah mich noch nicht einmal an.

»Hey, Victoria«, begrüßte ich sie und strich ihr über den Arm. »Ich hoffe, du bist gespannt darauf, wie es mit Ninny Threadgoode weitergeht. Ich wollte schon ohne dich weiterlesen, aber das wäre nicht fair gewesen.«

Ich setzte mich auf die Bank hinter Blake und griff nach einem der Bücher, die er für sie mitgenommen hatte. Ich schlug die Stelle auf, an der ich gestern geendet hatte, und nahm das Lesezeichen heraus.

Leise las ich ihr vor und unterbrach nur, um von meinem Kaffee zu trinken. Mir war bewusst, dass sie die meiste Zeit nichts davon mitbekam, doch ich fühlte mich nutzlos und wollte nicht nur stumm an ihrem Bett sitzen.

So ging es schon, seit Victoria ins Krankenhaus eingeliefert worden war. Blake war hier und ignorierte mich. Victoria schlief und wenn sie das nicht tat, war sie erschöpft und ich zog mich zurück, um den beiden ihre Privatsphäre zu lassen. Manchmal bekam sie mitten in der Nacht Panik und eine Schwester gab ihr etwas, damit sie sich beruhigte.

»Sie hätte es mir sagen müssen«, unterbrach mich Blake, als ich umblätterte. »Jackson hätte es mir sagen müssen. Oder du. Irgendjemand.«

Ich steckte das Lesezeichen zurück ins Buch und schloss es.

»Wir hätten drei Wochen mehr gehabt. Ich wäre mit in die Schweiz gegangen und hätte nicht diese beschissen sinnlose Hochzeit geplant. Reine Zeitverschwendung.«

Ich konnte mir nicht einmal ansatzweise vorstellen, wie Blake sich fühlen musste. Victoria hatte recht behalten, er hätte die Hochzeit vielleicht abgeblasen und das hatte sie mit allen Mitteln zu verhindern versucht. Sie hatte gewusst, dass sie sterben würde und hatte ein Stück von einem normalen Leben gewollt.

»Vor so etwas solltest du Angst haben, Midge. Nicht vor Flugzeugen.« Er beugte seinen Oberkörper nach vorne und stützte seine Ellbogen auf seinen Oberschenkeln ab. »Sie war gesund, hat nicht eine einzige verdammte Zigarette geraucht. Sie hat noch nicht mal einen beschissenen Burger verdrückt.«

Ich legte das Buch beiseite, stand auf und ging zu ihm.

»Es tut mir alles so unendlich leid«, sagte ich und meinte damit nicht nur die Tatsache, dass Victoria krank war, sondern auch, dass ich es ihm verheimlicht hatte.

Er dreht sich mir zu, seine Nasenlöcher blähten sich auf und seine Kiefer waren angespannt. Scharrend schob er den Stuhl zurück und stand auf.

»Ich brauche frische Luft.«

Ich nickte und sah ihm hinterher, wie er das Zimmer verließ.

»Er hasst mich«, flüsterte Victoria und erst jetzt bemerkte ich, dass sie die Augen geöffnet hatte.

Ich setzte mich an ihr Bett, wo gerade noch Blake gesessen hatte, und nahm ihre Hand. »Nein, das tut er nicht. Er hat Angst und ist traurig. Er wird die Liebe seines Lebens verlieren.«

Victoria nickte schwach und schluckte schwer.

»War Jackson hier? Habe ich ihn verpasst?«

Ich presste meine Lippen aufeinander und schüttelte den Kopf. Während Blake und ich Victoria täglich besuchten, vergrub Jackson sich immer mehr in Arbeit, verdrängte die Tatsache, dass seine Schwester bald sterben würde.

»Er hat viel zu arbeiten, das verstehe ich«, sagte sie und lächelte traurig.

Plötzlich überkam mich die Wut. Selbst jetzt hatte sie Verständnis für ihn. Victoria würde sterben und Jackson ignorierte das. Verschwendete seine Zeit mit Arbeit, die im Vergleich zu einem Menschenleben nicht wichtig war.

Ich wartete ab, bis Blake zurück war und verabschiedete mich bei den beiden. Dann rief ich mir ein Taxi und fuhr zu Jacksons Büro.

Aufgebracht lief ich an Olivia vorbei, die etwas einwenden wollte, aber nicht schnell genug war, um mich damit aufzuhalten. Hastig hörte ich sie vom Stuhl aufspringen und mir hinterhersprinten.

»Miss Heywood, Sie können da jetzt nicht rein«, rief sie. »Mr Butler ist in einer wichtigen Besprechung.«

Ich dachte nicht einmal daran, stehen zu bleiben. Keine Besprechung der Welt konnte so wichtig sein wie das Leben seiner Schwester.

Ich riss die Tür zu Jacksons Büro auf und sah, dass zwei Männer mit ihm bei Tisch saßen. Alle drei Köpfe schnellten in meine Richtung. Mein Brustkorb hob und senkte sich schnell.

»Ich konnte sie nicht aufhalten«, keuchte Olivia hinter mir.

»Entschuldigen Sie mich für einen Moment«, sagte Jackson zu den beiden Herren und kam mit einem vernichtenden Blick auf mich zugelaufen. Unsanft schob er mich aus dem Büro und schloss dann die Tür hinter sich. Er fasste nach meiner Hand und ich hatte Mühe, mit ihm Schritt zu halten. Am Ende des Ganges zog er mich in ein freies Büro und knallte die Tür hinter uns zu.

»Kannst du mir verdammt noch mal verraten, was das eben sollte?«, fauchte er. »Und wie siehst du überhaupt aus?«

Ich bemerkte, wie er sich zusammenreißen musste, um nicht komplett die Beherrschung zu verlieren. Sein Kopf war rot vor Zorn und seine Hände zu Fäusten geballt.

Ich hatte seit zwei Tagen nicht mehr geduscht, meine Haare waren zu einem unordentlichen Dutt gebunden und ich trug Boyfriendjeans mit einem weißen Top. Alles andere als ein guter Modegeschmack in Jacksons Augen. Doch das war mir egal, denn ich verbrachte meine Tage damit, mich um seine todkranke Schwester zu kümmern.

»Deine Schwester wird sterben und alles, was dich interessiert, ist mein verfluchtes Aussehen?«

»Denkst du, ich weiß nicht, dass Victoria sterben wird?«, schrie er.

»Anscheinend nicht, denn ansonsten wärst du jetzt nicht hier, sondern bei ihr! Sie hat nach dir gefragt und ich musste ihr schon wieder sagen, dass du nicht da warst«, schrie ich zurück. »Ich weiß, du willst es nicht wahrhaben, aber wenn du die Zeit, die euch noch bleibt, nicht mit ihr verbringst, dann wirst du das später bereuen.«

»Ich höre mir das hier nicht mehr länger an, ich muss zurück an die Arbeit«, sagte Jackson und wollte gehen, doch ich versperrte ihm die Tür.

»Nein, du wirst nicht abhauen, du wirst mir jetzt zuhören, denn ich habe dein Verhalten so satt. Ich bin seit Wochen hier und immer wieder vertröstest du mich, erzählst mir, wie wichtig deine Arbeit ist. Ich habe dir geglaubt und es akzeptiert, aber Victoria hat mehr verdient. Ich habe es endlich begriffen. Du vergräbst dich in deiner Arbeit, um dich von deinen Gefühlen abzulenken, sie zu verdrängen. Du läufst vor ihnen davon und lässt nichts an dich heran, weil du Angst hast. Aber diese Angst ändert nichts an der Tatsache, dass Victoria sterben wird. Stell dich deinen Gefühlen. Nicht mir zuliebe, sondern für Victoria.«

Schwer atmend verließ ich fluchtartig den Raum. Ließ Jackson allein zurück mit dem Gesagten und ich fühlte mich gut, denn endlich hatte ich mir von der Seele gesprochen, was mich seit Wochen beschäftigt hatte.

Eine zuknallende Tür riss mich aus dem Schlaf und ich setzte mich kerzengerade auf. Zuerst dachte ich, ich hätte nur geträumt, doch dann hörte ich schwere Schritte.

Der Platz neben mir war leer. Jackson war noch nicht zu Hause. Schnell schlüpfte ich aus dem Bett und sah mich suchend nach etwas um, mit dem ich im Notfall zuschlagen konnte.

Auf der anderen Seite des Zimmers entdeckte ich einen Kerzenständer. Leise huschte ich durch den Raum und griff danach. Mit schweißnassen Händen hielt ich ihn fest umklammert, die Tür genau im Blick. Mein Herz raste, während ich den näherkommenden Schritten lauschte.

Im nächsten Moment schwang die Schlafzimmertür auf und mein Atem stockte.

»Hey, Baby«, rief Jackson, der torkelnd durch die Tür kam, nachdem er den Lichtschalter betätigt hatte. Irritiert sah er vom leeren Bett zu mir. Er trug keine Krawatte und die ersten beiden Knöpfe seines Hemds standen offen.

»Du hast mich erschreckt«, sagte ich erleichtert und stellte den Kerzenständer zurück auf seinen Platz. »Wo warst du?«

Ohne mir zu antworten kam er auf mich zu, legte seine Hand in meinen Nacken und presste seine Lippen hart auf meine. Ich schmeckte scharfen Alkohol auf seiner Zunge, als er sie mir gierig in den Mund schob. Schwer atmend ließ er von mir ab, trat einige Schritt zurück, zog sich sein Sakko aus und musterte mich mit einem Ausdruck in den Augen, den ich zuvor noch nie gesehen hatte.

»Jackson, ist alles in Ordnung?«

»Sag du es mir. Ist alles in Ordnung?«, fragte er und legte den Kopf schief. »Ich war bei Victoria, genau so wie du es wolltest.«

Er kam auf mich zu, packte mich an der Taille und seine Finger gruben sich fest in mein Fleisch.

»Ich habe meine Gefühle zugelassen, so wie du es wolltest.«

Und sie mit Alkohol wieder zu betäuben versucht.

Rasend schnell schob er mich rückwärts und gab mir einen Schubs, sodass ich mit dem Rücken gegen die Wand krachte. Für einen Moment blieb mir die Luft weg. Entsetzt starrte ich Jackson in seine vom Alkohol getrübten Augen.

»Bist du jetzt zufrieden?«, fragte er mit zusammengezogenen Brauen.

»Was ist los mit dir?«

Ein Kloß bildete sich in meinem Hals.

»Was mit mir los ist?« Jackson lachte boshaft. Ein Schaudern lief mir eiskalt über den Rücken.

»Ich tue, was du von mir verlangt hast.«

»Ich habe nicht von dir verlangt, dich zu betrinken.«

Mit einer schnellen Bewegung packte er mich grob am Handgelenk und ich zuckte vor Schreck zusammen.

»Wirst du jetzt auch noch frech?«, zischte er wütend.

»Lass. Sofort. Los«, sagte ich mit fester Stimme, obwohl mein Herz unkontrolliert gegen meine Brust hämmerte. Mein Körper war wie versteinert und ich hoffte, Jackson würde nicht die Panik in meinen Augen sehen. Gerade war er unberechenbar, betrunken und von Emotionen geladen. In diesem Zustand traute ich ihm alles zu.

Endlich gab er mein Handgelenk frei und ich atmete erleichtert aus. Leise fluchend verschwand er ins Badezimmer.

Hastig zog ich mich an, schnappte nach meinem Handy sowie Schlüssel und flüchtete aus der Wohnung, hinaus in den strömenden Regen.

Ich lief die Straßen entlang, spürte, wie sich die Anspannung löste. Tränen liefen mir ungehalten über das Gesicht und vermischten sich mit kalten Regentropfen, die auf meine Haut prallten.

So hatte ich Jackson noch nie erlebt. Ich wünschte, Ally wäre hier und würde mir sagen, dass alles gut werden würde. Ich wollte ihre Stimme hören, doch es war bereits spät und ich wollte sie nicht wecken. Sie würde sich ohnehin nur Sorgen machen.

Meine Beine trugen mich zu dem einzigen Menschen, dem ich noch vertraute. Ich wusste nicht, wo ich sonst hinsollte.

Verschlafen öffnete Blake die Tür, nachdem ich geklingelt hatte. Seine Augen weiteten sich, als er mich sah. »Was ist passiert?«

»Kann ich reinkommen?«, fragte ich und wich damit seiner Frage aus.

»Natürlich.« Er schwang die Tür auf und ich schob mich an ihm vorbei.

Völlig durchnässt blieb ich im Raum stehen und umfing meinen vor Kälte zitternden Oberkörper mit meinen Armen.

»Moment, ich bringe dir Handtücher und frische Sachen«, sagte Blake und verschwand aus dem Zimmer.

Ich hörte wie Schubladen auf- und zugemacht wurden.

Mit frischen Handtüchern, einem T-Shirt und einer Jogginghose in den Händen kam er zurück und reichte sie mir.

Dankend nahm ich die Sachen und verschwand damit ins Badezimmer.

Erschrocken blickte ich mir entgegen, als ich mich im Spiegel betrachtete. Meine Augen waren gerötet und Spuren von der Wimperntusche verliefen bis zum Kinn. Ich sah genauso furchtbar aus, wie ich mich fühlte.

Ich entledigte mich der nassen Kleidung und trocknete mich ab, bevor ich mir Blakes Sachen anzog.

Das T-Shirt reichte mir bis zur Mitte meiner Oberschenkel und sofort war ich von seinem vertrauten Geruch eingehüllt. Die Hose war mir nicht nur viel zu lange, sondern rutschte mir auch von den Hüften. Da ich das Badezimmer aber nicht ohne verlassen wollte, raffte ich einen Teil vom Bund und band mein feuchtes Haargummi darum, damit sie nicht mehr hinunterrutschte.

Mit warmem Wasser wusch ich mir das Gesicht und entfernte die letzten Reste der Wimperntusche mit einem Wattepad. Dann bürstete ich meine Haare und wickelte mir eines der Handtücher zu einem Turban.

»Sieht schick aus«, sagte Blake schmunzelnd, als ich ins Wohnzimmer ging und mich zu ihm auf das Sofa setzte. Jedoch nicht, ohne einen ordentlichen Abstand zwischen uns zu lassen.

»Passt wie angegossen«, antwortete ich und zog eine Grimasse.

»Ich habe dir Tee zum Aufwärmen gemacht.« Blake reichte mir eine der beiden Tassen, die auf dem Tisch standen. Sofort stieg mir der Duft von Orangen und Ingwer in die Nase.

»Danke.«

»Was ist passiert? Warum bist du hier?«, fragte er nun ernst und musterte mich.

Ich richtete meinen Blick auf die dampfende Tasse in meinen Händen.

Es fiel mir schwer, auszusprechen, was passiert war. Es kam mir vor wie ein Traum. Ein Albtraum, aus dem ich verzweifelt versuchte aufzuwachen. Ich musste mir eingestehen, dass ich Jackson nicht annähernd so gut kannte, wie ich gedacht hatte. Niemals hätte ich ihm zugetraut, dass er so wütend werden konnte und die Kontrolle über sich verlor. Er hatte mich geschubst, mir wehgetan. Er hatte mich für seinen Schmerz verantwortlich gemacht und ihn an mir ausgelassen.

Blake war ein Stück näher gerutscht. Seine Hand lag auf meinem Knie und sein Blick war besorgt. »Rede mit mir.«

»Nachdem ich mich gestern bei euch im Krankenhaus verabschiedet hatte, bin ich direkt zu Jackson ins Büro gefahren«, begann ich zu erzählen. »Ich habe ihn konfrontiert, ihm gesagt, dass er die Zeit mit Victoria noch nutzen soll, weil er es sonst bereuen würde. Er hat auf mich gehört, denn er war wirklich bei ihr. Ich weiß nicht, wo er danach gewesen ist, aber er ist sturzbetrunken nach Hause gekommen.« Mit meiner freien Hand rieb ich gedankenverloren über mein Handgelenk. »Ich habe ihn noch nie so erlebt.«

Blake nahm mir die Tasse aus der Hand und stellte sie auf dem Tisch ab. Vorsichtig griff er nach meinem Arm und zeichnete mit seinem Zeigefinger über die Innenseite meines Handgelenks.

»Hat er dir wehgetan?«

Ich schluckte schwer, sah auf, direkt in Blakes ozeanblaue Augen, in denen ich Sorge erkannte. Erwartungsvoll hob er die Augenbrauen. Ich nickte und blinzelte mehrfach gegen das Brennen in meinen Augenwinkeln an.

»Er war so wütend«, flüsterte ich.

Blakes Körper verspannte sich und sein Atem ging schneller. In seinen Augen stand nun blanker Zorn.

Ruckartig erhob er sich und ballte seine Hände zu Fäusten. Aufgebracht lief er vor dem Sofa auf und ab.

»Setz dich«, sagte ich und fasste nach seinem Arm.

»Ich sollte hinfahren und ihn –«

»Blake«, unterbrach ich ihn und zog an seinem Arm, damit er sich hinsetzte.

»Du wirst heute Nacht hierbleiben.«

»Okay«, antwortete ich, da ich ohnehin nicht zurückwollte. Nicht heute, nicht solange Jackson betrunken war. Blake wirkte kurz überrascht, als hätte er mit einem Widerspruch gerechnet, dann nickte er zufrieden und nahm wieder neben mir Platz.

Um uns abzulenken, startete Blake einen Film.

Tatsächlich schaffte ich es, nicht mehr an Jackson zu denken, aber nur, weil ich Mühe hatte, Blakes Nähe zu ignorieren.

Unbewusst lauschte ich seinem Atem, nahm im Augenwinkel jede Bewegung wahr, während ich auf den Bildschirm starrte.

Da mein Körper nicht länger unter Strom stand, wurden meine Lider bald schwer und irgendwann konnte ich sie nicht mehr offen halten. Ich war müde und erschöpft. Nicht nur von heute, sondern von den ganzen letzten Wochen.

Starke Arme schoben sich unter meinen Rücken und meine Beine und hoben mich hoch. Schläfrig öffnete ich die Augen und sah Blake nahe an meinem Gesicht. Sein Blick war nach vorne gerichtet.

»Was tust du?«, fragte ich schlaftrunken.

»Ich bringe dich ins Bett«, sagte er leise.

Ich ließ meinen Kopf zurück an seine Schulter sinken.

»Blake?«

»Mhm?«

»Danke.«

Sachte setzte er mich auf einer weichen Matratze ab und legte mir eine dünne Decke über den Körper. Sofort drang der Geruch von Pfirsich und Vanille in meine Nase. Das Bett musste neu bezogen worden sein. Trotz meiner Müdigkeit, konnte ich einen klaren Gedanken fassen: Ich lag vermutlich gerade in Blakes und Victorias Ehebett. Augenblicklich fuhr ich hoch und krachte mit dem Kopf gegen den von Blake, der sofort schmerzerfüllt stöhnte.

Fluchend griff ich mir selbst an meine Stirn. »O mein Gott, es tut mir so leid«, sagte ich und erhob mich schnell vom Bett, als ich sah, dass Blakes Augen tränten und er mit einer Hand seine Nase umfasste.

»Lass mal sehen.«

Blake setzte sich auf das Bett und nahm die Hand vom Gesicht.

Prüfend betrachtete ich seine Nase. Sie blutete nicht und war genauso gerade wie zuvor.

»Sieht auf den ersten Blick nicht gebrochen aus.«

»Es ist alles in Ordnung«, sagte Blake ruhig und sah mir dabei direkt in die Augen. Mit seinen Fingern strich er mir die Haare hinters Ohr und berührte meine Stirn an der Stelle, an der wir zusammengekracht waren.

»Du bist ganz rot. Das wird vermutlich eine Beule geben.«

»Ganz bestimmt.«

»Warum bist du plötzlich so hochgeschreckt?«

»Ich dachte ...«, begann ich und sah mich währenddessen im Raum um. Außer dem Bett und einer Kommode gegenüber befand sich nichts in diesem Zimmer. Keine Bilder, keine Dekoration, gar nichts. Es war so unpersönlich, dass es eher wie ein Gästezimmer wirkte, doch die restliche Wohnung war ebenso minimalistisch eingerichtet, sodass ich mir nicht sicher war.

Blake sah mich erwartungsvoll an. »Mhm?«

»Schläfst du heute Nacht auf dem Sofa?«, umging ich meine eigentliche Frage, da sie mir unangenehm war.

»Nein, ich schlafe in meinem Bett«, sagte er irritiert. »Deshalb hast du mir also fast die Nase gebrochen? Weil du dir

Sorgen gemacht hast, dass ich auf dem Sofa schlafen muss?« Blake grinste.

»Nein, ich hatte Angst in eurem Ehebett zu liegen. Ich weiß, es war albern es überhaupt in Erwägung gezogen zu haben, aber ich wusste nicht, ob ihr ein Gästezimmer habt«, faselte ich dahin und spürte, wie mir die Hitze zu Kopf stieg. Ich räusperte mich und wich Blakes Blick aus.

Im Nachhinein war es mir unheimlich peinlich. Natürlich würde er mich nicht in ihr gemeinsames Bett legen.

Blake stand auf und zog mich lächelnd in seine Arme.

»Du bist süß, wenn dir etwas unangenehm ist. Mach dir nicht so viele Gedanken.«

»So, es ist nun Zeit für dich zu gehen. Danke für alles«, sagte ich und versuchte, Abstand zwischen uns zu bringen, den ich dringend benötigte.

Blake war mir heute bereits einige Male zu nahe gekommen und es kostete mich jedes Mal Kraft, die Gefühle, die ich in seiner Gegenwart hatte, zu ignorieren. Das Kribbeln auf meiner Haut, wann immer er mich berührte, die Schmetterlinge im Bauch, wenn er etwas sagte oder mich nur ansah.

»Gute Nacht, Midge«, verabschiedete sich Blake, der inzwischen im Türrahmen stand.

»Gute Nacht.«

Nachdem Blake gegangen war, schlüpfte ich aus der Hose und unter die Decke. Ich schlief schnell ein, träumte wirres Zeug und wurde mehrmals munter.

Um fünf Uhr morgens stand ich auf, da ich nicht mehr länger schlafen konnte. In der Wohnung war es ruhig, deshalb nahm ich an, dass Blake noch schlief.

In der Küche bereitete ich mir Kaffee zu, als ein fröhliches »Guten Morgen« mich so zusammenzucken ließ, dass ich den gemahlenen Kaffee auf der Arbeitsfläche verstreute.

Ich warf einen Blick über die Schulter und Blake stand in seiner Pilotenuniform vor mir. Mit großen Augen starrte ich ihn an, weil er fantastisch aussah. Erst als seine Augen über meinen Körper wanderten, wurde mir bewusst, dass ich außer dem T-Shirt, das mir bis zur Mitte der Oberschenkel reichte, nichts anhatte. Räuspernd zog ich daran, als würde es dadurch länger werden.

»Guten Morgen«, sagte ich verlegen.

»Können wir uns kurz setzen?«

»Natürlich«, antwortete ich und nahm rasch Platz.

Blake setzte sich mir gegenüber.

»Ich habe diese Nacht nicht gut geschlafen. Das lag daran, dass ich mir Sorgen um dich mache. Ich möchte nicht, dass du allein zurück zu Jackson gehst. Du kannst hierbleiben, solange du willst.«

»Blake ...«

»Es ist mein Ernst. Er hat dir wehgetan.«

»Ich kann mich nicht ewig hier verstecken. Ich werde heute in aller Ruhe mit ihm darüber sprechen.«

»Das heißt, du gibst ihm eine zweite Chance?«, fragte Blake verdutzt und verschränkte seine Arme vor der Brust.

»Es ist momentan für keinen von uns einfach.«

»Du nimmst ihn auch noch in Schutz? Nie wieder. Das waren deine Worte. Du wolltest dich nie wieder mit weniger begnügen. Und jetzt? Midge, tu das nicht.«

Aufgebracht erhob ich mich vom Stuhl und warf die Hände in die Luft. »Du glaubst ohnehin nicht an die wahre Liebe, also warum kümmert es dich?«

»Weil du mir etwas bedeutest«, sagte er und seine Augen sahen intensiv in meine.

Ich legte den Kopf schief. Blake stand auf, kam auf mich zu und verschränkte seine Finger mit meinen.

»Midge, ich drehe durch. Mein Kopf und mein Herz spielen verrückt. Ich liebe Victoria, aber es stimmt, ich empfinde etwas für dich. Ich weiß nicht, wie das funktionieren kann. Ich bin am Boden zerstört, weil sie im Sterben liegt. Am liebsten würde ich vor Schmerzen schreien. Gleichzeitig sehne ich mich danach, dich zu küssen. Werde *ich* jetzt verrückt?«

Er legte seine Stirn an meine und ich spürte seinen Atem an meinen Lippen.

»Entweder wir sind beide verrückt oder keiner von uns«, flüsterte ich.

»Die Schuldgefühle zerfressen mich. Ich bin ihr Mann, Midge. Ihr Mann.« Er blickte auf mich herab und mein Puls beschleunigte sich. Sein Gesichtsausdruck war gequält und ich wünschte, ich könnte ihm den Schmerz abnehmen.

Langsam kam er mir näher und ich schloss meine Augen. Sanft streiften seine Lippen meine und hinterließen ein leichtes Kribbeln. Es kostete mich alles an Selbstbeherrschung, diesen Kuss, der keiner war, nicht zu vertiefen.

»Ich wünschte, ich könnte dich davon abhalten, zu ihm zurück zu gehen. Anscheinend kann ich das nicht, also versprich mir, dass du auf dich aufpasst.«

»Ich verspreche es«, flüsterte ich an seine Lippen. Dann war er verschwunden.

Zu Hause angekommen, lief ich sofort in den begehbaren Kleiderschrank. Meine Sachen von gestern Abend waren noch nicht trocken, deshalb hatte ich zumindest Blakes T-Shirt anbehalten. Ich schnappte mir frische Unterwäsche und einen langen Jumpsuit. Als ich mich herumdrehte, stand plötzlich Jackson vor mir. Erschrocken zuckte ich zusammen und mein Herz raste wild in meiner Brust. Ich wusste nicht, dass er hier war. Normalerweise war er um diese Uhrzeit längst im Büro.

»Wo bist du gewesen?«, fragte er. »Und was hast du da an?«

»In Sicherheit«, antwortete ich knapp, ohne auf seine zweite Frage einzugehen.

Augenblicklich erkannte ich Reue in Jacksons Augen. Er wusste, dass er mein Vertrauen verloren hatte. »Es tut mir so leid, ich weiß nicht, was in mich gefahren ist. Es wird nie wieder vorkommen.« Er kam auf mich zu und wollte nach meiner Hand greifen, doch ich machte einen Schritt zurück.

»Bitte«, flehte er. »Ich brauche dich. Victoria wird sterben und du bist die Einzige, die mir noch bleibt. Ich liebe dich. Verlass mich nicht.«

Jackson war nicht mehr furchteinflößend oder einschüchternd. Er war ein Häufchen Elend, ein gebrochener Mann. Seine Mauer, gestützt von Selbstsicherheit, war eingestürzt und übrig geblieben war sein instabiles Fundament. Er war ein Kind, das viel zu früh seine Mutter verloren hatte. Ein Junge, der nie bedingungslose Liebe erhalten hatte. Ein Bruder, der die wichtigste Person in seinem Leben verlieren würde.

»Baby, bitte, ich werde dir nie wieder wehtun.«

Er kam einen Schritt näher. Noch einen. Behutsam nahm er mein Gesicht in seine Hände.

»Du hattest recht. Ich bin vor meinen Gefühlen davongelaufen, aber das wird sich jetzt ändern. *Ich* werde mich ändern.«

Und in dem Moment versuchte ich ihm zu glauben, denn ich wollte die Hoffnung noch nicht aufgegeben, dass ich mit Jackson glücklich werden könnte.

»Du wirst mich nie wieder schubsen oder grob anfassen. Du wirst mir nicht mehr wehtun«, stellte ich mit fester Stimme klar.

»Es gibt nichts, das ich mehr bereue. Es war ein Ausrutscher, ich verspreche es«, sagte Jackson und zog mich in eine Umarmung.

Kapitel 14

Blake und ich kamen nur noch selten zur selben Zeit ins Krankenhaus. Meistens sahen wir uns nur kurz, wenn wir einander in Victorias Zimmer ablösten. Ich versuchte, ihm so gut es ging, aus dem Weg zu gehen, denn es kostete mich Mühe, so zu tun, als würde ich nichts für ihn empfinden. Vor allem jetzt, wo ich Jackson und mir noch eine Chance gegeben hatte.

Die Tage, die Blake unterwegs war, verbrachte ich mit Victoria. Blake wollte sich beurlauben lassen, doch Victoria bestand darauf, dass er sein Leben normal weiterführte. Im Endeffekt schlossen sie einen Kompromiss und Blake arbeitete nur noch wenige Stunden in der Woche.

»Du siehst furchtbar aus«, sagte Blake neckend zu mir, als ich Victorias Krankenzimmer betrat.

»Vielen Dank auch, du Charmeur«, antwortete ich und verdrehte die Augen.

»Hey, Victoria«, begrüßte ich sie und stellte meine Tasche

auf dem Boden ab. »Ich bin gleich bei dir. Ich hole uns nur noch schnell Kaffee.«

»Du solltest nach Hause gehen und dich ausruhen«, antwortete sie. Heute war einer der Tage, an denen es ihr den Umständen entsprechend gut ging. Sie schien weniger erschöpft und müde als sonst.

»Auf keinen Fall. Ich lasse dich nicht allein«, sagte ich und beharrte darauf hierzubleiben.

»Blake ist doch da.«

»Aber nicht mehr lange.«

Bevor sie etwas einwenden konnte, verließ ich den Raum und holte zwei Becher Kaffee. Einen davon reichte ich Blake, als ich zurück ins Zimmer kam.

»Ich werde morgen wiederkommen«, verabschiedete er sich bei Victoria und gab ihr einen Kuss.

»Bis morgen.«

»Bye Midge«, sagte er zu mir und drückte mir leicht die Schulter. Ich schenkte ihm ein Lächeln und nippte dann an meinem Kaffee.

»Ich sehe, wie er dich ansieht«, sagte Victoria schwer atmend mit schwacher Stimme, als Blake die Tür hinter sich geschlossen hatte. »Wie du ihn ansiehst.«

Mein Herz setzte für einen Moment aus und ich suchte nach einer Antwort, aber ich hatte keine. Sprachlos starrte ich sie an.

In ihren Augen stand keine Wut oder Entsetzen, stattdessen wirkten sie beunruhigt.

»Bitte, Miriam, brich Jackson nicht das Herz. Du bist die Einzige, die er an sich heranlässt. Du bist die Einzige, die er noch hat. Er kann nicht uns beide verlieren.«

Sie drückte leicht meine Hand und ich blickte in ihr trauriges Gesicht. Sofort überkam mich ein schlechtes Gewissen.

Wie konnte man einer sterbenden Person einen Wunsch abschlagen?

Zwei Tage nach unserem letzten Gespräch schlief Victoria friedlich ein und wachte nicht mehr auf. Am Morgen hatte sie Blake noch weggeschickt, wie er mir später erzählte, und hatte gemeint, er solle etwas schlafen. Als das nächste Mal eine Krankenschwester nach ihr gesehen hatte, war sie tot gewesen. Blake machte sich Vorwürfe, weil er auf sie gehört hatte und gegangen war.

Während Jackson sich wieder mehr in Arbeit vergrub, um den Tod seiner Schwester zu verdrängen, war Blake ein Häufchen Elend.

Vor wenigen Wochen hatte ich ihre Hochzeit geplant und nun nahm ich mich darum an, ihre Beerdigung zu organisieren, denn ich konnte nicht nur herumsitzen und nichts tun.

Victoria und ich hatten immer ein eigenartiges Verhältnis gehabt. Bis jetzt wusste ich nicht, ob sie mich hatte leiden können oder nur akzeptiert hatte, weil sie gewusst hatte, dass ich Jackson glücklich machte. Dass ich für ihn da sein würde, wenn sie es nicht mehr konnte. Ich war die Einzige, die ihm blieb.

Am Tag vor der Beerdigung rief ich Blake mehrere Male an, doch immer wieder erreichte ich bloß seine Mailbox und allmählich machte ich mir Sorgen. Von Ethan wusste ich, dass er von der Arbeit freigestellte war, also probierte ich es bei ihm zu Hause. Aber auch nach mehrmaligem Sturmläuten machte er die Tür nicht auf. Wo konnte er sein? Was würde ich an seiner Stelle tun? Ich würde den Schmerz betäuben wollen. Natürlich!

Im Laufschritt eilte ich zu der alten Bar und als ich Blake in einer Nische entdeckte, atmete ich erleichtert auf. Sein Kinn lag auf seiner Brust und seine Hand hatte er um ein halbleeres Glas geklammert.

»Blake.« Er hob den Kopf und sah mich aus trüben Augen an.

»Komm, ich bringe dich nach Hause.«

»Ich will nicht nach Hause«, grummelte er und starrte auf seine Hände. »Dort erinnert mich alles an Victoria.«

Ich ließ mich gegenüber von ihm auf die Bank nieder. »Dann komm mit zu mir.«

Er hob seinen Blick und seine Augen funkelten zornig. »Ich will nicht zu Jackson.«

Ich seufzte und wünschte ich, könnte ihm seinen Schmerz nehmen. »Sag mir, wie ich dir helfen kann.«

Blake schlug mit der flachen Hand auf den Tisch und das Bier in seinem Glas schwappte hin und her. »Bleib und trink mit mir.«

»Du hast schon genug getrunken.«

Blake machte keine Anstalten zu gehen, also bestellte ich mir ein Bier.

»Ich habe sie geliebt«, sagte er, ohne mich anzusehen.

»Ich weiß.«

»Aber sie war nicht meine wahre Liebe.«

Er hob den Kopf und ich blickte ihm in seine blauen Augen. Meine Mundwinkel hoben sich leicht. »An so etwas glaubst du doch gar nicht.«

»Du hast recht«, sagte er und lächelte traurig.

»Können wir gehen?«, fragte ich, nachdem er ausgetrunken hatte und er nickte.

Blake war besser auf den Beinen, als ich gedacht hätte. Wir schafften es heil in ein Taxi und vor seine Wohnungstür. Er kramte seinen Schlüssel aus seiner Hosentasche und nach mehreren Versuchen, das Loch zu finden, schloss er auf und öffnete schließlich die Tür.

Sofort drang mir der vertraute blumige Geruch von Victoria in die Nase und ich hielt den Atem an. Blake drehte sich herum. In dem Moment stolperte er rückwärts, stürzte und riss mich mit sich. Adrenalin schoss durch meinen Körper. Gerade noch rechtzeitig schaffte ich es, mich mit meinen Händen neben seinem Kopf abzustützen. Mein Gesicht war seinem so nahe, dass ich seinen Atem an meinen Lippen fühlte. Seine Brust hob und senkte sich schnell unter mir.

»Hast du dir wehgetan?«, fragte er besorgt. Ich schüttelte wortlos den Kopf.

Blake sah sich um und in seinen Augen erkannte ich die aufkommende Panik. Sein Körper verspannte sich und sein Atem ging schneller. Er war zu Hause, wo ihn alles an Victoria erinnerte.

»Sieh mich an«, sagte ich zu ihm und er tat es. »Schließ deine Augen. Atme durch die Nase ein und kräftig durch den Mund aus«, begann ich seine Anweisung zu wiederholen, die er mir vor wenigen Wochen im Flugzeug gegeben hatte. »Einundzwanzig, zweiundzwanzig«, zählte ich und hielt dabei selbst meine Augen geschlossen. Ich atmete wieder ein und als ich ausatmete, spürte ich Blakes weiche Lippen auf meinen. Erschrocken wich ich von ihm zurück. Wir starrten uns an und keiner sagte ein Wort. Diesmal war ich es, die seine Lippen fixierte, die sich eben sanft auf meine gedrängt hatten. Mein Blick wanderte hoch zu seinen Augen, die mich intensiv musterten. Abwartend, was ich als Nächstes tun würde. Und ohne darüber nachzudenken, presste ich meine Lippen auf seine. Der Kuss war stürmisch und verzweifelt.

Blake richtete sich auf und drückte sich vom Boden ab. Ich klammerte mich mit meinen Beinen um seine Hüfte. Mit seinen starken Armen trug er mich durch die Wohnung und setzte mich auf dem Esstisch ab. Hektisch schob er mein Kleid hoch und öffnete seine Hose, während ich mir den Slip auszog. Wieder trafen unsere Lippen hart aufeinander und ich klammerte mich an ihn. Im nächsten Moment drang er in mich ein. Was wir taten, war in jeder Hinsicht falsch. Aber in diesem Moment waren wir einfach zwei Menschen, die Halt suchten und sonst nirgendwo fanden.

Er packte mich an der Hüfte, stieß schneller zu und als er meine Beine leicht anhob, war es um mich geschehen. Meine Erlösung bahnte sich an, während meine Finger sich in seine Schulter und seinen Rücken krallten. Ich zog mich um ihn zusammen und ließ mich fallen. Blake keuchte. Ich spürte, wie sich seine Rückenmuskeln unter meinen Händen anspannten, ein letztes Mal stieß er in mich und stützte dann erschöpft seine Stirn auf meine Schulter ab.

Wortlos zog er sich aus mir zurück und verschwand im Badezimmer. Voller Reue schob ich mein Kleid hinunter und schlug mir die Hände vors Gesicht, als mir bewusst wurde, was wir gerade getan hatten. *Was war nur in uns gefahren?* Ich atmete tief durch und als ich aufsah, schnappte ich nach Luft. Mein Blick war auf ein Bild von Victoria gerichtet, die mir freundlich zulächelte. Mir wurde schwindlig und ich hielt mich an der Tischkante fest.

»Hey, was ist los?«, fragte Blake besorgt. Inzwischen trug er eine Jogginghose. Wortlos griff ich nach meinem Slip, der am Boden lag und ging, ohne mich noch einmal nach Blake herumzudrehen.

Als ich am nächsten Tag aufwachte, lag Jackson nicht neben mir und ich war mir sicher, er war in die Kanzlei gefahren. Heute würden wir Victoria beerdigen. Alle Gefühle überrollten mich wie ein Lastwagen. Wut, Trauer, Erschöpfung und Verzweiflung. Alles, was sich in den letzten Wochen angestaut hatte, traf mich nun mit voller Wucht. Die Mauer, die ich aufrecht zu halten versucht hatte, um für Blake und Jackson da zu sein, stürzte ein und begrub mich unter sich. Ich schluchzte heftig und Tränen rollten ungehindert meine Wangen hinab. Mein Körper bebte und ich drückte mein Gesicht in mein Kissen, um mein Schluchzen zu dämpfen. Starke Arme schlangen sich um meinen Körper. Jackson flüsterte mir beruhigende Worte zu und legte seinen Kopf auf meinen Scheitel. Ich weinte an seine Brust und er streichelte mir übers Haar.

Keine Stunde später standen wir am Friedhof vor Victorias Sarg. Die Anteilnahme war groß und es war schön zu wissen, dass Victoria so vielen Menschen etwas bedeutet hatte.

Nachdem der Pfarrer seine letzte Rede gehalten hatte, trat Jackson hinter das Stehpult. Er räusperte sich und holte tief Luft, bevor er zu sprechen begann.

»Liebe Familie, Freunde und Bekannte. Liebe Trauergemeinde.

Für viele von euch kam Victorias Tod unerwartet. Ich war einer der wenigen, dem sie sich anvertraut hatte und obwohl man meinen könnte, dass ich genug Zeit hatte, mich darauf einzustellen, tat ich es nicht. Ich wollte es nicht wahrhaben, den wichtigsten Menschen in meinem Leben zu verlieren. Für mich, als ihr großer Bruder, ist es besonders schwer, die kleine Schwester zu Grabe tragen zu müssen, wo es doch umgekehrt sein sollte. Es ist, als wäre es erst gestern gewesen, dass meine Mutter mit ihr vom Krankenhaus nach Hause kam. Ich weiß noch, dass ich Angst hatte, die ohnehin geringe Aufmerksamkeit meiner Eltern teilen zu müssen, doch als ich sie gesehen habe, war es Liebe auf den ersten Blick. Sie war meine Nummer eins, mein Fels in der Brandung. Wir waren unzertrennlich. Ich habe meine Schwester geliebt und ich habe sie immer beschützt. Doch vor der Krankheit konnte ich sie nicht beschützen und so stehen wir jetzt hier und verabschieden uns von der stärksten Frau, die ich je kannte. Victoria war ehrgeizig und hat stets ihre Ziele verfolgt. Rückschläge hielten sie nicht auf, sondern spornten sie an. Bis zum Schluss, dachte sie nicht daran aufzugeben. Sie hat nie ihren Mut verloren, hat sich nicht hängen gelassen. Sie war mir ein Vorbild und ohne sie würde ich definitiv heute nicht da stehen, wo ich bin. Auch wenn mich ihr Verlust zutiefst verletzt und sie eine große Lücke hinterlässt, ist es mir ein Trost, dass sie nicht lange leiden musste. Sie hat alles im Leben erreicht, was sie erreichen wollte. Sie hatte ein glückliches Leben und darüber bin ich unendlich froh. Wenn ich an sie zurückdenke, dann sehe ich sie immer mit einem strahlenden Lächeln. Und könnte sie heute hier sein, würde sie sich wünschen, dass auch wir lächeln. Sie würde nicht wollen, dass wir ihren Tod betrauern, sondern ihr Leben feiern. Liebe Trauergemeinde, vielen Dank, dass ihr heute hier erschienen seid, um solch ein wunderbares Leben zu zelebrieren. Victoria, wir werden dich nie vergessen und dich immer in unseren

Herzen tragen. Wir werden an dich denken, wenn die Sonne uns entgegenstrahlt, so wie du es getan hast.«

Vereinzelt war ein Schniefen zu hören, nur Blakes Gesicht war versteinert. Es herrschte Stille und der Pfarrer fuhr mit der Verabschiedung fort. Jackson setzte sich neben mich und ich griff nach seiner Hand. Mit einem kurzen Lächeln hob er meine an seine Lippen und küsste sie.

Nach und nach verabschiedeten sich die Trauergäste und Blake, Jackson und ich standen allein am Grab.

»Sollen wir dich nach Hause fahren?«, fragte ich Blake.

»Ich werde gehen«, antwortete er und ich nickte. Jackson griff nach meiner Hand und wir gingen zum Auto. Als wir wegfuhren, blickte ich aus dem Fenster und erkannte, dass Blake noch immer an Victorias Grab stand. Seine Schultern bebten. Ich schloss meine Augen und hatte Mühe, meine Emotionen in Schach zu halten. Ich hatte Victoria kaum gekannt und konnte mir nicht annähernd vorstellen, was Jackson und Blake durchmachen mussten.

Zu Hause angekommen, öffnete ich mein schwarzes Etuikleid, als Jackson von hinten seine Hände auf meine Schultern legte und mich massierte. Zärtlich fing er an Küsse auf meine Schultern zu verteilen, wanderte meine Halsbeuge entlang, bis er an mein Ohr angekommen war.

»Heirate mich«, hauchte er und es dauerte einen Moment, bis bei mir durchsickerte, was er gesagt hatte.

Ich drehte mich ihm zu und sah ihn entsetzt an. Er legte seine Hände an meine Taille und zog mich an sich.

»Du siehst, wie kurz das Leben sein kann. Warum warten?«

Ich schüttelte den Kopf. »Deine Schwester ist gerade gestorben. Ich denke, wir brauchen etwas Zeit. Du brauchst Zeit, um das zu verkraften.«

Jackson strich mir eine Haarsträhne aus dem Gesicht und schob sie mir hinter mein Ohr. »Ich will keine Zeit mehr verschwenden. Ich will dich an meiner Seite haben. Für immer, bis dass der Tod uns scheidet, und ich hoffe, bis dahin ist es noch eine verdammt lange Zeit.«

Jackson ging in die Knie und nahm meine Hände. Er blickte erwartungsvoll zu mir hoch. »Bitte, Miriam. Werde meine Frau. Deshalb bist du doch überhaupt nach New York gekommen.«

Ich dachte an Victorias letzten Wunsch und an die Tatsache, dass Jackson außer mir niemanden mehr hatte. Vielleicht würde sich ab heute alles ändern. Jackson hatte recht, er war der Grund, warum ich nach New York gekommen war. Und dann war einfach nur sehr viel dazwischengekommen.

Kapitel 15

10 Monate später

Ich drückte den Knopf der zweiundfünfzigsten Etage. Als sich die Aufzugtüren öffneten, ging ich gutgelaunt auf den Empfangstresen zu.

»Guten Tag, Olivia. Ich hoffe, Sie mögen Zimtschnecken, denn ich benötige dringend Ihre Hilfe«, begrüßte ich sie und stellte ihr sechs davon vor die Nase. »Eine Braut wünscht sich Zimtschnecken, also muss ich die besten der Stadt finden.«

»Sollten Sie die nicht selbst probieren?«, fragte Olivia, nahm sich eine und biss ab.

»Ich habe schon zu viele davon gegessen, glauben Sie mir«, sagte ich und machte kreisende Bewegungen auf meinem Bauch. Ich griff in meine Tasche, zog einen Papierbogen aus meinem Organizer und reichte ihn ihr. »Bitte füllen Sie diesen Kriterienbogen aus. Ich verlasse mich auf Sie«, sagte ich zwinkernd.

»Natürlich«, antwortete Olivia kauend und las die einzelnen Punkte durch.

»Wie lange ist Jackson noch in der Besprechung?«

Sie legte den Bewertungsbogen beiseite und klickte wild auf ihrer Computermaus herum. »Um halb ist der Termin zu Ende, dann haben Sie fünfzehn Minuten.«

»Vielen Dank«, sagte ich und machte mich auf den Weg in die Teeküche.

»Hallo, Miss Heywood«, begrüßte mich einer der Praktikanten, der gerade Kaffee in seine Tasse goss.

»Hallo, Charlie. Olivia hat vorne Zimtschnecken, falls Sie Hunger haben.«

»Nein, danke. Ich bin auf Diät.«

Ich legte meinen Kopf schief und presste meine Lippen aufeinander. »Sag bloß wegen eines Mädchens.«

Er sah schüchtern auf und nickte.

»Ach, Charlie. Wenn sie dich nicht nimmt, wie du bist, hat sie dich nicht verdient.«

»Da haben Sie leicht reden. Sie sehen ja auch toll aus«, seufzte er niedergeschlagen.

»Hat da etwa jemand vor, mir meine Verlobte auszuspannen?«, hörte ich Jacksons Stimme, bevor ich seine Lippen auf meiner Schulter spürte.

Ich drehte mich ihm zu und schlang meine Hände um seinen Hals.

»Ist da etwa jemand eifersüchtig?«, fragte ich und wackelte mit den Augenbrauen.

»Auf jeden, dem du Aufmerksamkeit schenkst«, antwortete er und küsste mich. Seine Hand glitt von meiner Taille auf meinen Po und ich drückte ihn von mir.

»Doch nicht vor Charlie«, sagte ich empört, drehte mich weg und entschuldigte mich bei ihm. Seine Wangen glühten und ich musste innerlich schmunzeln.

»Du siehst heiß aus in dem neuen Kleid«, sagte Jackson, als wir in Richtung seines Büros gingen.

»Jackson Butler gefällt also tatsächlich mal eines meiner Kleider«, antwortete ich grinsend und stieß ihn leicht mit dem Ellenbogen.

»Am besten gefällst du mir immer noch nackt«, flüsterte er mir ins Ohr und ich verdrehte lächelnd die Augen.

Wir betraten sein Büro und während ich mich mit überschlagenen Beinen auf den Chefsessel setzte, schloss Jackson die Tür hinter sich.

Mit einem unwiderstehlichen Grinsen kam er auf mich zu, beugte sich herab und sah mir in die Augen.

»Was verschafft mir eigentlich die Ehre? Du bist doch nicht wegen der Zimtschnecken hier.«

»Ich hoffe, du hast nicht vergessen, welcher Tag heute ist«, sagte ich und nestelte an seiner Krawatte herum.

»Wie könnte ich?«, fragte er und hob leicht mein Kinn, damit ich ihn ansah. »Alles Gute zum Jahrestag, Baby.«

»Wohin fahren wir?«, fragte ich ungeduldig, als Jackson mir die Autotür zu seinem Wagen aufhielt.

»Lass dich überraschen«, antwortete er und drückte mir einen Kuss auf die Lippen.

»Wehe, ich habe mich umsonst in so ein unbequemes Kleid geschmissen«, sagte ich, als Jackson neben mir Platz nahm.

»Umsonst war das bestimmt nicht.« Auf seinen Lippen lag ein anzügliches Grinsen und ich gab ihm einen leichten Klaps auf den Arm.

Nach Victorias Tod hatte sich die Beziehung zwischen Jackson und mir tatsächlich verändert. Jackson hatte sich geändert. Ich nahm immer öfter an seinem Verhalten wahr, dass er endlich verstanden hatte, wie vergänglich das Leben war und wie wichtig es war, die Zeit mit den Menschen zu verbringen, die man liebte.

Nicht lange nach Victorias Beerdigung war er von der Arbeit nach Hause gekommen und hatte mir erzählt, dass er mit einer Therapie beginnen wollte, was er dann tatsächlich getan hatte. Nicht nur, um Victorias Tod zu verarbeiten, sondern auch den frühen Verlust seiner Mutter und die unerwiderte Liebe seines Vaters.

Er bemühte sich um mich, aber was viel wichtiger war, er bemühte sich um sich selbst.

Er arbeitete nun weniger als zuvor, denn er vergrub sich nicht mehr darin, um irgendwelche Gefühle zu verdrängen.

Nie wieder hatte ich ihn so wütend erlebt, wie damals als er betrunken nach Hause gekommen war. Er hatte sein Versprechen gehalten, es nicht noch mal so weit kommen zu lassen.

»Das ist doch der Broadway«, stellte ich fest, als ich aus dem Auto sah.

»Richtig«, antwortete Jackson. Ich drehte mich mit großen Augen ihm zu. »Wir sehen uns ein Musical an?«

Jackson schmunzelte. »Nicht irgendein Musical, sondern das Phantom der Oper an.«

»Du hast es dir gemerkt?«, fragte ich. Es war inzwischen zwölf Jahre her, dass ich Jackson davon vorgeschwärmt hatte.

»Ich bin immer wieder für Überraschungen gut.«

»Da hast du recht.«

Als wir das Majestic Theatre betraten, war ich überwältigt. Es war ein altes aber wunderschönes Theater mit einem tollen Ambiente. Laut Jackson war es sogar eines der größten auf dem Broadway.

Unsere Plätze befanden sich direkt hinter dem Orchester, von wo man uneingeschränkte Sicht auf die Bühne hatte, und so konnte ich das Stück in vollen Zügen genießen.

Bereits ab der ersten Sekunde, als sich der rote Vorhang öffnete, zog mich das Musical in seinen Bann.

Die Darsteller waren talentiert und das Orchester sowie das Bühnenbild einfach großartig. Ich liebte die aufwendigen Kostüme und die ganze Inszenierung. Gänsehaut bildete sich auf meinen Armen, als sie das Lied *The Phantom of the Opera* performten.

Ich bemerkte, dass Jackson mich von der Seite musterte und als ich ihn ansah, lag ein zufriedenes Lächeln auf seinen Lippen.

»Da vorne ist das Musical«, flüsterte ich, um die anderen Besucher nicht zu stören.

»Dich so glücklich zu erleben, ist aber schöner zum Ansehen«, antwortete er.

Ich legte meinen Kopf schief und drückte ihm dann einen Kuss auf die Lippen.

Nach zweieinhalb Stunden endete das Musical mit einem tosenden Beifall. Dankend flog ich Jackson um den Hals, nachdem wir das Theater verlassen hatten.

»Es war großartig, einfach phänomenal. Die Darsteller, die Musik und der fliegenden Kronleuchter erst!«, sagte ich euphorisch, als wir Hand in Hand die Straße entlangliefen.

»Es freut mich, dass es dir gefallen hat.«

»Und wie«, antwortete ich und schwärmte weiter von dem Stück.

Wie sich herausstellte, war das Musical nicht die einzige Überraschung, denn Jackson hatte einen Tisch in einem meiner Lieblingsrestaurants reserviert, das nicht weit entfernt war.

Da wir auf unseren Tisch warten mussten, setzte ich mich in der Zwischenzeit an die Bar und bestellte mir einen Cocktail, während Jackson auf die Toilette verschwand.

»Miriam?«, hörte ich eine bekannte Stimme neben mir, als ich einen Schluck vom Martini nahm. Mein Atem stockte. Ich drehte mich zur Seite und sah direkt in Blakes vertrautes Gesicht.

»Hey«, sagte ich und konnte nicht glauben, dass er vor

mir stand. Am liebsten wäre ich aufgesprungen und ihm um den Hals gefallen, stattdessen blieb ich ruhig sitzen und ließ mir nicht anmerken, wie aufgeregt ich war, ihn nach all den Monaten wiederzusehen.

Seit Victorias Tod und meiner Entscheidung, Jackson zu heiraten, war ich Blake aus dem Weg gegangen. Ich musste ihn vergessen, damit Jackson eine faire Chance hatte. Er war hartnäckig gewesen, hatte lange versucht, mit mir Kontakt aufzunehmen, doch irgendwann war es ihm vermutlich zu mühsam geworden. Die Nachrichten waren weniger geworden, die Anrufe waren ausgeblieben, bis er sich gar nicht mehr gemeldet hatte. Ich hatte mich schrecklich gefühlt, ihn direkt nach Victorias Beerdigung so im Stich gelassen zu haben, doch ich hatte diesen Abstand gebraucht.

»Miriam, das ist Tammy«, stellte er mir die dunkelhaarige Schönheit neben ihm vor. »Meine Freundin«, ergänzte er trocken. »Tammy, das ist Miriam, eine alte Bekannte.«

Sofort spürte ich einen fiesen Stich zwischen meinen Rippen. Wir waren so viel mehr gewesen und das wusste er auch. Er wollte mich verletzen, genauso wie ich ihn verletzt hatte. Ich überspielte den Schmerz und streckte ihr meine Hand entgegen.

»Freut mich«, sagte ich freundlich und spürte, dass Blake mich noch immer ansah.

»Ebenso«, antwortete Tammy schüchtern und schüttelte meine Hand.

Tammy war schlank und groß, wirkte aber nicht älter als Anfang zwanzig. Sie konnte Victoria bei weitem nicht das Wasser reichen. Nicht, was das Aussehen betraf, denn Tammy war wunderschön, doch es fehlte ihr an Ausstrahlung und Selbstbewusstsein. Vielleicht war es genau das, was Blake suchte und brauchte. Eine Frau, die ihn nicht an Victoria erinnerte.

»Wollt ihr euch zu uns setzen?«, fragte ich und versuchte, so gleichgültig wie möglich zu klingen. »An unserem Tisch sind noch Plätze frei.«

»Wir haben reserviert, danke«, antwortete Blake und legte Tammy seine Hand auf den Rücken.

»Dann wünsche ich euch einen tollen Abend. Es war schön, dich wiederzusehen«, sagte ich an Blake gerichtet.

»Es war auch schön, dich wiederzusehen«, antwortete er und mit einem Handzeichen verabschiedeten sich die beiden von mir.

Mit einem einzigen großen Schluck leerte ich das Martiniglas und zog eine Grimasse, als sich der herbe Geschmack auf meiner Zunge ausbreitete. In dem Moment kam Jackson auf mich zu und ich setzte ein falsches Lächeln auf. Er sollte nicht bemerken, wie sehr sich meine Stimmung in den letzten Minuten verändert hatte. Der Abend war perfekt gewesen, bis Blake aufgetaucht war und mein Herz mir zu verstehen gab, dass sich nichts geändert hatte.

Der Kellner führte uns an unseren Tisch und mit Entsetzen stellte ich fest, dass er sich direkt schräg hinter dem von

Blake und Tammy befand. An ihrem saß außer ihnen ein älteres Pärchen und ich hatte den Verdacht, dass es entweder Tammys Großeltern oder Eltern waren. Jackson dürfte Blake wohl nicht gesehen haben, denn ohne etwas zu sagen, setzte er sich, den Rücken ihnen zugewandt. Ich beschloss, es dabei zu belassen.

Den ganzen Abend versuchte ich zu ignorieren, dass Blake nur wenige Meter von mir entfernt saß. Doch ich schaffte es nicht. Immer wieder huschte mein Blick zu ihm und seiner Freundin, als würde ich magisch von ihm angezogen werden. Tammy und er wirkten vertraut und ich fragte mich, wie lange das zwischen ihnen schon lief. Liebte er sie oder wollte er sich nur über Victoria hinwegtrösten?

Tammy brachte ihn zum Lachen und es war so unbeschwert. Nichts ließ darauf schließen, was er im letzten Jahr durchgemacht hatte. Ich sollte mich für ihn freuen, denn er hatte offensichtlich zurück ins Leben gefunden. Er schien bereit, wieder zu lieben. Wie sehr ich mir wünschte, an ihrer Stelle zu sein.

Erschrocken über diesen Gedanken, griff ich rasch nach meinem Weinglas und leerte es in einem Zug.

»Heute besonders durstig?«, fragte Jackson und musterte mich amüsiert.

»Der Wein schmeckt fantastisch«, antwortete ich und nahm dabei verschwommen im Hintergrund wahr, wie Tammy Blake küsste.

Voltaire hatte unrecht gehabt. Zeit heilte keine Wunden. Zehn Monate waren vergangen und rein gar nichts hatte sich an meinen Gefühlen für Blake geändert.

Ich stand auf und entschuldigte mich für einen Moment bei Jackson. Aufgebracht lief ich zur Bar, die man von unserem Tisch aus nicht sehen konnte. Ich brauchte kurz Abstand und etwas für die Nerven.

Es verging keine Minute, bis ich Blake hinter mir bemerkte. Sein Aftershave verriet ihn.

»Schicken Ring hast du da an deinem Finger«, sagte er, als ich mich ihm zuwandte. Seine Hände hatte er vor seiner Brust verschränkt und ich konnte sehen, wie seine Kiefermuskeln arbeiteten. Ich warf einen Blick auf meinen Verlobungsring, den Jackson mir nach seinem Antrag geschenkt hatte.

»Kann ich dir irgendwie helfen?«, fragte ich und versuchte die Nervosität, die er in mir auslöste, zu überspielen.

»Wann ist denn der große Tag?«

»In einer Woche.«

Blake zog die Augenbrauen nach oben und presste seine Lippen zu einer schmalen Linie zusammen. »Herzlichen Glückwunsch.«

»Ich freue mich für dich, dass du wieder jemanden gefunden hast«, sagte ich, ohne auf seine Glückwünsche einzugehen.

»Ja, Tammy ist toll.«

»Weiß sie von …«, begann ich, beendete den Satz aber nicht.

Blake nickte. »Sie ist sehr verständnisvoll.«

»Es ist schön, dich wieder glücklich zu sehen.« Obwohl es mir das Herz bricht, fügte ich gedanklich hinzu.

»Es wäre auch schön, zu wissen, dass du glücklich bist.«

»Ich bin glücklich«, sagte ich und schaute ihm dabei fest in die Augen.

»Es hat sich nichts geändert, oder?«

»Es hat sich alles geändert.«

Blake sah sich um und zog mich dann am Arm mit sich in eine unbeobachtete Ecke.

»Siehst du nicht, wie falsch das ist?«, fragte er wütend.

Ich schüttelte den Kopf, ohne ihn anzusehen.

»Du hast mich aus deinem Leben verbannt, weil du genau weißt, dass es falsch ist. Er mag dir körperlich das geben, was du brauchst, aber er kann dir nicht geben, was du hier brauchst«, sagte er und legte seine Hand auf meine Brust, direkt über mein Herz, das heftig pochte.

Er nahm mein Gesicht in seine Hände und musterte mich eindringlich. Ich schloss meine Augen, da ich es nicht länger ertrug ihn anzusehen. Im nächsten Moment berührten seine weichen Lippen meine. Vorsichtig, als hätte er Angst, ich könnte ihn von mir stoßen. Doch ich war schwach und gab nach. Der Kuss war sanft, geladen mit Emotionen, die unter der Oberfläche brodelten. Ich schmeckte Salz auf unseren Zungen und erst als Blake seinen Daumen über meine Wange strich, wurde mir bewusst, dass es meine Tränen waren. Er legte seine Stirn an meine.

»Midge, ich habe versucht, dich zu vergessen. Meine Gefühle, für dich zu ignorieren. Doch jetzt stehst du hier vor mir und es hat sich nichts geändert«, sagte er und sprach mir damit direkt aus der Seele.

Ich öffnete meine Augen, sah in seine, die so verzweifelt wirkten, wie ich mich fühlte.

»Ich weiß nicht, ob du meine einzig wahre Liebe bist, denn an so etwas glaube ich nicht.« Über seine Lippen huschte ein bitteres Lächeln. »Aber ich würde bis ans Ende der Welt mit dir gehen und noch viel weiter.«

Ich legte meine Hand an seine Wange und gab ihm einen letzten Kuss. »Ich kann nicht«, flüsterte ich.

»Warum? Warum kannst du Jackson einfach nicht verlassen? Was kann er dir bieten, was ich dir nicht bieten kann?«

»Er hat sich geändert«, sagte ich leise und wischte mir Tränen weg, die nicht aufzuhalten waren.

»Ist er deine wahre Liebe? Ist es die Art von Liebe, von der du im Flugzeug gesprochen hast?«

Ich presste meine Lippen aufeinander und nickte. Nickte, obwohl ich insgeheim wusste, dass es nicht stimmte. Aber ich war glücklich mit Jackson. Die wahre Liebe, so wie ich sie mir vorgestellt hatte, gab es nicht. Jede Beziehung bedeutete, Kompromisse einzugehen und die rosarote Brille abzusetzen, denn niemand war perfekt.

»Das glaube ich dir nicht.«

Ich senkte den Blick und holte geräuschvoll Luft.

»Ich war einfach naiv, okay?«, sagte ich unter Tränen.

Seufzend zog Blake mich in seine Arme und sofort durchflutete eine wohlige Wärme meinen Körper. Ich hatte ihn so vermisst.

»Miriam!«, hörte ich Jacksons strenge Stimme und ich erstarrte.

Blake löste sich von mir und wollte ihn begrüßen, aber Jackson ignorierte ihn.

»Wir gehen. Auf der Stelle«, sagte er an mich gerichtet. In seinen Augen sah ich ein zorniges Funkeln.

Sofort setzte ich mich in Bewegung, doch Blake hielt mich am Arm zurück.

Geh nicht, formte er tonlos mit seinen Lippen.

»Es tut mir leid«, antwortete ich leise. Blake ließ los und ich lief Jackson hinterher.

Den Weg bis zum Auto sprachen wir kein Wort miteinander und das machte mir Angst. Seine Hände waren zu Fäusten geballt und seine Kiefer malmten.

»Was war das?«, fragte er, nachdem wir ins Auto gestiegen waren.

»Was meinst du?«

»Hör auf, dich dumm zu stellen!«, schnauzte er und schlug mit seinen Händen auf das Lenkrad.

»Beruhig dich«, bat ich und legte meine Hand auf seine.

»Sag mir nicht, dass ich mich beruhigen soll«, zischte er zwischen zusammengepressten Zähnen. »Warum hat er dich umarmt?«

Ich legte meinen Kopf zurück auf die Kopfstütze. Für Jackson mochte es aussehen, als wäre ich genervt von seinem Verhalten, doch in Wirklichkeit war ich erleichtert darüber, dass er nur die Umarmung gesehen hatte.

»Blake und ich haben viel Zeit miteinander verbracht. Ich habe seine Hochzeit geplant. Ich war an seiner Seite, als Victoria gestorben ist. Ich habe mich um die Beerdigung gekümmert und ich war für ihn da. Hast du dir schon mal Gedanken darüber gemacht, dass er einfach nur dankbar ist?«, fragte ich ruhig, obwohl ich es ihm am liebsten ins Gesicht geschrien hätte.

Sofort erkannte ich Reue in seinen Augen. »Du hast recht. Es tut mir leid, Baby.«

In den nächsten Tagen tat ich alles, um Blake wieder aus meinen Gedanken zu verdrängen. Ich vergrub mich in Arbeit, putzte das Appartement und las mehrere Bücher. Als ich es endlich geschafft hatte, in einem Thriller zu versinken, klingelte mein Telefon und ausgerechnet Ethans Name stand auf dem Display.

»Hallo, Midge, lange nicht gehört«, begrüßte er mich, nachdem ich abhob. »Das mag jetzt eigenartig klingen, aber hast du heute schon mit Blake gesprochen oder geschrieben?«

Sofort machte sich ein ungutes Gefühl in meiner Brust breit. Warum sollte Ethan ausgerechnet mich anrufen?

»Nein, weshalb?«

»Ach, nur so, dann frage ich –«

»Ethan, sag mir, was los ist.«

Ich hörte ihn schwer ins Telefon seufzen. »Ein Kollege von uns wollte gestern den Dienst tauschen. Blake und Alex hatten sich angeboten.«

»Okay«, antwortete ich und wusste nicht, worauf er hinauswollte. Ethan schien das zu bemerken.

»Das Flugzeug hatte technische Probleme und hat die Landung nicht heil überstanden. Von den Insassen hat niemand überlebt.«

Mein Atem stockte, Blut rauschte in meinen Ohren und mein Herz raste. Schreckliche Bilder spielten sich vor meinem inneren Auge ab und mein Puls überschlug sich.

»Ich bin eben erst in Miami gelandet und habe es von anderen Piloten erfahren. Ich habe es versucht, aber ich erreiche niemanden auf der Arbeit. Ich weiß also nicht, ob Blake oder Alex den Dienst übernommen hat.«

Ich schnappte nach Luft und ließ mich auf den Stuhl fallen. »Nein, Blake ist nichts passiert. Er ist wohlauf. Flugzeuge stürzen nicht ab. Flugzeuge sind sicher«, sagte ich panisch vor mich hin.

»Hey, beruhig dich.«

»Ich kann mich nicht beruhigen!«, rief ich hysterisch. Tränen bildeten sich in meinen Augen. Blake konnte nicht tot sein. Blake war nicht tot!

»Ich melde mich, sobald ich Genaueres weiß, okay?«

»Okay«, antwortete ich und legte auf.

Für einige Minuten saß ich einfach starr da, dann schnappte ich nach meiner Tasche und verließ das Appartement.

Ich drängte mich durch die New Yorker Innenstadt und lief zu Blakes Wohnung. Aufgebracht klingelte ich Sturm und klopfte mehrmals. Als die Tür endlich aufging, fühlte ich mich erleichtert, bis ich erkannte, dass es nicht Blake war, der die Wohnung öffnete, sondern eine junge Frau.

»Was wollen Sie?«, fragte sie gereizt.

»Ist Blake hier?«

»Hier wohnt kein Blake«, fauchte sie und schlug mir die Tür vor der Nase zu.

Völlig perplex starrte ich auf das grüne Holz. Blake war umgezogen? Aufgebracht zog ich mein Telefon aus der Tasche und wählte Ethans Nummer.

»Wo wohnt Blake?«, fragte ich ihn, als er endlich abhob.

»Midge, Blake ist nicht zu Hause.«

»Woher willst du das wissen?«, schrie ich ins Telefon.

Er seufzte. »Seine Freundin ist dort.«

Ich zog scharf die Luft ein und spürte, wie mir schwindlig wurde.

»Okay«, sagte ich und atmete tief ein, um mich zu beruhigen.

»Ethan, Blake ist nicht tot. Richtig?«

Ich wollte es von ihm hören.

»Midge«, antwortete er ruhig, als wäre er nicht davon überzeugt.

»Sag es!«

»Ich weiß es nicht.«

Verzweifelt schleuderte ich mein Telefon zu Boden. Ohne mich zu beachten, gingen die Menschen hektisch an mir vorbei. Für jeden drehte sich die Welt weiter, meine stand mit einem Mal still.

Schluchzend griff ich nach meinem Telefon. Das Display war zersprungen, genauso wie mein Inneres. Ich stopfte es in meine Tasche und lief benommen die Straße entlang. Plötzlich entdeckte ich auf der gegenüberliegenden Seite die Bar mit dem guten Bier. Ich stürmte hinein und wünschte, er würde in der Nische sitzen, in der ich ihn nach Victorias Tod gefunden hatte. Aber da war er nicht. Ich rannte zum Burgerladen. Doch dort war er auch nicht.

Blake war verdammt noch mal nicht in diesem scheiß Flugzeug gewesen, das konnte nicht sein. Ich spürte, wie mir schwindelig wurde, und lehnte mich gegen eine Wand.

»Atmen Sie durch die Nase ein und durch den Mund kräftig wieder aus. Gut so. Einundzwanzig, zweiundzwanzig. Wieder einatmen und kräftig ausatmen«, hallte Blakes Stimme in meiner Erinnerung wider. Ich schluchzte und rappelte mich auf. Aus meiner Tasche zog ich einen kleinen Spiegel und wischte mir die verlaufene Mascara unter den Augen weg. Ich hob meine Hand und mit dem nächsten Taxi fuhr ich zu Jackson ins Büro.

Ich musste nichts zu Olivia sagen, meine roten Augen verrieten, dass etwas vorgefallen sein musste. Sofort gab sie Jackson Bescheid. Mit schnellen Schritten lief ich zu seinem

Büro und als ich die Tür öffnete, brach ich vor ihm zusammen. Gerade noch rechtzeitig fing er mich auf und ich klammerte mich an ihn. »Baby, was ist los?«

Ich schluchzte heftig. »Blake«, war alles, was ich rausbrachte.

Jackson schob seine Brauen zusammen, sodass sich eine tiefe Falte dazwischen bildete. Verwirrt sah er mich an und dann hinter mich. Ich schniefte und sah über meine Schulter und da stand er. Lebendig. Gesund.

Mein Körper begann noch heftiger zu beben und ich stemmte mich hoch. Wütend lief ich auf ihn zu.

»Du verdammter Vollidiot!«, rief ich und schlug ihm mit meinen Fäusten gegen die Brust. »Ich dachte, du wärst tot«, schluchzte ich und Blake zog mich wortlos in seine Arme. Ich versuchte, mich zu beruhigen, doch ihn in Sicherheit zu wissen, überwältigte mich und ich genoss das Gefühl, das Herz in seiner Brust schlagen zu hören. Jackson räusperte sich.

»Was ist hier los, wenn ich fragen darf?«

Blake umfasste meine Oberarme und drückte mich sanft von sich, um mich ansehen zu können. »Das wüsste ich auch gerne.«

»Hast du die Anrufe und Nachrichten nicht bekommen?«

»Nein, ich habe mein Telefon im Uber vergessen und bin schon den ganzen Tag für Jackson unterwegs.«

Ich schüttelte den Kopf. »Das Flugzeug, dessen Flug du übernehmen wolltest, ist abgestürzt. Und sag mir jetzt verdammt noch mal nicht, dass Flugzeuge sicher sind!«

»Ach du scheiße«, sagte er und legte sich die Hände vor die Augen. »Alex hat übernommen.« Er beugte sich nach vorne und stützte seine Hände auf seinen Oberschenkeln ab. Ich strich mit meiner Hand über seinen Rücken und in dem Moment war es mir egal, wie Jackson reagieren würde. Blake hatte vermutlich einen Freund verloren und war nur selbst knapp mit dem Leben davongekommen.

»Ich muss los.«

Ich nickte und dann eilte er aus dem Büro. »Ich habe ihn gebeten mein Trauzeuge zu sein, deshalb ist er nicht geflogen«, sagte Jackson und musste sich setzen.

»Du hast ihn gerettet«, erwiderte ich leise und setzte mich ebenfalls.

Kapitel 16

Meine ganze Familie war aus Seattle angereist, um bei Jacksons und meiner Hochzeit dabei sein zu können. Oder zumindest die Personen, die mir wichtig waren. Ally war im dritten Monat schwanger und inzwischen zeichnete sich ein kleines Bäuchlein ab. Sofort schob ich den Gedanken beiseite, dass ich mir das auch wünschte. Aber Jackson wollte noch keine Kinder.

»Hast du abgenommen, mein Schatz, du siehst so dürr aus?«, fragte meine Mutter und musterte mich kritisch, als Ally den letzten Knopf meines Brautkleides schloss.

»Mom«, zischte meine Schwester und stieß sie mit dem Ellenbogen an.

»Ich habe ein anstrengendes Jahr hinter mir, Mom. Also ja, es kann durchaus sein, dass ich abgenommen habe.«

»Du solltest unbedingt mehr essen.«

Ally zog mich von Mom weg und ich schnitt eine Grimasse. »Sie treibt mich in den Wahnsinn«, sagte ich zu Ally, während ich meine Mutter aus sicherer Entfernung beobachtete.

»Ignorier sie.«

»Wenn das so einfach wäre.«

»Wie geht es dir wirklich?«

»Gut. Mir geht's gut«, antwortete ich, obwohl mir vor Aufregung übel war.

Es klopfte an der Tür und Blake steckte seinen Kopf herein. »Kann ich kurz reinkommen?«

»Natürlich.«

Er betrat den Raum und Ally strich mir über den Arm bevor sie zu Mom hinüberging.

»Du siehst … wow. Jackson hat wirklich Glück«, sagte Blake, der mich von oben bis unten musterte und direkt vor mir zum Stehen kam.

Ich sah an ihm vorbei und bemerkte, wie Ally sich auf die Unterlippe biss und beinahe Herzen in den Augen hatte.

Blake wollte sich umdrehen, doch ich schob seinen Kopf in meine Richtung, damit er meine Schwester nicht ansah. Es reichte, wenn er wusste, dass ich verrückt war. Er brauchte nicht gleich zu wissen, dass meine ganze Familie es ebenso war. »Danke.«

»Ich wollte dir nur noch sagen, dass ich dir alles Glück dieser Welt wünsche. Wenn Jackson dir das geben kann, freue ich mich für dich. Du bist eine großartige Frau und ich werde nie vergessen, was du alles für mich und Victoria gemacht hast.«

»Wieso hört sich das nach einem Abschied an?«, fragte ich verunsichert.

Blake seufzte frustriert. »Nach der Hochzeit werde ich aus eurem Leben verschwinden. Du hast deine Entscheidung getroffen und diese respektiere ich, aber ich kann nicht über dich hinwegkommen, wenn wir weiter so tun, als könnten wir Freunde sein.«

Bei jedem Wort, das Blake sagte, fühlte ich einen heftigen Schmerz in der Brust und als er den Satz beendet hatte, war mein Herz in tausend Teile zerbrochen.

Nach so langer Zeit war Blake endlich wieder ein Teil meines Lebens und nun würde ich ihn erneut verlieren. Am liebsten hätte ich ihn angefleht, seine Meinung zu ändern, doch das wäre unfair und egoistisch gewesen. Blake hatte mehr verdient, er hatte das Beste verdient, und genau deshalb musste ich loslassen.

»In einem anderen Leben wärst du der Mann an meiner Seite«, brachte ich mit Tränen in den Augen und bitter lächelnd über die Lippen.

»In einem Leben, in dem keine Flugzeuge abstürzen und in dem ich an die einzig wahre Liebe glaube«, sagte er und legte seine Hand an meine Wange. Ich schmiegte mich daran und eine einzelne Träne löste sich aus meinem Augenwinkel. Mit seinem Daumen wischte er sie weg und drückte mir mit geschlossenen Augen einen Kuss auf die Stirn.

Ich schlang meine Arme um seinen Körper und es war mir egal, was meine Mutter oder Ally darüber dachten.

»Du bist verrückt«, flüsterte Blake und ich musste lachen.

»Blake, der Pilot und Midge, die Verrückte.«

»So hat es begonnen und so endet es.«

Ich versuchte den Kloß, der sich in meinem Hals gebildet hatte, runterzuschlucken.

»Wir sehen uns dann am Altar«, sagte Blake und verabschiedete sich bei Ally und Mom.

Als Blake den Raum verlassen hatte, schloss ich meine Augen und ich spürte, wie meine Mundwinkel sich verräterisch nach unten verzogen.

Ally kam auf mich zugelaufen und zog mich in eine Umarmung. »Ich hatte ja keine Ahnung«, sagte sie leise und strich mir über mein Haar. Ich schlang meine Arme um sie und atmete den vertrauten Geruch von Magnolien ein.

»Kann mir mal jemand erklären, was das eben war?«, fragte meine Mutter und stemmte ihre Hände in die Hüfte.

»Midge heiratet den falschen Mann«, sagte Ally und meine Mutter schnappte entsetzt nach Luft. »Du kannst Jackson nicht heiraten«, protestierte meine Schwester und lief unruhig im Zimmer auf und ab.

»Kannst du dich daran erinnern, was dabei herausgekommen ist, als ich das letzte Mal auf deinen Rat gehört habe?«, erinnerte ich sie.

»Da war ich betrunken und du auch.«

»Ich werde da jetzt rausgehen und Jackson heiraten und ich erwarte von euch, dass ihr mich unterstützt und meine Entscheidung akzeptiert.«

»Du bist verrückt«, sagte Ally und ich warf ihr einen bösen Blick zu, weil ich wusste, was sie damit bezwecken wollte.

»Ich dachte, vielleicht funktioniert's«, sagte sie und zuckte mit den Schultern. Ich verdrehte die Augen.

»Ich liebe Jackson. Er ist der Richtige«, sagte ich und ertappte mich dabei, dass ich damit nicht nur Ally überzeugen wollte, sondern auch mich selbst.

Ally war die Erste, die den Gang der wunderschönen Kirche entlangschritt, als die Musik zu spielen begann. Dann folgte Madeleine.

Obwohl ich selbst schon unzählige Male bei Hochzeiten dabei gewesen war und genau wusste, wie alles ablief, war ich so nervös wie noch nie zuvor. Ab heute würde ich nicht länger Miss Heywood sein, sondern Mrs Butler.

Ich atmete tief durch und umklammerte fest meinen Brautstrauß.

»Aufgeregt?«, fragte mein Vater, der neben mir stand und der mich zum Altar führen sollte. Ich nickte.

»Du schaffst das. Ich bin bei dir.«

Dann setzten wir uns in Bewegung. Langsam schritten wir den Gang entlang, dabei waren alle Augenpaare auf uns gerichtet. Unruhig wanderte mein Blick durch die Menschenmenge, die auf den Bänken saß, bis ich Blake neben Jackson vorne am Altar sah. Sein Lächeln und das Strahlen in seinen Augen ließen mich für einen Moment meine Nervosität vergessen.

Dann blickte ich zu Jackson. Auch er lächelte, aber etwas fehlte. Ich zog meine Brauen zusammen und Victorias Worte schossen mir durch den Kopf. *Brich Jackson nicht das Herz. Du bist die Einzige, die er noch hat. Er kann nicht uns beide verlieren.*

Abrupt blieb ich kurz vor dem Altar stehen.

Blake sah mich irritiert an und Jackson entsetzt.

»Miriam?«, flüsterte mein Vater.

Ich warf einen Blick über meine Schulter, sah zu den Gästen, die alle darauf warteten, dass ich weiterging.

»Miriam, Baby, was soll das?«, fragte Jackson ungeduldig.

»Das ist nicht richtig«, sagte ich leise und zog meine Hand, aus dem Arm meines Vaters.

Die Gäste hinter mir tuschelten, doch das war mir egal.

Ich hatte erneut den Glauben an die wahre Liebe verloren, weil ich in einer Beziehung war, die mich nicht glücklich machte. Jackson hatte sich verändert, er hat alles getan, alles richtig gemacht, doch es lag nicht an ihm. Ich wollte so sehr, dass mein Herz ihm gehörte, dass ich alle Zeichen, die dagegen gesprochen haben, ignoriert hatte.

»Ich kann dich nicht heiraten«, sagte ich zu Jackson und tat einen Schritt rückwärts. »Nie wieder! Das habe ich mir geschworen. Nie wieder will ich mich mit weniger zufriedengeben. Ich liebe dich, Jackson, aber nicht so, wie ich dachte oder wie ich es mir erhofft hatte. Wir würden nicht glücklich werden. Die Ehe wäre zum Scheitern verurteilt. Ich kann das nicht und irgendwann wirst du mir dankbar dafür sein.«

Ich blickte zuerst zu Ally, die heftig nickte, dann zu Blake.

Du bist verrückt, formte er lautlos mit seinen Lippen.

»Es tut mir so leid«, sagte ich an Jackson gerichtet und flüchtete von meiner eigenen Hochzeit.

»Miriam!«, rief er mir verzweifelt hinterher, doch ich blieb nicht stehen. *Es tut mir leid, Victoria, aber Jackson hat mehr verdient. Wir haben beide mehr verdient.*

Kapitel 17

Zwei Tage später

Nervös kaute ich auf meiner Unterlippe, bis ich mich endlich dazu entschloss, aus dem Mietwagen zu steigen.

Der Kies knirschte unter meinen Schuhen, als ich auf die weiße Scheune zuging. Vielleicht war es doch keine so gute Idee gewesen herzukommen. *Nein, ich musste es tun.* Ich strich mein Kleid glatt und atmete tief durch.

Zögerlich hob ich meine Hand und klopfte an die Tür. Ich hatte keine Ahnung, ob man mich von innen überhaupt hören konnte, da die Scheune riesig war, aber nach wenigen Sekunden wurde sie geöffnet.

»Hey«, sagte ich und lächelte unsicher. »Du hast sie gekauft.«

Blake nickte schmunzelnd. »Das habe ich.«

Er trat einen Schritt beiseite und machte eine einladende Handbewegung.

Ich betrat die Scheune, die kaum wiederzuerkennen war. Sie hatte ihren alten Charme, aber was Blake daraus gemacht hatte, war unglaublich.

»Es ist noch einiges zu tun«, sagte er, als er mir folgte.

Im hinteren Bereich befand sich nun eine große Küche mit Essbereich. Alles war in Holz gehalten und es war eine schöne Mischung aus modern und urig.

Ich trat in den Wohnbereich mit Sofas und hohen Bücherregalen. Große Teppiche machten die Scheune noch gemütlicher. Über dem Kamin entdeckte ich ein Bild von Victoria und meine Mundwinkel hoben sich.

Treppen führten auf eine Galerie, wo sich ein offener Schlafbereich befand, den man bereits von hier unten sehen konnte.

In Gegensatz zu Blakes altem Appartement, das kahl und kalt gewesen war, steckte in dieser Scheune Persönlichkeit. Er hatte alles mit Liebe zum Detail eingerichtet und ich fühlte mich auf Anhieb wohl.

»Ich liebe es«, sagte ich begeistert. »Ich dachte, ich liebe die Scheune, doch was du daraus gemacht hast, ist der Wahnsinn.«

»Vielen Dank«, sagte Blake verlegen.

»Ethan hat mir deine Adresse gegeben«, beichtete ich und stellte meine Tasche auf dem Sofa ab.

Ich drehte mich herum und in dem Moment drückte mir Blake ohne Vorwarnung einen Kuss auf die Lippen. Mein Herz hüpfte im Kreis und tausende Schmetterlinge schwirrten in meinem Bauch. Ohne zu zögern, legte ich meine Hand in seinen Nacken und zog ihn näher an mich. In dem Moment fühlte ich nichts als pures Glück.

Mit einem Ruck hob er mich und ich schlang meine Beine um seinen Körper. Langsam stieg er die Treppen hoch und ließ mich sachte auf sein Bett nieder. Wie ein Engel schwebte er über mir und musterte mich ehrfürchtig. Sanft streichelte er mit seinem Finger über mein Gesicht, als wollte er sich alles genau einprägen. Er zeichnete die Kontur meiner Lippen nach und streifte sie mit seinen.

Ohne Hektik knöpfte er mein Blusenkleid auf und als er sah, dass ich keinen BH trug, hob er die Augenbrauen und ich musste grinsen. Er nahm meine Hand in seine und legte sie an die Stelle, an der sich sein Herz befand. Es pochte heftig gegen seine Brust. »So verrückt machst du mich.«

Hitze schoss mir in die Wangen und ich biss mir auf die Unterlippe.

Mit einer zarten Berührung fuhr er mein Schlüsselbein nach und ich kicherte, weil es kitzelte. Lächelnd schob er mir das Kleid von den Schultern und zog es unter meinem Körper weg. Dann griff er nach meiner Hand und verteilte Küsse auf die Handfläche, auf die Innenseite meines Handgelenks, meinem Unterarm entlang, in meine Armbeuge und auf meinen Oberarm bis zur Schulter. Er küsste gefühlt jeden Zentimeter meines Körpers. Ich ließ meine Hände unter sein T-Shirt gleiten und zog es ihm über den Kopf. Mein Atem stockte für einen Moment und im nächsten begann ich, die Muskeln mit meiner Fingerspitze nachzuzeichnen. Blake griff nach meiner Hand und verschränkte unsere Finger miteinander.

»Du bist so unglaublich schön«, sagte er und ich lächelte verlegen.

Wir erkundeten unsere Körper ohne Eile und genossen jeden Moment davon. Jede Berührung. Jeden Kuss. Blake berührte mich so, wie es noch nie jemand zuvor getan hatte. Als wäre ich das Kostbarste auf dieser Welt.

Er verteilte Küsse auf meinem Oberkörper, während er meinen Slip nach unten schob. Ohne den Blick voneinander zu lösen, stand er auf und zog sich langsam vor mir aus. Er ließ sich auf das Bett nieder und ich öffnete meine Schenkel für ihn. Blake schwebte über mir, küsste mich und dann spürte ich, wie wir eins wurden. Ich seufzte an seine Lippen und er richtete sich auf, um mich ansehen zu können, während er sich in mir wog. Blake und ich hatten nicht einfach nur Sex, nein, wir liebten uns. Hier ging es um so viel mehr als Befriedigung.

Blake und ich verbrachten den ganzen Abend und die ganze Nacht im Bett. Wir berührten uns, küssten uns und redeten. Erst als die ersten Sonnenstrahlen durchs Fenster schienen, fielen uns die Augen zu und ich schlief in seinen Armen ein. Es war das erste Mal seit Monaten, dass ich gut schlief.

Als ich am nächsten Morgen aufwachte, hatte Blake seinen Arm um meine Mitte gelegt und sein Atem ging ruhig.

Ich blieb noch einige Minuten liegen und genoss das Gefühl, bei ihm zu sein und ihn zu spüren. Vorsichtig, um ihn nicht zu wecken, hob ich sein Handgelenk an und schob mich aus dem Bett. Leise tapste ich die Stufen hinab und machte Frühstück. Während ich den Pfannkuchenteig rührte, sah ich durch das Fenster auf den Teich. Ich konnte mich noch gut daran erinnern, wie wir gemeinsam im Boot gesessen hatten und Blake mir erzählt hatte, dass er gern auf dem Land leben würde. Ob er damals schon in Erwägung gezogen hatte, die Scheune zu kaufen? Hatte er deshalb hier nicht heiraten wollen?

»Guten Morgen«, hörte ich Blakes verschlafene Stimme, die mich aus meinen Gedanken riss. Er war die Treppen so leise heruntergekommen, dass ich ihn nicht gehört hatte. Mit müden Augen kam er auf mich zu und umarmte mich von hinten.

»Was machst du da?«, fragte er, steckte den Finger in die Schüssel und schob ihn sich anschließend in den Mund.

»Pfannkuchen. Und Omelette und Speck und alles, was ich sonst so in deinem Kühlschrank finden konnte.«

»Du scheinst dich hier richtig wohl zu fühlen«, sagte er und lächelte. Ich wandte den Blick ab und rührte weiter den Teig für die Pfannkuchen. Blake hatte recht, ich genoss es hier zu sein. Zu sehr für das, was ich vorhatte.

Wir frühstückten zusammen und danach packte ich meine Sachen. Blake bot mir an zu bleiben, doch ich hatte bereits andere Pläne. Ich war froh, dass er nicht nachgefragt hatte welche, denn ich hätte es nicht übers Herz gebracht ihn anzulügen.

Als ich mich von ihm verabschiedete, zog er mich an sich und küsste mich. Ich genoss jede Sekunde davon. Präg-te mir ein, wie es sich anfühlte, wie er roch und schmeckte. Auf dem Weg zum Auto warf ich einen letzten Blick über meine Schulter und sah, dass Blake mir winkte. Wie sehr ich ihn vermissen würde.

Kapitel 18

Liebster Blake,

Ich bin zu dir gekommen, um mich von dir zu verabschieden. Nach unserer gemeinsamen Nacht konnte ich es dir nicht persönlich sagen, denn du hast so glücklich ausgesehen. Ich werde New York verlassen. Wenn du das liest, sitze ich bereits im Flugzeug. Ich werde nicht nach Seattle zurückziehen, aber ich kann auch momentan nicht hier in New York bleiben. Ich würde mich in unserer Liebe verlieren. Als ich Jackson vor dem Altar stehen gelassen habe, ist mir etwas bewusst geworden. Ich habe die Liebe immer am falschen Ort gesucht. Ich habe sie in jemand anderem gesucht. Doch Liebe bedeutet auch Selbstliebe und die habe ich in den letzten Jahren und den letzten Beziehungen vernachlässigt. Ich hatte Angst vorm Alleinsein, ich habe in Beziehungen gelebt, die mich nicht glücklich gemacht haben. Ich dachte, mein Leben wäre nur dann perfekt, wenn es nach Plan verlaufen würde. Aber weißt du was? Das Leben ist wie eine Hochzeit. Man kann es zwar bis ins kleinste Detail planen, trotzdem kommt immer irgendetwas dazwischen.

Ich verspreche dir, ich werde zurückkommen, doch zuerst muss ich mich selbst finden.

Ich liebe dich
Midge

Ich hatte Blake den Brief unter das Kissen gelegt, bevor wir uns verabschiedet hatten, und ich hoffte, dass er es verstehen würde.

Ich atmete tief durch und stieg als letzte Person in das Flugzeug. Ich ging den Gang entlang zu einer der hintersten Reihen. Zum ersten Mal in meinem Leben hatte ich den Platz am Fenster gewählt.

Ich schnallte mich an, nahm die Sicherheitsanweisungen in die Hand und las sie mir durch. Die Türen schlossen sich und mein Herz schlug schneller. Flugzeuge fielen nicht einfach so vom Himmel. Alle lebenswichtigen Systeme waren mehrfach vorhanden. Es wird nichts passieren. Immer wieder wiederholte ich diese Gedanken, um nicht durchzudrehen.

Das Flugzeug rollte zur Startbahn und die Flugbegleiterinnen begannen mit der Unterweisung der Sicherheitsvorkehrungen. Meine Augen schließend atmete ich tief durch.

Ich hatte einen Fehler gemacht, ich hätte nicht gehen sollen. Ich wünschte, Blake würde jetzt neben mir sitzen und mir gut zusprechen. Ich wünschte, er würde mich mit Küssen und sanften Berührungen ablenken. Was machte ich hier überhaupt? Die Triebwerke wurden lauter und ich presste meine Augen fester zusammen. Die Geschwindigkeit nahm zu und ich wurde in den Sitz gedrückt. Im nächsten Moment spürte ich, wie das Flugzeug abhob. Durch die Nase einatmen, kräftig durch den Mund ausatmen. Einundzwanzig, zweiundzwanzig. Einatmen. Ausatmen. Ich öffnete vorsichtig meine Augen und blickte aus dem Fenster. Obwohl mein Herz wild in meiner Brust pochte, musste ich grinsen. New York von oben. Ich war länger als ein Jahr hier gewesen und inzwischen fühlte es sich an, als würde ich mein Zuhause hinter mir lassen.

Wir flogen durch die Wolken und ich erinnerte mich daran zurück, wie Blake mir alles erklärt hatte. Dass ein Wackeln und Turbulenzen normal waren und ich nichts zu befürchten hätte. Schon damals hatte ich mich zu ihm hingezogen gefühlt. Ich wusste nicht, was mich mehr beeindruckt hatte, seine strahlenden Augen oder seine unbeschwerte Art. Wie konnte ich so einen Mann zurücklassen? Wieder kam Panik in mir auf, doch diesmal, weil ich Angst hatte, einen großen Fehler gemacht zu haben. Was war, wenn er nicht warten würde oder in der Zwischenzeit jemand anders kennenlernen würde?

»Midge«, erklang Blakes Stimme aus dem Lautsprecher und ich glaubte, mich verhört zu haben. Bildete ich mir das gerade ein?

»Wenn du denkst, du kannst einfach so aus meinem Leben verschwinden, dann hast du dich geschnitten. Du kannst nicht auftauchen, mich so aus der Bahn werfen und allein zurücklassen. Das letzte Jahr war das schlimmste und gleichzeitig das aufregendste meines Lebens. Eine Liebe wurde mir genommen, aber sollte es Gott geben, hat er mir seinen besten Engel geschickt, nämlich dich. O Gott, Miriam, sieh, was du aus mir gemacht hast. Bald werde ich noch an die wahre Liebe glauben.« Er lachte und mein Herz setzte für einen Moment aus. »Nein, ich muss nicht daran glauben wollen, denn ich tue es bereits. Ich liebe dich, Midge und ich werde nicht zulassen, dass du dich aus Angst nicht auf uns einlässt.«

Das war das Letzte, das Blake durch den Lautsprecher sagte. Ungläubig blickte ich über die Sitze nach vorne und sah, wie er auf mich zukam.

Die Fluggäste drehten sich neugierig nach ihm um. Die Plätze neben mir waren frei und nun fragte ich mich, ob Blake das so geplant hatte.

»Das Leben verläuft nicht immer nach Plan, aber manchmal, wenn man es zulässt, dann doch«, sagte er, als er vor mir stand. Er ging in die Knie und holte eine Ringschatulle hervor. »Midge, ich liebe dich. Du bist meine wahre Liebe. Wenn du meine Frau wirst, brauchst du keine Angst zu haben, jemals wieder allein zu sein, denn ich werde dich nicht verlassen. Ich werde an deiner Seite sein, solange du das möchtest, solange, bis der Tod uns scheidet. Lass mich dir helfen, dich selbst zu finden. Heirate mich.«

Er öffnete die Schatulle und darin befand sich ein wunderschöner schlichter feiner Ring.

Ich nickte. »Ja, ja, ich will!«, sagte ich und fiel ihm um den Hals.

»Du bist verrückt«, flüsterte ich mit Tränen in den Augen.

»Verrückt nach dir«, antwortet er und küsste mich.

Epilog

Zwei Jahre waren Blake und ich nun verlobt. Nach dem turbulenten Jahr hatten wir beschlossen, dass es vorerst genug Hochzeiten gegeben hatte und wir noch Zeit hatten.

Einige Monate nach unserer Verlobung traf ich mich mit Jackson. Ich konnte das, was passiert war, nicht einfach so zwischen uns stehen lassen. Ich entschuldigte mich dafür, dass ich ihn vor der gesamten Hochzeitsgesellschaft vor dem Altar stehen gelassen hatte und es tat gut darüber zu sprechen, denn so konnte ich damit abschließen.

Jackson war nicht meine einzig wahre Liebe, dafür hatte er mir dabei geholfen, sie zu finden.

»Bist du bereit?«, riss mich Ally aus meinen Gedanken. Ich betrachtete mich im Spiegel und nickte.

»Ich bin bereit.«

»Gut, denn der Bräutigam wird langsam nervös.«

Ich lachte, weil ich mir das bei Blake überhaupt nicht vorstellen konnte. Er war die Ruhe in Person, nichts konnte ihn so leicht aus der Fassung bringen.

Ich ging die Holztreppen hinab und blieb vor der Tür stehen.

»Sehe ich gut aus?«, fragte ich Ally nervös.

»Du bist die schönste Braut, die ich je gesehen habe«, sagte sie und hob den Schleier über mein Gesicht. Ich schlang die Arme um meine Schwester und drückte sie fest an mich.

Die Tür der Scheune wurde geöffnet und Ally schritt hinaus. Petes Augen leuchteten und ich wusste, er liebte sie genauso wie am ersten Tag.

Blake stand vorne in einem großen Rosenbogen, der dicht bewachsen war. Wir selbst hatten ihn vor zwei Jahren aufgebaut und die Rosen gesetzt.

Langsam schritt ich auf Blake zu und als ich ihm näherkam, erkannte ich, dass er Tränen in den Augen hatte. Ich musste lächeln und spürte, wie mir selbst eine Träne aus dem Augenwinkel perlte. Ich stellte mich neben ihn und er fasste nach meiner Hand.

»Du siehst wunderschön aus.« Ich drückte seine Hand.

Der Pfarrer begann mit der Trauung und bald waren wir an dem Teil angelangt, auf den es ankam.

»Blake Peter Anderson, ich frage dich: Bist du hierhergekommen, um nach reiflicher Überlegung und aus freiem Entschluss mit deiner Braut Miriam den Bund der Ehe zu schließen? Willst du sie lieben und achten und ihr alle Tage ihres Lebens die Treue halten?«

Er sah mich an und ich schenkte ihm ein Lächeln. »Ja.«

Dann wandte sich der Pfarrer an mich.

»Miriam Heywood, ich frage dich: Bist du hierhergekommen, um nach reiflicher Überlegung und aus freiem Entschluss mit deinem Bräutigam Blake den Bund der Ehe zu schließen? Willst du ihn lieben und achten und ihm alle Tage seines Lebens die Treue halten?«

»Ja.«

Der Pfarrer segnete unsere Ringe und Blake steckte mir meinen an den Finger. »Miriam, vor Gottes Angesicht nehme ich dich an als meine Frau. Ich verspreche dir die Treue in guten und in schlechten Tagen, in Gesundheit und Krankheit, bis der Tod uns scheidet. Ich will dich lieben, achten und ehren, alle Tage meines Lebens.«

Ich nahm Blakes Ring, steckte ihn an seinen Finger und gab ihm das gleiche Versprechen.

»Im Namen Gottes und seiner Kirche bestätige ich den Ehebund, den Sie geschlossen haben. Sie dürfen die Braut nun küssen.«

Blake drehte sich mir zu. Dann zog er mich an sich und küsste mich. Die Hochzeitsgäste jubelten und einige pfiffen. In diesem Moment fühlte ich mich vollkommen und ich konnte es kaum erwarten, Blake heute Nacht davon zu erzählen, dass ein kleines Lebewesen in mir heranwuchs, das unser gemeinsames Glück vervollständigen sollte.

Blake und ich bekamen ein wunderschönes Mädchen und wir gaben ihr den Namen Hope. Als Ehre für Victoria und als Zeichen dafür, dass man nie die Hoffnung aufgeben sollte, die wahre Liebe zu finden. Wenn man denn daran glaubte …

Nie wieder. Gib dich nie wieder mit weniger zufrieden.

Diese Worte hallten immerzu in meinem Kopf.

Danksagung

New York Wedding ist mein Debütroman. So oft habe ich an mir und an der Geschichte gezweifelt, aber dank der Unterstützung einiger Personen habe ich nicht aufgegeben.

Zuerst möchte ich mich bei meiner Lektorin und Korrektorin Sarah Nierwitzki bedanken.

Deine Anmerkungen haben mich nicht nur zum Lachen gebracht, sondern du hast mir in Situationen, in denen ich am liebsten aufgegeben hätte Mut gemacht. New York Wedding ist nicht perfekt, aber du hast mir geholfen, das Buch um ein großes Stück besser zu machen. Danke für deine unendliche Geduld.

Ich danke meiner Schwester, die mich seit Jahren unterstützt und an mich glaubt, obwohl sie meine ersten Entwürfe lesen muss.

Ich danke meinem Freund, der für mich da ist, wenn meine Emotionen überhandnehmen.

An meine HBLW-Hühner: Ihr könnt euch nicht vorstellen, wie viel Energie ich tanke, während unserer Treffen. Danke, dass ihr es mir ermöglicht, für einige Stunden abzuschalten.

Ein großer Dank geht auch an Sabine, Sandro und Manuel, die mich ebenfalls ermutigt haben, nicht aufzugeben.

Danke, Sandra Maier für das wunderschöne Buchcover. Du hättest meinen Geschmack nicht besser treffen können.

Und zu guter Letzt möchte ich mich bei Sabrina Milazzo bedanken, die nicht nur den Buchsatz gemacht und die Kapitelzierden gestaltet hat, sondern mir auch noch den Allerwertesten gerettet hat. Vielen Dank!

Printed in Poland
by Amazon Fulfillment
Poland Sp. z o.o., Wrocław

88468523R00195